王卫东 著

向暖而行

陕西新华出版
太白文艺出版社·西安

图书在版编目（CIP）数据

向暖而行 / 王卫东著. -- 西安：太白文艺出版社，
2025.3. -- ISBN 978-7-5513-2971-2
Ⅰ.I267

中国国家版本馆 CIP 数据核字第 20257WM676 号

向暖而行
XIANG NUAN ER XING

作　　者	王卫东
责任编辑	刘　乔　刘　雨
封面设计	书香力扬
版式设计	书香力扬
出版发行	太白文艺出版社
经　　销	新华书店
印　　刷	四川科德彩色数码科技有限公司
开　　本	880mm×1230mm　1/32
字　　数	233 千字
印　　张	10.75
版　　次	2025 年 3 月第 1 版
印　　次	2025 年 3 月第 1 次印刷
书　　号	ISBN 978-7-5513-2971-2
定　　价	58.00 元

版权所有　翻印必究

如有印装质量问题，可与四川科德彩色数码科技有限公司联系调换
联系电话：028-86965202
出版社地址：西安市曲江新区登高路 1388 号（邮编：710061）
营销中心电话：029-87277748　029-87217872

序 一

◎张永久

人一生中最美好的东西有两样，一样是青春时光，一样是永不放弃的追求。王卫东是我在湖北省化肥厂工作时的旧友，她性情文静，待人待事真诚而充满热情。虽然平时话不多，说起话来慢条斯理，但透过她不慌不忙的语调，能看出她思维缜密、条理清晰。印象中，王卫东那时候并不是狂热的文学青年，隔三岔五的"省化"文学小聚会，几乎没有见到过她的身影……几十年倏忽过去了，突然有一天，她拿出一摞书稿，请我写序，让我感到几分意外。

写作并不是件容易的事情，更难的是坚持写作。这么些年一路走下来，王卫东从来没有在写作上唱高调，只是一个人安静地写，寂寞耕耘，终至积沙成塔，结集成了一本书，可喜可贺。

打开散文集《向暖而行》，一行行读着书中文字，才明白了这是一个十分热爱写作的女子，有很好的写作基础，文字功底不薄。比这些更重要的是，字里行间流露出来她对待写作的认真态度。她所叙述和描摹的人、事物以及风景，都很用心。好像一个规规矩矩练字的小学生，每个笔画都决不草率，长此以往，自然越来越优秀。有句话叫"态度决定一切",态度是什么?我认为态度就是把手上事情做好,做到自己满意为止。认真对待生活的人,生活会回馈他;认真对待写作的人,读者会赞美他。

这本散文集共分五辑:"岁月知味""至爱亲情""心香一瓣""履痕处处"和"舞韵翩翩"。五辑中所写的内容,都来自她周围的生活。生活给了她珍贵的馈赠,她又将这些馈赠打磨成美丽的文字,反哺给了生活以及读者。

流逝的岁月恍若流沙一样,一点点从身边消逝,再也收不回来了。无论是《三十观灯》中她和女儿置身于宜昌滨江公园灯的海洋,还是《湖畔粽语》里她和老公在故乡淡淡的艾草香味中过端午节,或者是在医生朋友的家宴上《品味红酒》,抑或是一家老小在一起其乐融融的《过年印象》……写下即永恒,那些陈芝麻烂谷子的往事,当时只道是寻常,一经写成文字,就有了值得反复咀嚼的魔力。

第二辑"至爱亲情"中收录的篇什都与作者的亲人有关。亲情像是一块巨大的磁石,强烈而又坚固地吸引着每一个人。家庭里每一位成员以及血缘织出的家族网络,深入到我们的血液和细胞中,一旦提及,总会触碰到心灵深处最柔软最敏感的部位。这一辑中王卫东三篇写父亲的文字,每一篇都倾注了浓浓深情。她说父亲是一盏灯,愿这盏灯在心中长明,引领人生的方向。其他篇什写母亲、老公、女儿、哥哥、姐姐……都是有温度的真情文字。

"心香一瓣"一辑中所收录的散文,头三篇与老师有关。王卫东的叔叔是老师,她老公也是一所重点高中的物理教师,因而她

序

对老师有一份特殊的情感。这一辑中《致青春》一文，写的是30年前刚进"省化"的一批青年女工。年轻、活泼、靓丽的她们怀揣着对美好生活的热爱和憧憬进入编织袋车间，开始了各自的工厂生活。车间劳动强度大，她们常常累得直不起腰，用刀片划铝管时很容易伤到手……但是这并不妨碍年轻人的乐观心态。"下班了，年轻的编织女工常常三五成群，骑上单车，结伴去郊游，一路上欢歌笑语……"我在"省化"工作过，读这样的文字有种熟悉的味道，也不由得回想起青春飞扬的岁月。

第四辑"履痕处处"从标题就知道是一组游记。她笔下有枝江美景滨江公园、五柳公园、金湖、青龙山；有远安嫘祖祠、钟祥莫愁湖、宜昌龙盘湖；还有三峡大坝、漓江以及京城。恰如诗人卞之琳在短诗《断章》中所云："你站在桥上看风景，看风景的人在楼上看你。"透过王卫东游历山水的文字，我读到了她热爱生活和大自然的美好情愫。

最后一辑"舞韵翩翩"写她与舞蹈的缘分。"一天中，有一个半小时与舞蹈相伴，又是怎样的一段时光呢？"作者用这篇散文的标题做出了响亮的回答："相伴舞蹈，时光不老。"其余几篇散文《老师教我跳红舞》《春之舞》《三月，致舞者》《秋日舞语》《在舞蹈中感悟生命的诗意》《红纱舞丰年》《大雪中的舞者》《快乐的领舞者》《一个人的瑜伽课》等，无一例外都在复述永恒的真理：热爱可抵岁月漫长。练习舞蹈和瑜伽，让身体变柔软的同时，也让心灵变得柔软。

王卫东长期患眼疾，阅读和写作对她而言并不轻松。但是这么多年来她仍然顽强地坚持，常常不能自拔地沉溺于阅读和写作中，且结集出版《向暖而行》这本散文集，我深知内中艰辛况味。作为多年的老朋友、老大哥，写下以上絮语，权当序言，表示祝贺。

2023 年 9 月 13 日

（张永久，中国作家协会会员，宜昌市作家协会名誉主席）

序 二

◎蒋 杏

收到《向暖而行》初稿，刚过立秋。虽然暑气仍在蒸腾，但秋天的脚步声越来越近了。秋天是一个成熟的季节，稻谷开始泛黄，闻名遐迩的百里洲砂梨正在被果农采摘、装车，风尘仆仆地奔往大江南北。收获的季节总是令人欣慰。

打开《向暖而行》文档，也仿佛进入秋天，一股成熟的气息扑面而来。

首先是文字。文字是作品的外衣，犹如果实的色泽。如果说青涩代表稚嫩，金黄则意味成熟。毫无疑问，《向暖而行》是一筐成熟的果实。作为一名初学者，在文字中没有常见的矫揉造作，以及似是而非。《向暖而行》中的文字，平易而又娴静，就像一条春日里的小河，载着天光日影款款而行。

譬如开篇《三十观灯》，"穿梭于装点着精致小巧、造型各异花灯的长廊，那悬于夜色中的花灯斑斓绚丽，与游人瞳孔中的光交相辉映，点亮了夜色中的宜昌城"。在作者笔下，这是一个灯的世界，也是一段美的历程，没有刻意雕琢，情景交融。

再如《湖畔棕语》，"熟悉的城市依旧；犹如一条玉带镶嵌在城东的杨家垱湖依旧;我生活了三十多年,依湖畔而居的小区依旧;连接小区与杨家垱公园的橘色浮桥依旧"。寥寥数语,写尽了世事沧桑。尽管日月如梭,天地轮回,端午粽情不减。

还有《品味红酒》,"那是我第一次感受红酒,品过之后,内心深处某种隐藏的热情开始慢慢绽放。红酒的味道虽淡却缠绵,让人联想起栀子花的芳香,隐隐约约,难以捕捉……"语言并不新奇,甚至相当朴实,但给人感觉是,深水静流,沧笙踏歌。

通读《向暖而行》,类似的文字俯拾皆是。需要说明的是,领略《向暖而行》文字的魅力,你得克制浮躁,挽住神思,像更深时分贴近窗棂,聆听天籁。

其次,《向暖而行》有着成熟的情感。

如果说文字是作品的外衣,情感则是作品的质地。作品的优劣全靠情感体现。

《向暖而行》没有宏大叙事,几乎全部取材于作者自身经历,这些琐碎之事,如果没有真挚的情感,很容易流于平庸。

《月色如水》的情节很简单,讲的是作者与丈夫踏着月光在林荫道上漫步。途经女儿曾经就读的中学,想起女儿的成长;途经自己的工厂,回忆人到中年时工作与生活的辛酸,然后写道:"生活像一面镜子,你对它笑,它就对你笑;你对它哭,它就对你哭!"虽然这是英国作家萨克雷在他的长篇小说《名利场》中的一句名言,但用在这里,刹那间让千余字的《月色如水》有了不凡的意义。

《梨乡行》讲述的是作者夫妇携女儿过江欣赏梨乡风景的过程。没有曲折的故事,有的只是生活日常,就连对话也是家长里短,平凡不过。但是在一个老农家里,女儿见到了母亲工厂的产品——一袋长江牌尿素,同时还遇到了老农的儿子——一个高考落榜的小伙。小伙高考落榜并不气馁,正"琢磨着如何种出高产质优的果子,怎样把收入搞上来"。行文至此,作者写道:"勤劳种下诗千树,智慧收回梦万筐。"是的,在新的时代,人们既是劳动者,又是理想家。唯有理想与勤劳结合,才是社会主义新农村传人。一次梨乡之行,"诗千树"与"梦万筐"同时植入了女儿心底。

《钓虾记》的情节也简单至极。一家人周日郊游,在小溪畔钓虾。起初不会,向两位少年学习。钓虾用的是蚯蚓,在饵食的诱导下,一口气钓虾二十多只。年幼的女儿望着桶中虾可怜巴巴的样子,顿生怜悯之心,自言自语道:"唉,谁让你们贪嘴呢。贪图享受是要失去自由的呀!连幼儿园的小朋友都会唱。"一旁的丈夫紧接着说:"岂止水中之物虾呢,万物之灵的人不也如此吗?"作者最后发出感叹:仔细想想,这何尝不是做人之道!

作为一部自述性散文,能够做到琐而不碎,颇为不易,需要选择、剪裁、提炼。只有对素材精心加工,才能像高明的厨师那样,用最普通的食材做出佳肴。加工素材的过程,就是艺术化的过程。没有艺术加工,写出来的东西必定跟流水账无异。很显然,对于这类自述性散文,作者有着较为成熟的把控能力。

譬如在《荞麦花开幸福来》中,"俏韵美"舞蹈团队员覃丽一大早醒来,睁着惺忪的眼睛对丈夫说,昨天晚上她躺在床上还在记动作。丈夫问,她的手老动个啥?覃丽说她在比画舞蹈动作,是出左手还是右手。

在《菊花·瑜伽·女性》中,作者讲述童年时一次养花经历。家附近有一个小花园,秋天里菊花盛开,作者向看护花园的爷爷要了一株菊花带回家，没有花钵，便取下泡菜坛子的盖子，装进土，然后栽上菊花。原以为母亲回家会发脾气，谁知母亲见了只轻描淡写地说了句，伢儿们怎么这样淘气哦。

最精彩的是《父亲的"暑假"》。作者和姐姐都想骑自行车，父亲有一辆，可那是公家发的，"父亲爱惜得不得了，平日连碰都不让我们碰一下"。可孩子们想骑车，总会有办法的。一天中午，父亲正在睡午觉，姐妹俩做完家庭作业，猫着腰，悄悄溜进父母卧室，"蹑手蹑脚地将父亲那辆擦得锃亮的永久牌二八式自行车抬了出来"。而且，骑完车，姐妹俩再次"将自行车抬进大卧室，原封不动地用一块旧床单罩好"。少年的天真、执着、智慧，还包括一点点调皮，展现得淋漓尽致。

作者是一名国企女工，既热爱本职工作，也热爱读书。苏轼说："腹有诗书气自华。"一个热爱读书的国企女工，有着不一样的视野和不一样的境界，日积月累下来，就能收获一笔不菲的精神财富。

《向暖而行》，既是书名，也是作者的生活态度。对于喜爱写作的文学爱好者而言，生活态度远比写作技巧重要。

2023 年 8 月 24 日于猇亭

（蒋杏，中国作家协会会员，曾任枝江市文联主席）

目 录

第一辑　岁月知味

三十观灯　　　　　　　　　　　　003
湖畔粽语　　　　　　　　　　　　006
烟火重阳　　　　　　　　　　　　009
品味红酒　　　　　　　　　　　　014
故园寻梦　　　　　　　　　　　　017
过年印象　　　　　　　　　　　　020
竹器人家　　　　　　　　　　　　022
冬天里的春天　　　　　　　　　　025
愿你被阳光看见　　　　　　　　　031
罗红星的乒乓梦　　　　　　　　　035
杨家埠湖畔谱新曲　　　　　　　　039
夏日晨韵　　　　　　　　　　　　043
早起看人间　　　　　　　　　　　046
梧桐树下的豆浆摊　　　　　　　　050
生活，在藤蔓间绽放　　　　　　　052
心灵之光　　　　　　　　　　　　056

舞台背后的感动	059
省化的伢们	062
桂子树下的守望	066
这些年，我家用过的车	069
活着就好	073

第二辑　至爱亲情

父亲是个老党员	079
父亲是一盏灯	082
父亲的"暑假"	085
梦里依稀慈母泪	094
母爱悠悠	096
永远的月季	098
风起时，抖落一地的相思	100
梅　花　表	104
门前有棵杏子树	107
淡淡的爱	110
我与女儿	113
紧握爱的手	116
孩子，祝福你	119
乐在横撇竖捺间	122
月色如水	125
情在读书中	127
病中思绪	129

缕缕家风伴我行   132

第三辑　心香一瓣

一片丹心铸师魂   139
师　念   144
追梦人徐老师   147
致　青　春   150
二　哥   154
超　哥   158
爱的守望   161
春天里的祝福   164
天边有朵洁白的云   168
乡医黄伯伯   172

第四辑　履痕处处

牧歌·橙曲·吉吉村   179
寻一树桃花，向春天表白   185
风筝断想   188
嫘祖故里新农人   192
钟祥情愫   198
访古街，觅芳踪   207
龙盘湖：给心灵安一个家   211
金湖：寻一畔清欢   215

青龙山：青山在，人未老	221
醉漓江	224
游三峡大坝	227
喜游首都	229
梨乡行	232
菜花·水库·人家	235
一个农民企业家的文化眼光	239
春到五柳	243
霞染三月树	246
杨梅园里欢乐多	250
钓虾记	254

第五辑 舞韵翩翩

相伴舞蹈，时光不老	259
老师教我们跳红舞	263
春之舞	265
三月，致舞者	276
荞麦花开幸福来	279
秋日舞语	283
菊花·瑜伽·女性	287
一个人的瑜伽课	291
在舞蹈中感悟生命的诗意	293
红纱舞丰年	296
晚秋	301

目 录

大雪中的舞者 305
俏姐妹的古镇缘 307
快乐的领舞者 312
伽人初见 316
习瑜伽，悟人生 319

后 记 324

Chapter 01

第一辑

岁月知味

三十观灯

年三十的宜昌滨江公园是灯的海洋。

穿梭于装点着精致小巧、造型各异花灯的长廊，那悬于夜色中的花灯斑斓绚丽，与游人瞳孔中的光交相辉映，点亮了夜色中的宜昌城。

最引人注目的，当数大型人物组灯——"落雁昭君"。只见"她"身着西域华服，头戴卧兔儿帽，手持琵琶，美目深邃，端坐于长江北岸。琵琶轻弹，如泣如诉，仿佛诉说着长江儿女对离别故土的不舍之情！

与和平使者昭君遥相呼应的，是大师们用冷色调灯带装饰后的江南磨基山。恍恍惚惚间，仿佛穿越到了宋人王希孟的《千里江山图》中。

屈子笔下的"后皇嘉树"，通过艺术大师们充满魔力的双手，演绎成了一只胖乎乎、呆萌萌的"橙甸甸"，引来孩子们的阵阵欢笑……

女儿望了望执勤的众多民警，发现现场欢乐热闹的节庆氛围中，人流井然有序，不禁感慨道：现在的孩子们，自由自在，玩得多开心呀！

熟悉《红楼梦》的朋友，一定记得位列金陵十二钗副册之首的香菱（幼时叫英莲），就是看元宵灯会时被仆人弄丢的。

我家先生向来对女儿疼爱有加。女儿年幼时，每年新春老家县城都会举办传统灯会。所以一到过年，女儿早早吃罢晚饭，便会嚷着要去看灯展、买灯笼。我家先生的要求是：不能乱跑，必须由爸爸抱着赏灯。哈哈！一场灯会逛下来，往往是爸爸累得额头冒汗，女儿却噘着小嘴，说没玩好。

鱼龙翻飞，歌乐盈耳。人们似乎要将自由随性之乐，在今夜尽情挥洒。

观花灯，尝美食，宜昌本土年货不失时机地闪亮登场，游客们既饱了眼福又饱了口福。

流连于灯与影的视觉狂欢盛宴中，我略感疲倦，正欲归去。忽然眼睛一亮：在霓虹闪烁的夷陵长江大桥桥下，不太显眼的一角，一个仿古小亭样的灯笼摊吸引了我们。

小亭四角各挂一盏小灯笼，摊主是一位丁香般的姑娘。她雾鬟云鬓，着一件杏色长款羽绒服，围一条大红围巾，周身散发着山水宜昌孕育出的女孩特有的温婉与灵秀气质。花灯照亮了她灿烂的笑容。

"找到啦！找到啦！"女儿欣喜地喊道。原来女儿在"丁香小摊"觅得一盏六角、带兔子logo的小灯笼。

我和先生相视一笑。一路花灯，一路观赏，女儿并没有想买灯笼的意思。我们以为女儿长大了，再也不会像小时候一样，一场灯会逛下来，左右手各提一只心爱的小灯笼，顺捎两袋可口的小零食才肯离去。

"呵呵！我们以为你今天不买灯笼了呢！"我家先生故意打趣道。

"谁说的？才不是呢！我只是没有挑到心仪的灯笼而已！"说罢，女儿又埋头在丁香小摊前挑选起小饰品来。

闲聊中，得知摊主也是位九〇后，难怪女儿在众多摊点中独青睐此摊。无论是缀于夜色中的灯笼，还是精心摆放的工艺品小件，均有传统与时尚相结合的魅力，在勾起同龄人共同回忆的同时，又不乏时代感。

微弱的灯光中，摊主与顾客一问一答，甚是默契。

> 众里寻他千百度，
> 蓦然回首，
> 那人却在，
> 灯火阑珊处。

曾领略过辛弃疾诗词的豪放与不羁，却在那个花灯耀目的茫茫夜色中，品读到了辛词柔肠寸断的婉约！折服于辛才子的痴心与执着。难怪此秀句被王国维先生誉为治学三境界中的最高境界。

是啊！生活中，我们常常执念于某一事、某一物或某一人，那苦苦追寻的过程，总是令人疲惫不堪！正欲放弃时，那事、那物或那人在一处不起眼的地方，突然出现，怎不令人惊喜而又感辛酸？仔细想想，人生又何尝不是如此呢？

湖畔粽语

四季更迭，人间已近农历五月。

熟悉的城市依旧；犹如一条玉带镶嵌在城东的杨家垱湖依旧；我生活了三十多年，依湖畔而居的小区依旧；连接小区与杨家垱公园的橘色浮桥依旧。

草木萋萋日转长，光阴迫迫近端阳。

浮桥的另一端是一片水丰草茂的芦苇丛，几个老人正兴致勃勃地采摘粽叶。

"袁奶奶，到这边来采哟！这边粽叶又宽又大。"

戴着眼镜，身材娇小，满头白发的袁奶奶听罢，笑着说："好嘞，我再打两片粽叶就过来哦！"

两位老奶奶身边各站着一位老爷爷，老奶奶从芦苇秆上采下几片粽叶，递给老爷爷，老爷爷接过粽叶，再放进布包里。一摘一递一装，配合相当默契。

"奶奶，今年的粽叶怎么样啊？"我笑着问道。

"呵呵，今年雨水好，粽叶又肥厚又宽大，清香味浓着呢！"

"哎哟哟！哪年的粽叶不香啊！超市的粽叶难道不香？也

不嫌麻烦。"一旁的老爷爷提溜着布包,不以为然地说。

我和先生相视一笑,心想:老奶奶也许并不是为了省几片粽叶钱,而是为了充分享受端午时节自己亲手采摘粽叶、清洗,再包粽子、煮粽子,最后与家人分享粽子,这样一个充满爱的过程吧!

站在身边的我家先生,面容略显憔悴。年初,他经历了与病魔的艰难博弈,加之长期奋战在高三教学一线,十分操劳。他的身体健康,是我和女儿心中的头等大事。

今天是孩子们走进高考考场前的最后一天,先生才稍稍松了口气。平日里,先生是绝对没有闲情雅趣陪我散步的。

我略一抬头,望见公园小山附近的僻静处有一片艾草地,便提议道:"我们不太会包粽子,何不去采几株艾草挂在家门上呢?"

先生点点头,便欣然前往。

应时艾草伴端阳,门庭纳福聚安康。一束艾草,蕴含着对家人的美好祝福。

约莫下午五点,心想该回家准备晚饭了,我们便往回走。穿过橘色浮桥,看到湖畔几株枇杷树下,几个系着红领巾的孩童,放学归来,也到公园来玩耍。

只听一个浓眉大眼,虎头虎脑的小男孩略有所思地说:"古人过端午节,会把粽子扔进江里喂鱼。这不是很浪费吗?"

一个眉清目秀、文文静静的女孩子立刻反驳道:"才不是浪费呢!那是人们为了纪念投江自尽的爱国诗人屈原。为了不让鱼儿吃屈原的躯体,大家便往江里扔粽子,鱼儿吃饱了就不吃屈原的躯体了,表达了人们对伟大的爱国诗人屈原的敬重。"

作为华夏儿女,他们幼小的心灵里早已埋下了一颗爱国的种子。

《离骚》《天问》悲其痛,警醒华夏必应昌。

农历五月,空气中弥漫着粽叶的清香。

烟火重阳

雁去鸿来秋已长，满目苍黄正重阳。

今年的重阳节，恰逢国庆长假的第四天，堂兄弟姐妹们早已约好重阳节当天回老家，陪叔叔一起过节。

老家离县城不过十分钟的车程，一进门，便闻到炒菜的香味。客厅一角，大姐大姐夫、燕堂姐金姐夫及宋姐夫正陪叔叔玩纸牌。

"二爸爸（我们把叔叔叫二爸爸），我回来了！"

"哟，东儿回来啦！小杜（我堂嫂）快倒茶哟！"叔叔高兴地大声招呼道。

"东子，你坐哈，我擦个手就来倒茶。"不一会儿，堂嫂系条花围腰，顶着新做的发型（一头精致的大波浪），笑容满面地从厨房走过来。

"哇！好香啊！"厨房里，王氏厨艺"三剑客"，堂哥、堂嫂及蓉堂姐三人，正忙得不亦乐乎，煎、炒、炸、蒸、煮样样齐全。

"要帮忙不？"

"不要，都准备好了，茶几上有水果，你去拿了吃。"堂嫂笑眯眯地说。

客厅茶几上，水果已摆好。除了香蕉、苹果、梨等水果外，最吸引眼球的要数一盘柚子肉。米白色的柚子肉，一片连一片围成个圆形，中间点缀了几颗红色圣女果，再用一个透明的盘子盛着，煞是好看。

堂哥走过来，用牙签挑了一片柚子肉递给我："你尝尝，味道怎么样？门前柚子树上摘的。"

"哦！自家产的呀！那一定得尝尝。"

"嗯！柚子粒圆润饱满，水分足，微酸，味道不错。是什么品种的柚子啊？"这么好吃的柚子，我得记下它的品种。

"哈哈！谈不上是多有名的品种，一般就叫土柚子吧！"堂嫂一旁笑嘻嘻地打趣道。

十二点半开饭，大哥带着他的两个双胞胎孙子可可和乐乐准时到了。一上桌，两个小孩便嚷着肚子饿，拿起筷子正准备夹菜。大哥厉声说道："公公还没动筷呢！不许夹。"

叔叔疼爱地说："小伢子们饿了，就让他们先吃吧！我动作慢，不介意的啊！"

两个虎头虎脑的小家伙，看了看公公，相视一笑，开心地大口吃起来！"大奶奶（我的堂嫂）做的虾好好吃！"可可露出一排整齐的小白牙笑着对弟弟乐乐说。

弟弟小嘴一撇，不屑地说："哼！我才不吃嘞，卤牛肉更好吃！"

一个大圆桌，满满当当摆了十八个菜。两个火锅：腊蹄子炖时令鲜藕，象征吉祥如意的土鸡炖山药。红烧鲤鱼、红椒炒茭白、西芹炒肉丁、青椒炒茄子、粉蒸肉、凉拌秋葵、冬瓜肉末饼、黑豆豉扣肉、木耳拌胡萝卜丝、干卤牛肉、清炒萝卜、清蒸红虾、爆炒玉米粒,还有色泽焦黄透亮的土家腊肉、醋熘白菜,冷碟是一盘脆甜的哈密瓜。想起汪老先生的名句:四方食事,不过一碗人间烟火!

窗外秋风阵阵,室内热气腾腾。透过火锅中冒起的蒸汽,看见亲人们一张张亲切的笑脸,倍感温暖。家人围坐,灯火亦亲。

看着围坐在身旁喜气洋洋的孩子们,已是耄耋之年的叔叔高兴得频频举杯:"年年重阳,今又重阳,谢谢你们来看我,陪我过节。"

孩子们以自家为单位,分别走过去给叔叔敬酒,祝他节日快乐,并感谢他对小辈们的谆谆教导。

叔叔做了十几年的高中校长,可谓桃李满天下。他树立的家风也甚是严格,秉持"忠厚传家久,诗书继世长"的家训。在优良家风的熏陶下,孙辈中不仅出了清华、同济、武大等名校学子,而且每个孩子在自己的工作岗位上都力争优秀。

叔叔在尊师重教方面,更是率先垂范。因为我家先生是子女辈中唯一一位教书先生,多年来深得叔叔厚爱。每次家庭聚餐,定让我家先生紧挨他坐,今天也不例外。

酒过三巡,叔叔仍意犹未尽,眯缝着双眼对堂哥说:"你今天是正东道,怎么少上了一道菜呀?"

"咦,怎么会呢?菜上全了呀?"堂哥挠挠头,赔笑着说。

"今天过节，王家四代欢聚一堂，难得！光美食大餐不够，加上文化大餐才叫齐全！"

"嗯嗯，那是那是，听您安排。"堂哥恍然大悟，抿着嘴笑了笑。

"我安排？那就安排我的爱好，对对子，就从你开始。"

"我知道您的爱好，以前上班没时间，今年退休了，正想好好向您学！今天赶鸭子上架，我先献个丑啊！"堂哥从衣兜里掏出一张小字条，有些不好意思地念道："秋水凉，枫叶黄，篱菊吟烂漫；唤小名，弟兄聚，故园叹沧桑。横批'秋深意浓'！"

"嗯，好！好！蛮应景的。"原来，平时话不多的堂哥今天是有备而来。哈哈，士别三日，当刮目相看，进步神速啊！

"小徐，你呢？"叔叔歪了下头，看了看坐在他身边的我家先生，示意他也出副对联。我家先生也算"近水楼台先得月"了。

"咳咳。"徐先生站起来，习惯性地先清了清嗓子："处三尺讲台做功出力；怀满腔热血放电发光。横批'功在千秋'。"

"三句话不离本行，对对子也不忘自己的专业，对仗工整，蛮好。上联是物理专业的力学，下联是电学。"叔叔迫不及待地点评道。"东儿，王家幺姑娘，今天在座的兄弟姐妹数你最小哦！"

"呵呵！您既然点到我，那我就为本次家宴助个兴喽。"

我慢慢地站起身来，不知对什么好，正好一眼瞥见庭院中一钵开得正旺的月季花，遂以"花中皇后"月季花为题，边思索边吟道:"开开落落月月清香绽;娇娇艳艳时时笑靥飞。横批是'花美气香'。"

吟罢,姐妹们很开心。"哎呀,瞧这联对的,把我们天天看见的美丽的月季花对活了,对成了一个美人。"其实,我也是黔驴技穷,幸亏月季花这个可人儿救了我的场。

"龙儿,今天王家第三代里就你一个代表,来副对联听听!"

给病人做完手术,匆忙从当阳赶回来给他二爷爷过节的侄儿,刚扒拉几口饭,就被点将。他站起来授了授喉咙,仿佛饭还没咽下去,深吸一口气念道:"认认真真看病;踏踏实实做人。横批是'诚实为本'。"

"李院长(龙儿)不仅医术精湛,对联也言简意赅!""为人敦厚,话语不多,性格与修养蛮有外公遗风咧!"长辈们你一言我一语,纷纷为龙儿点赞。

"停,停!"叔叔站起来,双手做了个停止讲话的动作。"四副对联,各有千秋,都对得蛮好!总之呢,这个重阳节我过得非常愉快,再次感谢你们!"说完叔叔正欲坐下来,孩子们一哄而起,直呼:"您还没出对联呢?我们就想听听您的妙联,嘿嘿!"众兄弟姐妹眨着眼,你看看我,我瞧瞧你,心照不宣地嘻嘻直笑。

叔叔微笑着抿了一小口酒,打趣地说:"咦,感觉像上了花果山,一帮猴儿,那我今天就小露一手童子功哟!"随后慢条斯理地吟道:岁月赋成诗情怀融入意,传统文化当倾力;忠厚添作吉诗书化为祥,良好家风继世长。横批"烟火重阳"!

品味红酒

第一次接触红酒，是在一位医生朋友的家宴上。那是我第一次感受红酒，品过之后，内心深处某种隐藏的热情开始慢慢绽放。红酒的味道虽淡却缠绵，让人联想起栀子花的芳香，隐隐约约，难以捕捉……

从那以后，我便爱上了红酒。记得第一次到北山超市买红酒，在琳琅满目的红酒专柜前，我一眼便看中了王朝干红。刚开始对它的品质并不了解，只是喜欢"王朝"这个名字，有种与生俱来的贵族气质，让人浮想联翩。

回到家，我精心挑选了一只紫色的高脚杯，杯脚修长，可以在手心里随意转动。紫色像浪漫的华尔兹，让人有种想跳舞的欲望，非常适合我对红酒的想象。

阳光明媚的午后，阳台洁净的玻璃窗外樱花盛开。端出白色的书桌和老式木椅子，盛一杯红酒和一小碟花生米，读一本自己喜爱的国学经典。读到精彩之处，会不由自主地小抿一口红酒，再拣一粒花生米放入口中，慢慢咀嚼。在得到先贤们阅尽沧桑后的点拨之后，自己的视野开阔了，心态也变得从容。这时的红酒，于我更像是一位读书的良伴，与我一起倾听圣哲们的人生智慧。

更多的时候,我选择在夜晚与家人一起品味红酒。我自小就迷恋夜晚,特别是老家乡村的夜晚,宁静而温馨。

那时,晚饭后,年幼的弟弟将饭桌擦拭干净。一家人围桌而坐,就着温暖的灯光,我和二哥、姐姐做作业。弟弟还没上学,在一旁用废报纸折纸壳子(当时的一种儿童游戏道具)。母亲在准备孩子们第二天要穿的衣服,逐个检查:是否干净,有没有破洞,纽扣齐全与否,特别是弟弟的衣服得仔细检查。弟弟儿时好动,常常弄破衣服。

"唉!昨天才钉的扣子,今天又掉一颗!就小伢子事多,让人安逸不得。"

"妈,您赶明儿给他用铁丝钉颗铜扣子,看他还掉不。"二哥打趣道。

"去去去,赶紧做作业。你小时也好不到哪儿去!"母亲埋头钉起扣子来。

弟弟朝二哥扮个鬼脸,颇为得意的样子。

母慈儿好命,平凡日子中也充满了诗情画意。

随着时代的变迁,生活节奏加快,生活方式也发生了一系列的变化,与家人聚在一起吃饭的时间越来越少。但只要有机会,忙碌一天之后,我总会炒上几样可口的小菜,盛上红酒与家人分享。没有应酬场面上的推杯换盏,只有家人间的关心与包容。这时的红酒像一根系满亲情的纽带,将我与家人紧紧系在一起。

常常在失眠的夜晚独坐西餐桌前,开启红酒,轻轻地让紫色高脚杯荡漾着红色的液体，然后静静地欣赏红酒在杯中千变万化的姿态。她宛如一个夜色中的精灵，在紫色的音乐里尽情舞蹈，带给我恍若隔世的错觉。

想象在一座充满异国风情的庄园里，长长的葡萄架下，清风中晃荡的果实，伴随着那首《回家》的曲子，召唤游子流浪的灵魂。

想象人们在丰收的季节里，尽情地采摘和舞蹈。选择最好的果实，酿成最好的红酒。再以某种方式让她们与各种各样的人相遇，倾听不同的故事，让夜里每一个流浪的灵魂找到属于自己的甜蜜梦乡！

偶尔会想起早逝的母亲，透过晶莹的泪花，仿佛看见她慈爱的笑容……每逢此时，泪水便伴着红酒一饮而尽，泪眼蒙眬中便沉沉地睡着了。

品味红酒，在我而言，不需要多么高超的技巧，一颗柔软温暖的心便足够。

第一辑　岁月知味

故园寻梦

背井离乡三十多年了,故乡却始终是我思绪回旋的中心。

在我的记忆中,故乡春日的早晨是那样宁静而妩媚。路旁的林梢一抹玫瑰红,淡紫色的炊烟缠绵缭绕。勤快的主妇们坐在门前清洗一家人的衣服,新的一天就从这里开始。

城里的夏天到处是硬硬的水泥地,火辣辣的,令人窒息。我常常想起故乡的夏天,父亲极爱种树,我家房前屋后到处种满了大叶柳,俗称元宝树,学名枫杨树。

烈日炎炎的正午,搬把有靠背的竹椅,光着脚丫,坐在大叶柳下,拿本《小说选刊》细读。与书中的主人公倾心交谈,同时也让自己的内心变得越来越强大。史铁生的散文随笔《我与地坛》、张贤亮的短篇小说《灵与肉》(后改编成电影《牧马人》)等,尤其是谌容的中篇小说《人到中年》,读过三遍,爱不释手!无数次被精神高尚的女医生陆文婷所感动。

那段短暂而悠闲的村居生活,曾使我犹豫是该永远留在故乡,还是像哥哥姐姐们一样,到了工作的年龄就离开呢?

故乡的秋天最可爱。

秋天,稻子熟了!大人们将收割的稻子堆放在村仓库前的禾场上。禾场前有一方池塘，皓月当空时，月光闪耀于塘上，偶有几声轻快的蛙鸣。大人们忙着用脱粒机脱粒，而孩子们则在一旁尽情地玩耍。我们那时玩的游戏大约有两种，"捉迷藏"和"牵羊羊"（类似于现在的"老鹰抓小鸡"）。孩子们玩得乐此不疲，夜深了还在禾场上闹嚷，非等大人们三番五次地催促后才极不情愿地散场回家。

　　一个深秋的夜晚，天气很冷，却有一地的好月色，连树木也被照得如童话中一般。我来到儿时的乐园——打禾场，想重温儿时的欢乐。禾场依旧平坦整洁，月光依旧晶莹透亮，村仓库已被新搬迁来的几户三峡移民做了住宅。禾场上一个人影也没有，塘边的树林宿鸟幽鸣，儿时一起玩耍的几个好伙伴早已离开老家，疼爱我的母亲也仙逝多年。突然意识到，自己再也不是那个无忧无虑的小孩子了。站在空荡荡的禾场，万分感慨岁月的匆忙。

　　落雪的日子，乡村万籁俱静。大人们总担心孩子们冻着，不让出门。偶尔大人使唤孩子到自家菜园的雪地里，拔几个水晶萝卜。早已按捺不住的顽童，便乐颠颠地冲进雪地里，寻得几个红红的萝卜，顾不得小手冻得通红，直奔厨房嚷嚷："妈，中午我想吃萝卜炖排骨！"那个顽皮又嘴馋的孩子是我的弟弟，那时五六岁的样子。

　　母亲最疼我和弟弟，一个幺姑娘，一个幺儿子，是母亲近四十岁才生下的两个孩子。对于弟弟的要求，慈爱的母亲总是不忍拒绝。切下一块吊好的腊排骨，炖上新鲜的萝卜，快熟的时候再撒上几段绿油油的蒜苗……冬日里的大餐，足以温暖漫长的冬季。

　　如今,出走半生,已过天命之年的我常常会想起生我养我的故乡。只是物是人非,再也回不到从前。新词总把故乡嵌,泪眼常伴红酒眠。

　　故乡,犹如一个真实的梦,一个甜蜜的回忆,永驻我心。

过年印象

我的老家在农村，春节正是农活最闲的时候。

在我的印象中，过年气氛一进入腊月就能感受到。过完小年，家家户户都要杀年猪。能干的主妇们将最好的肉拿来做香肠，再将香肠挂在厨房里，做饭时用柴火慢慢熏烤，到了除夕，香肠便熏好了，比起用猛火熏烤的香肠味道更醇厚些。

过完元旦，人们上县城采办年货的频率越来越高，今天上街买几斤黑木耳、干香菇，明天上街买张年画、对联什么的。

转眼离除夕只有六七天了，大家就更忙了。

在准备年货的过程中，最苦最累的要数推磨。人们将糯米放在木桶中浸泡几天，用时洗净，再放到大石磨的小孔里，石磨一端安个木柄，几个人用力推木柄。不一会儿，乳汁般的糯米浆便汇集在磨槽的出口，"滴答，滴答，滴答……"细细地滴入木盆中。大人们将糯米浆用早已备好的干净布袋子装好吊起来，滤干水，最后放入瓦罐中备做元宵之用。没有任何添加剂，真正的绿色食材哦！

除夕前几天，家家户户必须大扫除一次，名曰打堂尘。打完堂尘，又将床上的帐子、被套、床单统统洗一遍。

除夕像一位精心打扮的新娘终于来了,真热闹!家家户户赶做年菜,到处是酒肉的香味。门外是红红的对联,屋里是各色的年画,鞭炮声此起彼伏。我们一群爱美的小女孩则挨家挨户串门子,七嘴八舌地评论哪家的年画最好看。劳累了一年的大人们则攒足了劲儿准备尽情享受这春夏秋冬的酬劳。

烟花共看云端绽,爆竹齐飞户外鸣。零点开门辞旧岁,锦帆高挂启新程。

过完除夕,人们便开始走亲戚。耳边不时传来爆竹声、儿童的欢呼声、亲友们"拜年拜年"的祝贺声。让人听了有一种说不出的快感,从头顶一直流到脚跟。

这种浓烈的新年气氛,一直持续到正月十五。过完元宵节,沉醉了的庄稼人好像突然醒来,忙碌的一年又开始了。

虽然在老家生活的时间不是很长,但每次回想起来都是一段温暖又甜蜜的回忆!

竹器人家

在枝江城区东南角的城乡接合地带，靠近枝江港省化煤炭码头院墙边，有一个不显眼的竹小店——肖氏竹器。

当晨光铺满堆满竹子的货场的时候，篾匠师傅一天辛勤的工作就开始了。经营这家竹器小店的店主是一位身材结实、沉默寡言的中年汉子，他叫易平。肖是他老岳父的姓氏，自2010年起，易师傅便师从岳父，做起了传统的竹器手工编制行当。

不大的竹器店里主营竹制生产生活用品及其他工艺品。从2010年起，冬去春来，在这爿小小的竹器店里，易师傅用他勤劳的双手编织着属于自己的美好生活。

从当初学艺时的不情不愿，满手伤痕，到如今的技艺娴熟、游刃有余，其中的酸甜苦辣易师傅感触很深。在小店不远处就是易师傅岳父的店面，肖祖荣老人正专心致志地编一只竹篓子。

出生于1952年的肖爷爷，提起往事如数家珍。肖爷爷说，他记得他们家祖祖辈辈都是做竹器的。儿时的后院有一大片竹林子，成天听到小鸟鸣叫，不见一个人。他的女婿易平，现在还经常来这片竹林看竹子、选竹子。把一些长得不好的竹子砍掉，留下空间便于其他竹子生长。

做竹器是一个细致的活儿，急躁不得，需要慢慢地精工细作。有一些竹器做得精致，是篾匠的心血之作。很多竹器工艺品都需要时间去打磨，肖爷爷制作的那些竹器细如发丝、薄如蝉翼，受到了很多人的好评。肖爷爷说："搞竹雕工艺，除了执着追求和耐得住贫寒外，最关键的是要有悟性和基础，需要吃苦受累。在年轻的时候，我的性格比较要强，一心想着把生意做大。生意最好的时候，一年要用六七十万斤竹子。请了一些帮工，生产量比较大，销售量也比较大。随着社会的发展，塑料制品越来越多，替代了竹制品。现在一年只用得到二三十万斤竹子，比原来大大地减少了。"

虽然没有以前生意好了，但竹器行业仍有其生存的空间。前些时有个老人来买背篓，说给在上海刚出生的小孙子用，用着这些竹器物件，就是想给孩子们一个老家的念想儿。因为老家的小孩子，都是这样用背篓背着长大的。在城里背个一天两天，也是个回忆。在产品更新加快的当下，很多人又开始返璞归真，喜欢用环保的竹器，竹器毕竟是天然的东西。再说，枝江周边以农业为主，像装粮食用的圈栏，装棉花用的竹篓子、竹筛子、簸箕等生产工具总是离不开。

从1972年在手工业联社做竹器开始，肖爷爷做了四十多年的竹器行当。一个手艺活儿能做这么久，除了为改善家庭条件外，就是真的喜欢了。而他的为人是小店维持多年的原因。

肖爷爷说做竹器行当，主要是生活用品和生产工具，老主顾绝大部分是农民。农民赚钱不容易，都是泥巴里头刨出来的血汗钱！遇到老主顾来了，肖爷爷总是少收点钱。在路边开店，路人走累了，到店里歇个脚，肖爷爷赶紧搬来椅子，让人坐会儿，以诚待人。肖爷爷说："现在一些年轻人呢，不想干这个事。这是个辛苦事，也不是很赚钱。但是呢，吃不胖也饿不死。有很多人想干这个行当，但是艺没学成，就想开店，结果始终没开起来。所以说呢，人要生存就要把生意做好，先做人再做事。现在呢，我主要是想培养我的女婿易平来接我的手，做生意赚钱是次要的，首先是要把人做好，人做好了，你的生意才做得起来。"

六十二岁的肖爷爷生活非常有规律，每天下午会把第二天要做的事安排好了再收工，开着皮卡车回董市。他住在董市，在董市市场租了几个仓库，每天要到仓库检查一下火烛等安全事宜，盘点一下存货。再与看仓库的小伙计，清点一下今天卖了多少货。第二天早上六点准时起床，开着皮卡车再到马店店子里干活。

对于未来，肖爷爷充满了憧憬。他说："我今年六十二岁了，也该退休了，但我还是舍不得这个行当，把手艺传给我的女婿易平，争取让他把这个事业发扬光大。"

肖爷爷和他的女婿易平经营着各自的竹器小店，靠着他们的耐心和信心，守住寂寞，甘于平凡。同时也学会了竹子的心性和气节，不图暴利大赚，只想养家糊口，平平安安地过着自己的小日子。

当肖爷爷和易平看到自己的手艺还有人欣赏，就觉得很知足。知足而常乐，生活就是这样，生活在满足里就是生活在幸福中。竹器人家的平凡日子是幸福满足的日子。

第一辑 岁月知味

冬天里的春天

"哎,什么结籽高又高咧,嗨高又高。什么结籽半中腰咧,嗨半中腰。什么结籽成双对咧,什么结籽棒棒敲咧!……"

随着清脆、嘹亮、甜美的对歌声,你眼前是否会立刻浮现出电影《刘三姐》中的场景——桂林春日。青罗绸带般的漓江、榕荫古渡的阳朔、典雅妩媚的万寿桥、古色古香的月牙楼、如彩缎堆叠的叠彩山……你或许正猜测:这是哪个中学的学生正在排练元旦会演节目?又或是哪个专业艺术团队在做日常声乐训练?

不,都不是。这是枝江市社区教育学院首届合唱班的学员们,正在老师的指导下进行合唱练习。

且行且歌

枝江市社区教育学院设在市工人文化宫。

从文化宫北侧大门进来,向左手边拐个弯,直行约五十米上二楼,第一个教室便是合唱班的教室。

尽管已是寒冬腊月,教室里却温暖如春。东南角一侧的空调显示为二十六摄氏度,空调稍前的位置摆放着一架卡西欧数码钢琴，琴前坐着一位面带微笑、温润儒雅的男士。他就是合唱班的音乐指导杨国斌老师，一位资深的高级音乐教师，老党员，兼任枝江市音协副主席。

教室里坐着五六十位精神饱满、神采奕奕的学员。他们是来自获得湖北"省级充分就业社区"的杨家垱社区、七口堰社区和丰坪巷社区的退休人员（其中，杨家垱社区还被评为宜昌市"社区教育示范点"）。学员来自各行各业：有银行高管、央企总工、重点高中高级教师、行政机关公务员、作协会员、医护工作者、企业职工等。虽然这些学员已退休回归家庭，但作为曾经的社会主力军，多年的职场历练使他们身上散发着豁达、从容的气质。

按惯例，杨老师会先讲一段唱歌的专业知识。今天讲解的是唇部的发音技巧。他在黑板上写下五个唇音：ma、mei、mi、mou、mu，然后进行示范，学员们便跟着模仿练习……

第二节课是实践课——合唱训练。

杨老师站在讲台上说："今天学一首简易二声部的合唱歌曲《送别》。《送别》是学校音乐教育的奠基者李叔同先生1915年填词的歌曲。作品通过对'长亭、古道、笛声、夕阳'等场景的描写，衬托出告别友人依依不舍的诚挚情感。"

完毕，他坐到琴前，环顾了一眼教室，若有所思地说："我先将歌曲分低声部和高声部教大家唱几遍，主旋律部分就不用教了，大家都会，然后分声部进行合唱训练。低声部，教室东边座位的同学，由党小组组长刘芳负责；主旋律部分，教室中间座位的同学，由雷琼班长负责；高声部，教室西边座位的同学,由胡家斌学委负责。"

"预备起:

'长亭外,古道边,芳草碧连天。晚风拂柳笛声残,夕阳山外山……'"

作为骊歌经典的《送别》,我们从不识愁滋味的少年唱到阅尽千帆的中老年。相同的歌词,相同的旋律,不同的唱法。

舒缓从容的歌声中,学员们仿佛经历了一次心灵的洗礼。穿越时光隧道,透过岁月的针脚,大家且行且歌,珍惜每一次的相聚。

以纸传情

枝江市社区教育学院下午两点半的剪纸课,是由和蔼可亲、端庄大方的闫俊蓉老师讲授。闫老师讲话总是轻言细语,深得学员们的喜爱。

对于剪纸,学员们都不陌生,可对于剪纸的意义和价值,知道的却不多。所以,第一节课闫老师就给大家介绍剪纸的意义。

"剪纸是用剪刀或刻刀在纸上剪刻花纹,可以用它来装点和丰富我们的生活。

"剪纸在我国有很好的群众基础,蕴含着丰富的文化内涵。具有认知、教化、表意、交往等多种社会价值。被国务院列入第一批国家级非物质文化遗产……"讲到这里,闫老师的眼中闪烁着自豪的光芒。

"作为爷爷奶奶的我们,给小宝贝剪个可爱的小动物呀,美丽的花朵呀,既能增进感情,又能培养孩子的审美情趣!对我们自身而言,在剪纸的过程中,手动脑动眼动,不知不觉间,可以有效延缓我们的衰老哦!"闫老师继续说。

"啪啪啪……"闫老师通俗易懂的授课方式,赢得了学员们的阵阵掌声。

了解了剪纸的意义和在现实生活中的作用,学员们动手学起剪纸来,更努力、更刻苦了。

从下午二点半到四点半,两个小时的时间。每一幅图案,学员们都能认真完成;课堂上不能完成,即使回家也会抽空完成。

在学习的过程中,学员们也得到了杨家垱社区两位资深剪纸专家——黄兆良班长和肖光耀学委的热心指导。

一分耕耘,一分收获!

从最初最简单的剪一个"囍"字或一个"福"字,到"年年有余""喜上眉梢""和和美美""中国梦""鬅鬙娃娃""喜鹊鸣春"等,或喜庆或温馨或俏皮或向上……题材各异的剪纸作品,从心灵手巧的学员们手中不断呈现出来。

看着学员们对剪纸的兴趣越来越浓,闫老师发自内心地高兴。

一次课堂上,闫老师情真意切地说:"同学们现在对剪纸的兴趣越来越高,作品也越来越好。但离技艺娴熟还有一定的距离,如果有一天……"

她突然话锋一转,有点神秘地问:"你们的技艺已经非常高超了,大家最想剪什么?最想用剪纸表达自己的什么情感?"

坐在第一排的肖光耀学委不假思索地说:"我最大的心愿,就是将《水浒传》中一百单八将的好汉形象,全部用剪纸表达出来!"

一位文文静静的女学员微笑着说:"我平时喜欢阅读,尤其喜欢读《红楼梦》。如果有一天我能剪得自如的话,我最想剪出《红楼梦》中,才女史湘云'醉卧芍药花'的场景!"

一位学员望了望窗外,一眼瞥见凛冽寒风中狂舞的干巴巴的树枝,触景生情地说:"寒冬过后就是春天,我想剪一幅《人勤春早图》!"

还有学员表示:"我没有什么目标,到时候带孙子,孙子喜欢什么我就剪什么……"

"哈哈,我想剪……"学员们你一言我一语,教室里传来阵阵开心的笑声,每个人的脸上都充满了对未来的美好憧憬。

闫老师不失时机地说:"好,非常好!这就是我们社区教育学院首届剪纸培训班的目的——以纸传情!即使我们的剪纸培训结束后,也希望我们剪纸班的每一位学员能牢记来时的初心:用手中的剪刀、刻刀,通过一张张薄薄的纸,剪刻出对生活的热爱之情!"

结 束 语

奈何指缝太宽,时光太瘦!枝江市社区教育学院首届合唱班与剪纸班的培训,从 2021 年 11 月 25 日开学,计划至 2022 年 1 月 20 日结束。转瞬之间,培训已接近尾声。

一个周四,合唱班结业考试结束之后,作为本次培训的负责人之一的杨国斌老师总结道:"首届培训班的学员有'三高'。第一,高年龄!我们年纪最大的学员是李珍修奶奶,今年八十岁。听她的声音一点都不像八十岁的老人,非常年轻。第二,高学历!我们这批学员中,有本科生、大专生。特别是一位六十多岁的学员,本科毕业于全国著名的高等院校,堪称'学霸'。第三,高素质!课堂上从来没有交头接耳的现象,大家上课认真听讲,按时完成作业;寒冷的三九天仍坚持上课,有事会请假。这是学员们自身高素质的体现,不是一时半会儿训练得出来的,展示出我们首届培训班学员良好的修养!

"我们是一个和谐进取的团队,涌现出了不少乐于奉献的学员!比如我们的班干部和党员同志们,姚松群主、宜昌作协的女作家王卫东老师,以及精心制作分享课堂视频的镇芝奶奶等。

"本次培训能取得良好的成绩,也要感谢各社区领导的支持与关心。如杨家垱社区的孟丽芳书记,就曾打电话询问本社区学员的学习情况,并希望社区教育学院的老师们多帮助、多关心本社区的退休老同志们!此次培训,杨家垱社区的学员也是最多、最踊跃的,达到了四十三人。他们学习基础与学习氛围相当好。

"我们社区教育学院今后或许还会举办高级培训班,或许还会拓展更多专业的培训。相信有了各级政府部门的大力支持,以及首届培训班的成功举办的经验,社区教育学院会越办越好。这里永远是生机盎然的春天!"

愿你被阳光看见

人间向暖，万物初春。

2022年3月23日（周三），是枝江市社区教育学院丹阳社区剪纸班开班的好日子。

有点"宅"的我，居然不知道丹阳社区居委会就在丹阳小学正对面。

骑着粉色小电动车，沐浴着春日和煦的阳光，从城东到城西，到目的地时，"丹阳社区社教学习站"挂牌仪式已开始，领导和嘉宾们分别于主席台和前排就座。为了不打扰他人，我拣了一个僻静的小角落悄悄坐下，也不知仪式进行到第几项了。

当主持人用清脆的声音宣布，请枝江市社教学院首届学员王卫东女士宣读贺信时，我走上主席台，一眼瞥见主席台下坐着几位熟悉的朋友，陌生感瞬间消失，喜悦之情荡漾开来。贺信读得热情洋溢，内容朴实接地气，真实道出了学员们的共同心声：岁月虽然带走了我们的青春，但沉淀下来的美好愈发让人羡慕，也愈发珍贵。

携 手

开班仪式结束，学员们正式开启第一节剪纸课。市职教中心戴绍雄老师、市音协副主席杨国斌老师、社教学院剪纸班的闫俊蓉老师，分别从不同的角度对剪纸班的学员们提出了希望和要求。老师们话语不多，但对社教事业的热爱之情，让学员们深受鼓舞。

杨国斌老师动情地说："丹阳社区'社教学习站'能挂牌成立，剪纸培训班能顺利开班，一是说明社区领导把带头践行社区教育工作积极落实，心中始终装着社区居民；二是说明贵社区的居民在新时代幸福安宁的环境里，愿学、乐学、爱学，具有全民学习、终身学习的良好意识和习惯，在努力构建学习型社会，促进乡村振兴方面，为其他社区的居民做出了好榜样。"

丹阳社区初级剪纸班的两位跟班老师，是从社教学院首届剪纸班挑选出来的两位优秀学员，如今又进入提高班及师资班继续学习。一位是来自杨家垱社区的剪纸专家肖光耀老师，另一位是来自丰坪巷社区的姚松老师。

肖光耀老师是枝江乃至宜昌都非常有名的剪纸专家，多次获得大奖，部分作品被北京市国创院收藏。此次开班，肖光耀老师还拿出了他压箱底的剪纸作品——十米长的《清明上河图》。被精心装裱的作品徐徐展开：无论是郊外负重累累的骆驼，还是茶馆里悠闲惬意的茶客；无论是商船云集的码头上的苦力，还是车水马龙的闹市中的小贩，在肖老师剪刀下都栩栩如生，令在场的学员们大开眼界。

同样来自杨家垱社区的剪纸专家黄兆良老师，也给学员们展示了自己的上乘之作。一只精美的茶壶、一朵盛开的牡丹、枝头栖息的鸟儿、水中游动的鱼儿……无不活灵活现，令人赞叹不已！

在首次授课现场，我看到了暖心的一幕。除了肖老师和黄老师，还有夏慧珍老师、张经涛老师以及我，共五人均来自杨家垱社区。此次师资储备志愿者团队共八人，杨家垱社区就占了五位，杨家垱社区不愧是"宜昌市社区教育示范点"。在现场，我们与其他三位师资储备志愿者一起，手把手地耐心地教学员们一些初剪小技巧。有的初学剪纸的学员不太懂，把从家里带来的普通剪刀，准备用来剪镂空作品。志愿者们赶忙告知：剪纸有专业的剪刀，普通剪刀是剪不成镂空作品的。闫俊蓉老师随即递过来一把社教学院专门为初学者准备的专业剪刀。

我的两位丹阳社区的朋友，第一节课各剪了一个"囍"字，第一次亲手将"囍"字剪出来（以前的剪纸作品都是在街面上买的，那是别人的作品），甚是惊喜，迫不及待地问我："剪得怎么样？"我笑答："第一次剪，很不错咧！""哈哈！我剪的头重脚轻，上头剪大了！""呵呵！我剪得太宽松了，两个'喜'字分得有点开！"

"哈哈……"三个人不约而同地爽朗一笑。多好啊！社区与社区携手，学员与学员携手，共创和谐美好明天。

亮 色

从报名情况来看,丹阳社区剪纸班与社教学院首届剪纸班相比,有一个明显的特点:年龄跨度较大,最大的七十岁,最小的二十八岁。所以杨国斌老师解释说:"我们这个班不叫中老年剪纸班了,而叫丹阳社区初级剪纸班。社区教育突破年龄界限,不局限于中老年人,也是一次新的尝试。对于公益性的社区教育活动,只要年轻人乐学,愿学,一样欢迎。二十八岁,正值青春。希望这批年轻学员的加入,为我们社区教育学院注入新的活力,带来新的思维,增添一抹亮丽的色彩!"

教室里响起热烈的掌声,既是自信的掌声,也是互相鼓励的心灵交流。都说爱心是志愿者最好的舞台,奉献是志愿者最美的语言。志愿精神,也是枝江市社区教育学院从成立之日起,一贯秉持的教学理念。

志愿者是一朵花,有了花,风变得温柔,夜变得绚烂。有时间,做志愿者;有困难,找志愿者。

朋友,这个春天,你站在阳光下了吗?愿你被阳光看见。

第一辑　岁月知味

罗红星的乒乓梦

在青春飞扬的少年时代，哪一个翩翩少年不希望在球场上挥洒激情，绽放活力？枝江乒乓球协会会长罗红星的少年时代也不例外。

瞧！小小的乒乓球，在你来我往中不断跳跃。正手攻球、反手推挡……攻守之间不仅仅是体力的较量，也是智商的角逐。罗红星在少年时代就喜欢上了乒乓球这项运动，那时的运动条件相当艰苦，学校的乒乓球桌都是用水泥砌的台子，球网就用一排砖头代替。尽管运动设施十分简陋，仍然抵挡不住一群少年对小小银球的迷恋。那时，一放学，背上书包，冲出教室，第一件事就是抢球桌……

对乒乓球的痴迷热爱，一直延续到罗红星步入社会。走上工作岗位后，他结识了更多的乒乓球爱好者。

刚开始，枝江并没有正规的乒乓球组织。大家都是三五成群，这里一个点，那里一个点，各打各的，各玩各的。相互间信息也较闭塞，犹如一盘散沙。

罗红星在少年时代就是有名的孩子王，常带着一帮小孩子玩耍。他脑瓜灵活、点子多，会组织小伙伴开展一些小型的乒乒球比赛。他为人热心，待人宽厚，爱交朋友。少年时他就有一个乒乓梦：希望以球交友，在收获友情与健康的同时，球技也得到不断提高。

面对一盘散沙的现状，罗红星多方协调。由枝江市体育总会牵头，在枝江市文化和旅游局的领导下，枝江市乒乓球协会于2008年正式成立。罗红星也众望所归，当选为枝江市乒协第一届会长。在枝江乒协成立大会上，罗红星饱含深情地说："我们这个协会成立相当不容易，我们协会成立的初心，总结出来就是'三有'——乒乓球爱好者有平台，乒乓球专业者有水平，乒乓球比赛中有荣誉。"

乒协成立，架子搭起来了，如何将乒协的工作做得有声有色？罗会长又投入到各项具体的工作中：从会标会徽的设计、组织内部机构的建立，到会员日常训练的开展等，无论大事小情，罗会长事必躬亲。

罗红星作为枝江乒协的会长，一直秉承走出去、引进来的宗旨。2009年，刚刚成立一年的枝江乒协首次率团出访当阳，人数仅十人。主动走出去，找差距，并建立起了与兄弟协会的友谊。

经过五年的磨砺，2014年罗红星率领枝江乒协，再次组队参加第八届三峡库区"华硒女儿城"杯乒乓球赛，并得到西陵酒业的赞助。本次比赛参赛运动员有国字号的、有省队的，水平高、范围大，再一次开阔了队员们的视野。

最难忘的是2015年5月，他组团参加宜昌市第六届乒乓球锦标赛，这是枝江乒协在宜昌市乒乓球锦标赛上初次亮相。队

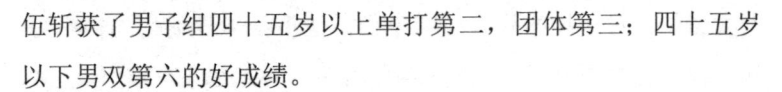

伍斩获了男子组四十五岁以上单打第二，团体第三；四十五岁以下男双第六的好成绩。

枝江乒协在罗红星会长的带领下，先后参加了2016年秭归俱乐部邀请赛、2017年长阳俱乐部邀请赛。

2018年，是枝江乒协发展史上浓墨重彩的一年！这一年枝江乒协与枝江市一家公司建立战略合作关系，球队冠名"枝滋有味"，组织球队参加长阳俱乐部联赛并取得第五名的良好成绩。同年11月"枝江市首届全民健身乒乓球赛"顺利召开。通过这次比赛，乒乓球运动深入到了枝江的各个行业、各个年龄段的人群。

2019年，枝江乒协举办的精彩赛事更是不断。3月，东方花谷邀请赛；3—5月，枝江春季联赛。特别是5月28—29日，宜昌市第八届乒乓球锦标赛在枝江市成功举办。

宜昌市第八届乒乓球锦标赛能落地枝江，作为枝江乒协会长的罗红星，功不可没。

当初，宜昌市第八届乒乓球锦标赛并没有明确在枝江办。宜昌市乒协领导到枝江来考察以后，看到罗会长对乒协工作非常的认真负责，方方面面的工作都做得非常到位，才现场决定将本届赛事交给枝江乒协承办。在赛事组织过程中出现了很多意想不到的困难，罗会长不辞辛苦地逐一解决。他跑工会争取资金，给工会主席做工作，给文体局的领导做工作，给"枝滋有味"做工作、拉赞助……。最终，本次赛事成功举办，得到了同行及广大球友的高度赞扬与肯定。

罗红星对外是精明强干的当家人，对内又像一位知冷知热的大家长。对乒乓球队的小青年们,他不仅指导他们如何打好乒乓球,也非常关心他们的终身大事。乒协有好几对年轻人"因球结缘"成为伉俪,一时被传为佳话。

有时候乒协搞活动,伙食经费不足。罗会长便慷慨解囊,私人出钱解决球员的吃饭问题。

真是不当家,不知柴米贵啊!如何培养新的好苗子?又如何将优秀的选手推出去?这些都需要经济支撑,罗会长为了协会的发展与壮大,除了使出浑身解数,四处拉赞助外,还私人赞助了协会五千元。他的这种无私奉献的精神,深深感动着每一位球友。

当然,凡事都不会一帆风顺,总是会遇到坎坷与波折。罗红星自己有公司,是个大忙人。有时在外地出差,不能参加协会活动,他就会打电话或用微信,仔细询问协会各项活动的进展情况。由于他对乒协要求高,常常会感到力不从心,也曾有打退堂鼓的时候,想主动让贤。但大家一致推荐他连任会长。

弹指一挥间,枝江乒乓球协会自2008年成立至今,已经有十余个年头了。罗红星也从满头青丝到霜染鬓发,但他无怨无悔。

是啊!罗红星——那个曾经在球场上挥洒激情与活力的少年,已成为枝江乒协的领头羊。当他少年时代的乒乓梦与全民健身的美好时代邂逅时,枝江乒乓球协会的明天一定会更美好!

杨家垱湖畔谱新曲

"落霞与孤鹜齐飞,秋水共长天一色。"这里是田园枝江,秋日的杨家垱湖畔。

环湖而居的,是枝江最年轻的社区之一——杨家垱社区的居民。杨家垱社区的居民以三线企业湖北化肥厂(简称省化)职工为主,省化生活区建于1975年,当时就有数千人居住。是典型的国企大院,也极具国企生活区特色:企业办社会。多年来,居住在院子里的职工及家属大事小情都由企业大包大揽。

随着国企改革的不断深入,国有企业剥离社会职能,将"三供一业"(即供水、供电、供气和物业管理)移交地方。一时间,偌大的生活区矛盾重重,2020年杨家垱社区应运而生。

初 识

作为一名在省化生活区居住近三十五年的老居民,一开始我对社区工作也不是很了解。社区有哪些功能?社区工作者又是一群什么样的人?

一天,我突然接到一通电话:"王老师您好!我是杨家垱社区的孟丽芳。我们是刚成立的新社区,会经常组织一些活动,希望您作为优秀的居民代表,有时间时能多参加一些社区活动,多了解我们社区……"电话另一端传来孟书记极具亲和力的声音。

第一次接到孟书记的电话,我很是惊讶,心想:这女书记工作好细致!上任前一定对社区的方方面面做了大量深入的摸底工作,对社区的人和事十分清楚。

有了一定的好感,自然会添加对方的微信。每次社区有什么活动,孟书记总会发来消息,希望我参加。每次接到消息,从她真诚的文字中间,总能感受到一位年轻的社区党委书记对工作的热情与执着。

相　知

因为我身体的原因,加之琐事繁多,多数社区活动未能如愿参加。

春暖花开时节,我们在与小区一墙之隔的杨家垱公园偶遇。

沐浴着和煦的阳光,我们沿湖边走边聊。原来,年轻美丽的孟书记是湖北化肥厂的二代子弟。和所有省化的孩子们一样,她的童年和少年时代都是在省化生活区院子里度过的,小区留下了她太多美好的记忆。她曾经熟悉的叔叔、阿姨、老师和同学们,至今仍有不少人居住在省化生活区里。

我们转过一个小山,眼前呈现出一大片金灿灿的、摇曳多姿的萱草花。只见她像个孩子似的一路小跑,边跑边向我招手，兴奋地大声说："王老师，快来看，快来看，萱草花全开了！"

她情不自禁地蹲下来，闻了闻淡淡的萱草花香，轻轻哼唱："高高的青山上，萱草花开放……如果有一天，心事去了远方，摘朵花瓣做翅膀，迎着风飞扬……如果有一天，懂了忧伤，想着它，就会有好梦一场……"

蓦然一抬头，我们望见湖对面不远处高高耸立的省化厂区合成塔，它曾经是枝江城区地标性的建筑啊！如今静静地矗立于城区一隅。她低着头，若有所思地说："省化曾经是拥有3000多职工的大型化工企业，干部职工来自全国各地，他们为祖国的三线建设发挥了自己的聪明才智，奉献了宝贵的青春。有些我记忆中风华正茂的叔叔阿姨，如今已鬓发染霜，青春不再。他们年纪大了，企业也转产异地。如何让他们转变老观念，尽快融入共建共治共享的时代大潮，与时俱进，增强幸福感，是我思考最多的问题。"

说完，她朝我微微一笑。这浅笑中，少了职业女性的干练与精明，多了一丝邻家闺女的细腻与体贴。

感　动

杏花微雨，我从菜市场回生活区，经过杨家垱社会居委会。一个熟悉的身影正从大厅走出来，左肩斜挎一米色女包，右手撑把花伞，原来是孟书记。

"小孟，今天周六还上班？"

"王老师您这么早，菜都买回来了！这不，昨天手头的事没做完,今天接着做,准备再到新7栋7楼做一位老人家的工作呢!"

"嘟嘟嘟……"孟书记包里的电话响了。

"喂!晓雨啊!我查一下花名册。"只见她从包里取出一蓝色文件夹,翻了翻,再用手指指着一处说,"你今天再到七星新天地某栋某室去一趟,再做做工作吧!"

我瞧了瞧花名册上最显眼的"备注"一栏,密密麻麻写满了未接种疫苗的原因。我皱了皱眉头说:"这么多人!这一趟趟跑下来够累的!因为我们是老小区,基本都是小高层,有电梯的少!"

"说不累是假的!部分居民对我们的工作不理解,我们得有足够的耐心,多关心他们,多了解实际情况。为维护好我们共同的家园,多跑几趟,值!"她清了清嗓子,露出熟悉的亲和的微笑。

这雨中一幕,给我留下深刻的印象。自那以后,每次从杨家垱社区居委会楼前经过,我总会不自觉地停下脚步,留意一下办事大厅及活动广场,有时是学雷锋活动,志愿者们为居民义务理发、量血压,帮助年纪大的居民解决使用智能手机中碰到的难题;有时是热热闹闹的"粽"享欢乐,共度端午活动;有时是"奋斗百年路,启航新征程"庆"七一"文艺演出;有时传来社区合唱团悦耳动听的练歌声;有时放映露天电影,"爱国影展"系列之《狙击手》……

和谐作笔,同心画圆。我们的生活区越来越和谐,越来越有活力!在小孟、晓雨、紫丹等一批年轻的社区工作者的带领下,杨家垱社区的一首首新曲飘荡在杨家垱湖畔……

夏日晨韵

夏日清晨，某企业新招聘来的大学生阿杰刚下夜班。他低着头，推着自行车，蔫蔫地走出厂区大门，一脸疲惫。

灿烂的阳光洒在他脸上，他却无心享受，连续的夜班令他心情不佳。

突然，身旁驶来一辆三轮车，三轮车上装满新鲜的绿色的蔬菜：苦瓜、丝瓜、黄瓜、豇豆、青椒、南瓜叶、竹叶菜……深深浅浅的绿。

原来是一个老农踩着一辆三轮车，正吃力地朝马半路菜市场蹬去。速度有点快，"丁……零……零……"有些生锈的三轮车铃铛，一路发出嘶哑的声音，从阿杰身边快速经过。一回头，老农朝阿杰善意地开心一笑，刀刻般的皱纹里镶满了笑容。三轮车上装着的仿佛不是蔬菜，而是老农对生活的满意。

老枝江一中门前，卖早点的中年夫妇早就忙碌开了。雪白的包子刚出笼，锅里的油条炸开了花。大婶左手端着盘子，右手麻利地用夹子给客人拣早点，还不时与老主顾打招呼。大婶爽朗的声音和着油香一起，在夏日清晨的空气中弥漫开来，沁入阿杰的心脾。

"哗啦"一声，小商店的门开了，出现了一张年轻俊俏的脸。一眨眼，店主——美女小姐姐像变戏法似的，迅速将女孩子们喜欢的五颜六色的蝴蝶结，男孩子们喜欢的造型各异的运动帽等小物件挂满了用铁丝绕成的网状架子。

正值暑假，三五成群上课外兴趣班的孩子，彼此呼应着、追逐着从大街小巷奔跑出来。迅速汇集成一条欢乐的小溪，朝兴趣班涌去。快乐的身影跑远了，渐渐地消失在梧桐树的那端，但空气中似乎还流淌着他们欢快的笑声……

生活区门口新7栋后面的小树林里，有一群正在晨练的白发老者。他们有的舞着太极剑，有的手中拿着大红的功夫扇比画……只见几位舞剑的老者，边练边讨论着动作要领。其中有位精神矍铄的老爷爷，舞一个太极剑的招式，时不时停下来进行讲解。其他几位老者站在一旁，一边仔细观看，一边跟着比画动作。老爷爷洪亮的讲解声以及流畅、刚柔相济的太极剑动作，吸引了来来往往的人们的目光。

阿杰突然想起了文学巨匠泰戈尔写的一个故事：讲一个寻找点金石的人，耗费一生的精力去寻找点金石，却不晓得自己系在腰间的铁链子，什么时候变成金的了。他不停地苦苦寻找，以致精疲力竭。

阿杰顿悟：原来我们每个人的手里都握着一块点金石。自己所拥有的青春不正是一块熠熠生辉的点金石吗？青春是人生中最美好的年华，它具有无穷的发展空间。生活中无论是朝气蓬勃的少年郎，还是夕阳无限好的老爷爷；无论是脸朝黄土、背朝天的老农，还是早起制作早点的大婶以及朝出暮归的店主小姐姐，他们每个人都十分珍惜手中的点金石。自己年纪轻轻，有什么理由让韶华虚度呢？

　　想到此，阿杰释然了许多，骑上自行车，飞也似的朝单身公寓驶去。他准备回去冲个澡，再到书城逛逛。很久没闻到书籍的墨香了。

早起看人间

我喜欢早起,带上我家的萌宠"鹿公子",骑上"新日牌"粉红电动车,绕着县城转一圈,新的一天便正式开始了。

经过生活区三区,见一户二楼住户的阳台上,开满了玫红色的三角梅。在夏日的晨风中,一片片鲜艳的玫红色花瓣随风飞舞。作为厦门市的市花,三角梅素有"含蕊红三叶,临风艳一城"的美誉。正如三角梅的花语:热情、坚韧不拔、顽强奋进。想象三角梅的主人,一定是一位热爱生活、积极向上之人吧!

出得东门,沿着杨家垱社区旁边整洁的水泥路,一直往前走,穿过一条宽敞的马路,便到了热闹的马半路菜市场。菜市场里人头攒动,人声鼎沸,吆喝声、讨价还价声此起彼伏。

"梨瓜,董市的梨瓜,一块钱一斤……"一辆皮卡车上装满了梨瓜,瓜堆上放着一个高音喇叭,重复播放着叫卖声。车旁一对年轻的夫妇,一边招揽顾客,一边称重、收钱,忙得不亦乐乎。

正是初夏时节,各种新鲜的蔬菜大量上市。菜摊前,各种蔬菜摆放整齐,豆角、苦瓜、丝瓜、豇豆、辣椒、小白菜、竹

第一辑 岁月知味

叶菜……深深浅浅的绿，令人忍不住停下脚步。

有的老人家推着两轮小车，车上大包小包里全是菜。他们家或许是个三代同堂的大家庭吧！人多吃的也多。我家里中午就我一个人吃饭，老公吃工作餐，女儿在外地工作，便只买了一小把新鲜的南瓜叶和一点豆角。但我特别喜欢菜市场里的烟火气，真实、自然。

菜市场对面，有一家我常去的包子铺。店老板的狗"美美"正端坐在店铺门前，神气地高昂着头。看见我家"鹿公子"，便兴高采烈地摇着尾巴跑过来。"汪汪"两声，它们便一前一后追逐着玩耍起来。

包子铺的隔壁，有一家修摩托车的小店，店主是一位年轻开朗的王姓小伙子。

"啦……啦……小白杨，小白杨，它长我也长，同我一起守边防……"我从这家门店前经过，见小王蹲在地上，正对着一辆旧摩托车，边拧螺丝边大声唱《小白杨》，禁不住打趣道："哇！大清早的就开始抒情啊！"

小伙子仰起脸，露出一排整齐的小白牙，不好意思地笑笑，说："大姐，早啊！"

"你早！"

我从小在长江边长大，心中最美的风景当然是江景，晨起遛弯儿也不会错过欣赏江景的机会。

迎宾大道在建行办公大楼前的十字路口，向南拐个弯，再沿着公园路一直走，便来到了江边码头。

江边的空气清新，让人不由自主地深吸几口气。江边码头的小广场上,一群银发老人正在打太极拳,在金色朝霞的衬托下,他们一个个愈发显得精神矍铄。

"呜——呜——呜——"随着一阵低沉的汽笛声,渡船又载着一群新的渡客到达了江岸。渡客们神态各异,有的行色匆匆,有的谈笑风生,有的神情凝重。人群中,有一个健壮的中年汉子,挑着一担新鲜的瓜果上了岸。哈哈!一定是江南的瓜果喽!我喜出望外。江南土质松软,阳光充足,长出的瓜果不仅香甜可口,水分也足。特别是江南的梨子,全国闻名。

"大哥,香瓜怎么卖啊!""嗨!自家产的,甜得很,吃不完挑过来卖一些,便宜得很……"说罢,中年汉子卸下担来,朝我憨厚地一笑,两道浓密的剑眉让人过目不忘。

接着,又有好几个晨练的人围拢过来,大家都知道江南的瓜果口感好。不一会儿,瓜果就卖了一大半。

我骑上电动车正欲离开,"剑眉大哥"喊住了我:"他大姑,今天多谢你帮我开了第一秤,收个早工早点回家,又可以多干大半天的活路了!""剑眉大哥"一边笑眯眯地说着,一边从剩下不多的几斤瓜里,挑了一只圆溜溜的香瓜送给我。我执意不肯收,他硬是将瓜放进了我已装好瓜的袋子里,随后点上一支香烟,松了口气似的悠闲地吸起来。我真诚地谢过"剑眉大哥",心想,真是个善良又实诚的庄稼人。

回家的路上,经过一家鲜花店,门前摆满了五颜六色的鲜花,花香扑鼻。路过的行人都禁不住感叹道:好香啊!我停好电动车,进得店来,精心挑选了两枝含苞欲放的白色百合花,闭上眼睛用鼻子细细闻了闻。嗯!香味真不错,是我和先生都喜欢的淡雅香型。

　　清晨，绕着县城一圈转悠下来，车篓子里装满了新鲜的蔬菜、瓜果、鲜花和好心情。

　　早起看人间，习惯了小城镇的恬淡与悠闲，从不向往大都市的时尚与繁华。小城悦目，地满花枝花满地；大江远眺，天连江水江连天。最美人间！

梧桐树下的豆浆摊

——练摊小记

清晨,团结路小学的校门旁。当春日清晨的第一缕阳光透过梧桐树叶的缝隙,洒在人行道上的时候,W女士早已站在豆浆摊前,等候着她熟悉的小顾客。

伴随着欢快的笑声,孩子们三五成群地从她的小摊前经过。调皮的小家伙们不时地朝小摊张望……嘿!品种还真不少,有提高记忆力的黑豆豆浆、原味豆浆、红枣豆浆、豆奶等;有强身健体、促进智力发育的新鲜奶制品;还有利于孩子们肠胃吸收的瑞士面包卷和造型可爱、适合孩子口味的"毛毛虫"夹心软面包……趁着孩子们在摊前精挑细选的空儿,和气的女摊主总会与孩子们聊上几句。

由于豆浆配的是内附吸管,年龄偏小的孩子在撕开口子的时候,很容易将豆浆洒出。遇到这样的情况,女摊主常常会主动帮他们把袋口撕开。但有些"小大人"会执意自己撕,细心的女摊主便会提前准备好一块棉质的红色小方巾,当有类似情况发生时,她就用小方巾将孩子的小手擦干净。

豆浆和面点的品种、重量不同,价格自然不一样。孩子们天性好奇。有的孩子会一下子问好几种商品的价格，最后只买一种。但女摊主仍然会耐心地告诉孩子们，不同商品的价格。

渐渐地，孩子们越来越喜欢这个豆浆摊，而女摊主也愿意与孩子们在一起。喜欢他们稚嫩的声音和天真无邪的笑脸，宛若一个个可爱的小天使！

经过漫长的暑假，孩子们又迎来了新的学期。天气渐渐转凉，善良细心的女摊主考虑到孩子们的身体健康，一大清早便备好了两瓶热水，将袋装豆浆在热水里浸泡一会儿，取出时温度刚刚好。看着孩子们喝着可口的豆浆，美滋滋地说一声："真好喝！"女摊主便幸福地笑了。

孩子们与女摊主的感情越来越深。有一次，女摊主因家里有事，连着几天没出摊。三天后当几个熟悉的孩子再次在摊前见到她的时候，纷纷抢着问："阿姨，您这几天咋没来啊？我们每天早上都找您呢！"

"是吗？"女摊主特感动，开心极了！她搂着稍大一点的小女孩的肩膀，就像搂着自己的女儿一样，笑着说："对不起！这几天家里有事，没出摊。"

"哦！"小女孩懂事地点点头。

这位女摊主有句座右铭："热爱生活，感恩生活。"工作、生活之余，她总爱爬格子，喜欢将生活中那些温暖的画面，用文字记录下来。时光不能永驻，而文字却是最好的回忆载体。

生活，在藤蔓间绽放

受友人邀约，一个夏日的清晨，我们来到了马家店街办宝筏寺村村主任姚志刚家，参观他种植的苕尖子菜。一亩多地的蔬菜大棚里，长满了绿油油的苕尖子菜。那一节节粗壮的苕藤，像一个个绿色的精灵，在晨风中尽情舞蹈。

作为枝江市率先试种"鄂菜薯1号"苕尖子菜成功的第一人，姚先生脸上时常挂着笑容。1973年出生的姚志刚，身材高大，淡定的目光中透着精明与执着，话不多却总是面带微笑，极具亲和力。

作为一名村干部，姚志刚是怎么想到种植"鄂菜薯1号"苕尖子菜的呢？在试种过程中又碰到了哪些困难呢？我们正在提问，只见一个人骑着三轮车来进苕尖子菜，车轮陷入了泥土里。姚志刚眼疾手快，三步并作两步跑过去，帮着推了一把。回过身来，他拍了拍手上的泥土，习惯性地抖了抖肩膀，笑着说："试种过程中碰到的困难太多了，就像刚才的三轮车一样，每一次陷入泥土（困境），都有一股无形的力量推我一把，支撑着我继续前行……"

众所周知，宝筏寺村地势平坦，土地肥沃，除了产小麦、棉花、油菜外，这里的农户还有种植蔬菜的传统。但是种植常见蔬菜，如白菜、萝卜、冬瓜、南瓜、黄瓜、苦瓜、辣椒、茄子、西红柿等，不仅劳动强度大，而且附加值也不高，碰到市场滞销，有时连成本都难以收回。

作为村主任的姚志刚，每每看到乡亲们脸朝黄土背朝天地辛辛苦苦一整年，到头来却没啥收入，心里那个急呀！2011年6月，枝江市农业局有关领导与马家店街办农业技术服务中心主任孙勇等到华中农科院考察后，决定引进"鄂菜薯1号"苕尖子菜在枝江试种。精明的姚志刚在得到这个消息后主动要求试种，得到了街办领导的大力支持。

姚志刚将从华中农科院引进的四百株种藤栽到自家田里后，就像养育自己的孩子一样悉心照料。经过一个多月的精心管理，种藤终于成活了。虽然只成活了八十株，但仍令他激动得热泪盈眶，透过晶莹的泪花，他看到了希望。

种植虽然成功了，但该如何打开市场呢？在人们的传统观念里，苕尖子是喂猪的呀！作为蔬菜型的"鄂菜薯1号"苕尖子菜与普通苕尖子有着天壤之别。首先，普通红苕主要吃块根，苕叶虽可食用，但味道苦涩，多用于家畜作饲料。而"鄂菜薯1号"苕尖子菜，主要是吃茎尖（苕尖），其茎尖口感清香，质地脆嫩，味道微甜。不仅如此，苕叶还具有一定的防癌作用，具有调节人体免疫功能，延缓衰老，降血糖，促进人体对钙的吸收等保健功能呢！

俗话说：百闻不如一见。东西再好，大家没吃过，不认可这个新菜咋办？爱动脑筋的姚志刚，想到了枝江城区比较有名的几家大酒店，决定免费给他们提供苕尖子菜，让消费者免费品尝。很快苕尖子菜得到了消费者的青睐，多家宾馆酒店纷纷向他订货，苕尖子菜从无人问津一下子变成了百姓餐桌上的抢手菜。它的单价也从八毛钱一斤的"白菜价"涨到了五元一斤的正常价格，体现出了它应有的价值。

姚志刚至今记得在种植"鄂菜薯1号"苕尖子菜的第一年，由于没有掌握苕尖子菜如何越冬的技巧，第二年一开春，他又得到华中农科院购买种藤。该院的老教授虽然热情，但出于技术保密考虑，就是不肯告诉他"鄂菜薯1号"苕尖子菜如何越冬的技术。他只好又一次性从华中农科院购回二百斤的种藤。

2013年春天，姚志刚下定决心，一定要学会"鄂菜薯1号"苕尖子菜的越冬技术，自己培育种藤。他只身一人开车前往一千多公里外的阳新县学习技术，通过在同行的种植基地田里参观与考察，终于掌握让苕尖子菜安然越冬的技术。按常理，此时的姚志刚完全可以陶醉在自己的种植王国里。然而，有一股力量却推动着他继续前行。

想当初，他毅然放弃在江城武汉已经打拼成功的事业，就是为了回乡为乡亲们服务，带动大家一起共同致富。作为一名党员，一名村主任，这是他义不容辞的责任。

与此同时，周围农户看到种植苕尖子菜利润可观，又不愁销路，纷纷找姚志刚引种种植"鄂菜薯1号"苕尖子菜，热心肠的姚志刚便免费为乡亲们提供栽培技术，并上门指导。

在他的带动下，"鄂菜薯1号"苕尖子菜呈现出产销两旺的良好势头。仅马家店街办所属的几个村，种植户达到二百户，种植面积达七百亩。苔尖子菜更是远销到宜昌市的夷陵区、长阳、五峰等地。

更为难得的是，近年来，作为村主任的姚志刚将宝筏寺村的三户村民作为精准扶贫对象，主动上门做工作，手把手教他们种植"鄂菜薯1号"苔尖子菜，仅一年他们就脱贫致富了。

姚主任还计划在2017年，对全村十八个精准扶贫对象，全部实行种植项目扶助，帮助十八个精准扶贫对象种植"鄂菜薯1号"苔尖子菜，并承诺让他们当年脱贫致富。

夏日的夜晚，村子里渐渐安静下来。忙碌了一天的乡亲们，悠闲地聚在一起，聊聊今年的收成和明年的打算，期盼着生活能越来越好，日子越过越红火！

每每此时，姚志刚就会手握一只红色的手电筒，去不远处的苔尖子菜大棚里去转转，察看一下苔尖子菜的长势。看着苔尖子藤蔓那细细的根须，牢牢扎根土壤，努力地向前延伸，他常常会感慨：其实，美好的生活就在这藤蔓间慢慢绽放。

心灵之光

——读濮存昕的《我知道光在哪里》有感

如今的演艺圈可谓是星光灿烂，荧屏上俊男靓女比比皆是。在众多的明星中，年过半百的濮存昕，以他沉稳大气的表演风格受到了广大观众朋友的喜爱。无论是电视剧《英雄无悔》中一身正气的公安局局长，还是电影《鲁迅》中"横眉冷对千夫指，俯首甘为孺子牛"的大文豪形象，都给观众留下了深刻的印象。在同行的眼里，他更是一位博学、儒雅、内敛的实力派演员。

然而，濮存昕的艺术道路并非一帆风顺。他虽然出生于一个艺术之家，从小就受到艺术的熏陶。但在很长一段时间里，他被自卑的阴影所笼罩。两岁时一场灾难降临到他身上，因患小儿麻痹症，致使他一只后脚跟着不了地。小朋友都追着叫他"濮瘸子"。而上体育课是他最伤心的时候。直到小学三年级时做了整形手术，脚才慢慢能放平了。他疯了似的锻炼，骑自行车、跳皮筋、打篮球、跑步，为了训练那条残腿，各种运动都参加。

十七岁那年，他积极响应国家号召，报名到非常艰苦的黑龙江建设兵团当知青。从繁华的首都北京到落后偏僻的乡村，这个年轻人一干就是七年。初到农村，年轻气盛的濮存昕常对身边的人和事看不惯。他的父亲告诫他要严于律己、宽以待人。正是从那时起，他学会了宽容。即使后来走上领导岗位，他还常常用这句话告诫自己。大凡优秀的人都是善于自省的人，只有在自省中才能使自己不断完善，濮存昕也不例外。

酷爱艺术的濮存昕，处在艺术创作的高峰时却与别人的选择不一样。大多数人可能在这个时候拼命接活，进电视、电影剧组赚钱。那时很多话剧演员暂时放下了理想，离开了酬劳微薄的话剧舞台。因为大家都知道，演话剧是个费力不讨好的活儿。话剧不像电视剧，拍一遍，异地异时放百遍。话剧是一场一场实打实地演，演员体力消耗大，而且收入也有限。但他知道演话剧最能锤炼一个人的演技，只有沉下心来才能学到更多的东西。于是他把更多的时间和精力用在话剧舞台上，甚至将拍广告的酬劳倒贴于话剧舞台。他是一个真正热爱舞台艺术，用心演戏的好演员。

也许是儿时苦难的经历造就了他同情弱者、热爱公益的美好情操。他被卫生部授予预防艾滋病宣传大使、无偿献血义务宣传员，并被评为首届"感动中国2002十大年度人物"。他以公众人物的感召力，承担起社会责任。

在书的结尾，濮存昕饱含深情地写道："演员的环境其实就是光，人最难得的是找到一生都愿追寻的光，对我来说，这束光就在这部书里。做人、演戏都是一门修行；坚持、放弃都是一种境界，认认真真演戏，老老实实做人，我一直努力以一颗平常心来实践这一生的诺言。"正因为他心里有一束光,所以他永远不会迷失方向。

透过这本书我似乎看到了濮存昕坚强、自省、执着、慈善的心灵之光。

舞台背后的感动

热热闹闹的作协年会圆满落幕了。

翻看作协文友们的微信朋友圈，都是关于作协年会的花絮，可见朋友们都是非常地尽兴。但不知为什么，我这晚久久难眠，干脆披上棉袄，打开台灯，坐在书桌前，提笔写点东西。

细细想来，作协年会我也参加多次了。每年的年会，除了作协领导们对一年工作的总结以及嘉宾们的祝福致辞以外，自娱自乐的文艺节目也是必不可少的。跟往年一样，我是怀着轻松愉快的心情参与表演的，但有一个瞬间深深触动了我的心灵。

我的节目排在第三个，主持人周华山老师报完幕，走到后台将话筒递到我手里的时候，我不经意间碰到了他的手，感觉他的手就像铁块一样冰凉。我抬头望了一眼周老师，他个头不高，戴副眼镜，整整齐齐的小平头，穿着白色的衬衣，打着黑色的领带，外罩挺括的西装，朝我非常谦和地一笑，我当时特感动！要知道，当时正值寒冬腊月，外面北风呼啸。举办年会的场地牧华园演出大厅虽然开了空调，但厅太大，文友们穿着羽绒服仍然觉得冷,更何况穿着西装的主持人呢?

背景音乐响起,我理了理情绪,缓缓走到舞台中央,深情地演唱一曲红歌《珊瑚颂》。唱毕,深深向台下鞠躬并说道:"祝福朋友们:新年快乐!"

来到后台,趁第四个节目表演的空隙,我与周老师攀谈了起来。我问他从夷陵区到枝江开车要多长时间。

他憨厚地一笑,说:"要一个多小时吧!"

我又问他是几点钟到的。他说:"八点多钟吧!"我说:"那你蛮辛苦,起了个大早。"

他淡淡一笑说:"没什么,和文友们聚一聚,蛮好的!"

我想起表演第一个节目的张有德老师。当时话筒没电了,他却丝毫没有受到影响,跟着音乐节奏,把歌曲清唱完了。

想起第二个节目的玲丽和利明两个小妹妹,在大冬天的,在别人穿着羽绒服都觉得冷的情况下,为了节目效果,仍然是裙角飞扬、翩翩起舞。

而我有扛背的坏习惯,为了这次表演特意从家里带了一双高跟鞋。虽然生活中我是最不喜欢穿高跟鞋的,但高跟鞋可以强迫自己抬头挺胸。我心脏不太好,怕听大音量,便灵机一动,将一对绿色的耳塞浅浅戴上,以隔音。登台时,我脱掉臃肿的羽绒服,露出学院风格的白色毛衣……只因少年时代,参加校合唱团的短期培训而爱上了唱歌,并一直牢记合唱团老师的谆谆教诲:无论什么时候站在舞台上,也无论其华丽还是朴素,都要尊重舞台。

非常感谢同样喜欢唱歌的周瑜老师,为我拍下了一张张精

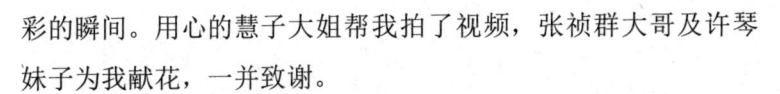

彩的瞬间。用心的慧子大姐帮我拍了视频，张祯群大哥及许琴妹子为我献花，一并致谢。

明清大哥的诗词朗诵抑扬顿挫；六十多岁的毛成进老先生演奏《牧羊曲》，笛声悠扬；薛运和大哥为了配合葫芦丝独奏《竹楼情歌》，精心挑选了一套傣族服装。

儒雅帅气的周瑜先生深情演唱的《共和国之恋》，青春靓丽的华艳妹妹的《春暖花开》，吕云洲副主席"土掉牙"的民歌，英俊才子阿杰的《父亲》，老政工晶华妹妹一改往日的严肃，轻松演绎的《爱江山更爱美人》，晓芸姐与孔哥的男女合唱，书法大家王运智老师的现场挥毫，黄金搭档许琴和周华山的主持……

一首首歌、一支支舞、一幅幅作品，无不体现出他们对枝江作协这个大家庭的热爱，以及对舞台的尊重。

> 文友齐聚牧华园，
> 欢歌载舞迎新年。
> 把酒抒怀话盛世，
> 新春策马再扬鞭。

省化的伢们

去年夏天,与女儿同寝室的两个女生来我家玩。晚饭后,女儿陪着她们在生活区里散步,女儿边走边介绍她曾经就读过的厂幼儿园、子弟学校,以及厂医院、食堂、超市、澡堂等。最后,沿着碧波荡漾的杨家垱湖畔走过来,女儿饶有兴致地介绍风景如画的生产区及厂办公大楼。

女儿的同学们惊讶不已,女儿从上幼儿园到初中竟然是在一个院子里,上学不用走太远的路程,两分钟即到。女儿说:"是啊!我们这个生活区就像一个大家庭一样,大人们在一个厂里上班,小孩子们在一个学校里上学,地方上的人们常常习惯性地把我们院子里的孩子称为'省化的伢们'。"

一句"省化的伢们"仿佛将时光倒转到了女儿的童年时光。

清晨,女儿背上书包与一群院子里的孩子彼此呼应着、追逐着朝不远处的子弟小学跑去。霎时,沉睡了一夜的大地仿佛苏醒了。渐渐地,披着阳光的身影远了,但空气中似乎留下了孩子们愉快的声音。

孩子们上学去了,大人们上班去了,生活区里一片宁静。

晚阳的余晖透过玉兰树枝，洒了一地的金黄。骑着自行车收废品的大叫一声"破铜烂铁旧报纸"。不远处，刚放学的一群孩子紧跟着大声吆喝："破铜烂铁报纸啊！"接着便大唱："我上看、下看，左看、右看，今天的破烂就是不一般……哈哈！"笑声洒了一地。小区里，骑着自行车刚下班的、满脸疲惫的大人们，望着孩子们一张张天真无邪的小脸蛋，开心地笑了，如饮甘泉。

夜幕降临，生活区里的路灯亮了，透过路旁树叶的间隙，给小区洒下一片疏密有致的树影。那从各家窗户投射出来的温馨的灯光，更给小区增添几分静谧，几分和谐。

吃罢晚饭，我和老公常常会带着女儿到离我家仅百米之遥的厂文化宫三楼图书室看书。路过文化宫门前的喷泉，水池里清新脱俗的粉紫色睡莲开得正盛。图书室里常常有一些与女儿年龄相仿的孩子，我们会找个僻静的角落坐下。记得女儿那时最爱看《我们爱科学》和《儿童文学》等杂志。

在省化家长和省化子弟学校老师们的眼里，"省化的伢们"更是寄托着他们无限希望与期待的安琪儿。

在企业最低谷的时候，省化的家长们仍以阳光的心态、宽广的胸怀关注着孩子们的成长。子弟学校的老师们更是呕心沥血，在困难重重的情况下，顶着改制的压力，从1998年至2004年（2004年之后合并到地方教育机构）连续七年中考，高分率、平均分均名列枝江市前茅。其中获得全国中学生应用物理竞赛全国一等奖，后保送清华大学的郭志鹏同学；以骄人成绩考入西安交大少年班的翟杰夫同学，都是从省化子弟学校走出去的。除此之外，子弟学校更是培养了一批意志坚强、品学兼优、基础扎实的"省化的伢们"。

一句"省化的伢们"，仿佛将时光又倒转到了女儿的高中时代。

那时子弟学校已合并到地方教育机构，"省化的伢们"也不得不离开熟悉的小区。学校距离生活区很远，孩子们上、下学都是校车接送。为了方便女儿上学，老公精心挑选了一套新7栋的房子，新房子距离大马路很近，紧挨着生活区南大门，一下楼走不了多远就是校车停靠点。新房子距离厂食堂也很近，每天早上食堂会供应各种可口的早点。更让人欣喜的是，新房子楼下有一片郁郁葱葱的小树林，是锻炼身体的好去处。

每天早上，天刚蒙蒙亮，女儿便来到生活区南大门等校车，站台上早已挤满了"省化的伢们"。有的吃着刚出笼的热气腾腾的小笼包，有的吃着香喷喷的炸酱面，有的喝着牛奶，有的喝着豆浆，边吃边彼此寒暄。

晚上十点半孩子们下了晚自习，生活区南大门前的公交站台上，挤满了前来接孩子回家的省化的家长。

我接过女儿沉沉的书包，女儿照例会围绕着小树林跑10圈，既锻炼了身体，又磨炼了意志。有一次下了晚自习，女儿冒着大雨绕着小树林跑步，我心疼不已，爱怜地问："苦不苦？"女儿甩了甩长长的马尾辫，信心满满地来了一句："面朝大海，春暖花开！"

一句"省化的伢们"，时光仿佛将我带到了女儿的升学宴上。

那天女儿穿着一身素雅的白色连衣裙,在经历了千军万马过独木桥的高考竞争之后,她犹如一朵经过风雨洗礼后的小花,清新雅致、亭亭玉立。前来参加宴席的,除了与女儿风雨同行的同学和辛勤培养过她的老师以及亲朋好友外,更多的是伴着女儿一起长大的"省化的伢们"。在升学宴致辞中女儿饱含深情地说道:"栀子花盛开的季节,我们毕业了。这是个感恩的季节,感谢有你!感谢对我的成长给予了巨大帮助的每个人,感谢你们丰富和充实了我的生命历程,我从你们身上学到了受益终身的东西。夏第壮青衿,深铭师友恩……"

女儿发自肺腑的答谢词,何尝不是道出了"省化的伢们"的共同心声呢?如今女儿已是一名在读研究生。我想:"省化的伢们"长大后,无论在哪座城市,无论从事何种职业,也无论是身处顺境还是逆境,他们永远都不会忘记自己是"省化的伢们",是湖北化肥厂的孩子,是石化人的后代,更是充满激情、意气风发的新生代。

桂子树下的守望

"枝江作家看一中"采风行,本来我是早早报了名的。但因为后来采风活动时间有变化,而我和女儿已安排了外出旅游,飞机票已出,便遗憾地与这次的采风行擦肩而过。

记得枝江作协名誉主席、枝江一中董云书记,曾在不同场合不止一次地向人介绍过我:"王卫东老师既是作协会员,又是我们一中的家属……"虽然错过了这次采风行,但我还是有许多的感慨想诉诸笔端。

印象最深的是女儿在一中读高三的时候,学习时间非常紧张,基本上是每周都有考试。女儿是理科生,我家先生是一中的理科老师,当时还肩挑着班主任的重担。根据女儿当时的学习情况,我家先生特意给女儿准备了"数、理、化"各一套纠错本,并让我将女儿每次考试的错题摘出来,写在纠错本上,留出一定的答题空间,再抄下一个错题的题目。

哎呀!回想起来当时我真是头大,因为我的学生时代一直偏文科,理科学得马马虎虎,加之工作多年,数理化早忘到爪哇国去啦!但先生和女儿都没有时间,真是赶鸭子上架啊!

一日,女儿放月假。饭桌上,女儿皱着眉头说:"爸爸,您

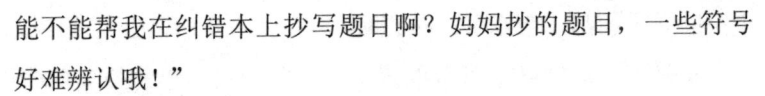

能不能帮我在纠错本上抄写题目啊？妈妈抄的题目，一些符号好难辨认哦！"

先生放下筷子，朝女儿笑了笑，说道："雪儿啊！你就凑合着辨认吧！我哪有时间哦，班里的事情都忙不过来。你妈妈也不容易，要按时上班，回家还要做家务，还要帮你抄写理科题目，怪难为她的。"

都说一中的老师教别人家的孩子，却没有时间管自己的孩子。果真如此！

几年前，我家住在省化新7栋，那时没有电梯，对门住了我先生多年前教过的一个学生。初夏时节，我买了一桶食用油和两个刚上市的西瓜，"哼哧哼哧"地往楼上提。我那时上一趟楼要歇三次。正在艰难往上走的时候，先生的学生见了，说："阿姨，我帮您提上去吧！"我上气不接下气地说："哎呀！太……太……谢……谢……啦！"

边上楼，先生的学生边问："阿姨，我怎么很少看见徐老师呀！他一定很忙吧！""哈哈！不光你很少看见他，连我都很少看见他哟！"我苦笑着回答道。

女儿在武大读研期间，每年春天我都会到武大赏樱花。

阳春三月，武大校园内，一千多株樱花竞相绽放。徜徉在樱花的海洋里，我不由得感叹：武大不愧是中国最美十大高校之一！

女儿若有所思地说："樱花固然灿烂夺目，但一中桂花淡淡的清香同样让人难忘！"

是啊！一中是女儿梦想起航的地方，无论走到哪里，枝江一中的学子们都不会忘了来时的路。

　　正是有了这群可亲可敬的园丁，日复一日、年复一年的辛勤耕耘与守望，才有了一中的莘莘学子可期可盼的美好未来！在此，我向枝江一中所有的教职员工及家属道一声：你们辛苦了！向你们致敬！

这些年，我家用过的车

——"改革开放四十年"征文

刚结婚那会儿，我特别喜欢出嫁时父母亲送我的那辆暗红色女式自行车。虽不是什么名牌，但在当时满大街清一色的黑色自行车里，那辆暗红色的车显得特别亮眼。

刚得到这辆自行车时，我对它可谓是情有独钟。有时碰上下雨天，我怕车子沾上雨水后生锈不好看了，宁肯早早起床，穿上雨鞋走路去上班。现在的孩子们一定会不以为然，觉得不就是一辆自行车，至于吗？但在当时的经济条件下，拥有一辆自己喜爱的自行车，我已经是相当满足了。

记得有一年春天，单位工会组织我们年轻人到黑松林（计划水库附近）春游，经过二高下陡坡的那个位置有段泥巴路。我们班组的一个刚分配来的男大学生，硬是把新买的一辆自行车扛起来，踩着烂泥巴过去，结果到了目的地，他鞋子和裤管儿上都是泥巴。三十多年过去了，我们几个老同事偶尔相聚，回忆起那次春游，仍会笑得前仰后合。

是啊！在那个年代，自行车是多么重要的交通工具啊！车内胎破了，推到街边立着"火补内胎"牌子的摊子旁，出个几块钱，把内胎打个疤子，再装上去继续骑。哪像现在啊，连修理自行车的摊子都难得找到。

随着女儿渐渐长大，自行车已经很难满足一家三口出行的需要了。先生所在学校的几位年轻老师都相继添置了摩托车，常常结伴骑着摩托车，带着家人去郊游。一向喜爱郊游的我家先生自然是羡慕不已。我们夫妇俩积积攒攒，终于凑足了买摩托车的钱。先生迫不及待地从老公安局（团结桥头）旁边的一家车行里，买回了一辆台湾光阳摩托车。

有了摩托车后，一家三口的周日活动变得丰富多彩起来！问安的西瓜节、百里洲的梨花节、鲁港水库、东湖（现在的金湖湿地公园）等都留下了我们快乐的足迹。

印象最深的是有一年暑假，我家先生骑着摩托车载着我和女儿，到宜都一中——他的一位大学同学家里去玩。同学家有个四五岁的小男孩，特别喜欢坐摩托车。先生就每天用摩托车载着小家伙在宜都的大街小巷穿梭，小家伙每次都高兴得又喊又叫！玩了两天，后来我们回家的时候，小男孩坐在摩托车上不下来。同学夫妇俩把他从车上抱下来后，他又爬上去。他爸爸说："伯伯要回家啦！"

小男孩倔强地说："我要坐伯伯的摩托车，到伯伯家去玩！"他爸爸笑着说："是不是伯伯的摩托车比爸爸的自行车快得多呀？有风吹着凉快些呀？"

小男孩天真地回答道："伯伯的摩托车一骑，风就呼呼呼地响，好快！"我们四个大人听后开心地笑了！

快乐的时光总是短暂的，仿佛一眨眼的工夫，摩托车陪着女儿进入了高中。

进入高三后，女儿的功课越来越紧，学习压力越来越大。我总是担心女儿营养跟不上，为了保证女儿的营养，决定中午给女儿送饭。

我家先生常年在教学一线，工作繁忙，给女儿送午饭的任务，自然落在了我肩上。

那段时间，我简直成了一只停不下来的陀螺！每天中午下了班匆匆忙忙往家赶，抓紧时间做好午饭，又骑着自行车（先生上班较远，我家摩托车主要是供先生上下班用的）忙将午饭送到女儿的学校。常常是等我骑得汗流浃背赶到学校，饭菜全凉了。

"自行车太慢了，得换辆车啊！"我与先生商量道。"那就再买辆摩托车吧！""不妥吧！摩托车太重，我推不动。再说，摩托车用的是汽油，排气管又短，尾气又脏又不环保。要买就买电动助力车，又轻便又干净！"

于是，在女儿进入高三不到一个月时，一辆粉红色女式电动助力车进入我家。

少年时代，我特别喜欢看国外的译制片。除了羡慕那一条条宽广整洁的街道和一栋栋鳞次栉比的高楼大厦外，最吸引我眼球的莫过于路上那一款款色彩鲜艳、风驰电掣般的小轿车。那时的我总觉得：家门口停辆自家的小轿车，只是国外译制片里的画面，在我们的现实生活中是不可能出现的。

"忽如一夜春风来，千树万树梨花开"，不几年，小轿车如雨后春笋般进入了千千万万个普通家庭。

几年前，我家也购买了一辆白色小轿车。

去年夏天，我和先生来了一场说走就走的旅行——神农架自驾游。自驾游归来，感慨颇多，我情不自禁地发了一条微信朋友圈：

这个世界上，
有一些穿着高跟鞋永远走不到的路，
有一些坐在办公室里永远遇不到的人，
……
读书和旅行，
是拓宽视野最快的路！

今年春天，步入知天命之年的我，也顺利取得了C1驾照。从此，马路上又多了一名快乐的佛系女司机。

这些年，我家用过的车，让我亲身感受到：随着人们生活水平的不断提高，人们的交通工具也在不断改善！而交通工具的改善不仅仅是方便了人们的出行，更是大大拓宽了人们的视野，使人们的幸福指数越来越高。

改革四旬民得福，车轮再奔幸福路。

活着就好

——观影片《敦刻尔克》

今年教师节,我家先生所在的学校工会邀请全校教师及其家属看电影。

因为有事耽误了,只能看最后一场晚上九点半的《敦刻尔克》。刚开始听说这个片名有点蒙,幸亏我家先生知识面广,告诉我敦刻尔克大撤退是二战中著名的军事事件。

离放映时间还有几分钟,我便与先生驻足欣赏一张张精美的电影海报。突然,一个熟悉的名字跃入眼帘——克里斯托弗·诺兰!他是英国人,七岁便开始使用父亲的小型摄像机试着拍摄,全球爆款的《蝙蝠侠》三部曲更是令其声名鹊起。

海报上赫然写着:《蝙蝠侠》《盗梦空间》《星际穿越》导演作品克里斯托弗·诺兰 2017 年度巨献《敦刻尔克》。诺兰可是大神级人物,想必他的电影不会让观众失望吧!

影片从三个不同的视角切入:陆地一周、海上一天、空中一小时。整部影片没有恐怖血腥的战争场面,只有乌泱乌泱大撤退的英国远征军。从某种角度讲,它并不算一部纯粹的战争片,它更注重人性的刻画,称其为战争场景里的人性主题片更确切些。

陆地上，四十万身心俱疲的英国远征军，在等待轮船将他们一个个接回大英帝国。士兵们单纯地认为，他们要担心的只是德国飞机的轰炸，却不知道撤退时间和轮船的有限。乌压压的英国士兵聚在法国敦刻尔克港口的海滩上，尽管人人都渴望尽快离开，但还是不吵不闹耐心地给伤员让道，让伤员先上船，要知道一个伤员要占用七个士兵的位置。看到这个场景，我心里非常难过。

当海面上驶过来一艘艘飘扬着英国旗帜的民用船只，沉着而内敛的海军长官刚毅的脸上流下了大撤退中的第一滴眼泪。在战场上经历了无数次生与死的较量的海军长官，深深懂得士兵们的心情："我要活着，我想回家！"

大海上，一艘遭德国潜艇轰炸而毁坏的英国舰艇上，一名英国海军士兵绝望得浑身颤抖。所幸的是，来了一艘民用船只及时将他救起。当船主（一位慈祥的老人）告诉他，我们一起回敦刻尔克吧！去救更多的士兵回家。刚刚看到一线生机的海军士兵瞬间崩溃！

记得"5·12"汶川地震后，地震灾区需要大量的心理医生，进行心理干预。更何况是从战场上下来的士兵，他们更需要心理安抚。无关对错，都是人性的演绎。

当船主这个饱经风霜的老者说："我们这个年龄的人发动战争，却让年轻人冲上去送死！……"我瞬间泪流满面。

一艘船超载了，不得不丢下一个人，国籍便成了筛选的标准。船上唯一的法国士兵得下船葬身大海，多么荒唐！观众席上传来轻轻的、无奈的叹息！画面呈现给我们，极端环境下人类的极端行为。

　　空中，飞往敦刻尔克参与营救的英俊潇洒的英国飞行员，负责与德国的飞机战斗。尽管小伙子驾驶的飞机燃油不多了，但他仍英勇顽强地与敌机周旋。顺利返航与葬身大海之间仅仅隔着六十分钟——因为燃料只够一小时……时时刻刻在生死间徘徊。

　　诺兰，大神就是大神！他的高明之处就在于：不带任何主观色彩，也不用道德去评判对与错。没有喜怒哀乐，没有善恶对立，他只是非常平静地告诉你：尽管人性是复杂的，但求生的本能却是相同的！在战争的大背景下，每个人都是无能为力的受害者。

　　有句话叫：宁做太平犬，不做乱世人！很庆幸自己生活在这个和平年代，不用遭遇战争的煎熬与生死抉择……

　　观毕影片，审视当下，珍惜和平，活着就好！

Chapter 02

第二辑

至爱亲情

父亲是个老党员

姐姐有个鲜为人知的小名叫红,父亲取的。

一次,姐姐好奇地问母亲:"妈,我的小名为什么叫红?"母亲笑着说:"你爸爸入党不久就生了你。姑妈来看你,问孩子叫什么名字?你爸爸脱口而出,就叫红!"一个红字,寓意着父亲一颗红心永向党,一生充满正能量。

记忆中,父亲是帮孩子们扣好人生第一颗扣子的人。印象最深的是有一年秋天,我和姐姐去打猪草。那天没找到多少猪草。眼看天色渐晚,竹篓里只有少许猪草。想到母亲发愁的面容,我和姐姐便跟着村里其他小孩子一起,拔了生产队里几个萝卜放入篓中。结果,回家被父亲发现,他厉声呵斥我和姐姐跪下,并严厉地说:"公家的东西,不许拿!"

在老家,父亲是村里仅有的几个吃公家饭的人之一,也是出了名的热心肠。

有一年冬天,父亲回家休月假。骑着他的那辆二八式自行车,刚一进村,就见村里人着急忙慌地往一个方向跑。下车一问,原来是住堰塘旁边的松大爹家失火了,父亲骑上自行车直奔松大爹家。

松大爹家的房子，里面是壁子屋，仅外墙用砖头砌成。屋内一失火，火势迅速蔓延，左邻右舍吓得叫喊声一片。

松大爹背着刚从大火中救出的八十多岁的老母亲，脸色煞白，迎面碰见父亲，吓得结结巴巴地说："他……他大爹呀！您……看……看咋……咋办呀？"

父亲定了定神，从容地大声说："大家听我安排！好歹离堰塘近，大家从家里拿脸盆或木桶来。男同志用木桶挑水；女同志一个挨一个，站成两排，脸盆从堰塘直接舀水，一个个传。我和柱子站在最前面，负责用水灭火。"

父亲见机行事，指挥果断。与众乡亲一起，以最快的速度，将熊熊燃烧的火苗迅速扑灭，将损失降到最小。

火是扑灭了，但松大爹站在狼藉一片的家门口，望着一家八口，老的老小的小，心如刀割，一下没了主心骨。他再次走到我父亲身边，还没开口泪水就止不住流下来。父亲正欲抬起右手拍拍他的肩膀，安慰安慰他，突然感到一阵钻心的疼痛。

原来，刚才救火时，父亲站在最前面，火苗灼伤了他的右手，还流着血。从此，父亲的右手落下了一大块烧伤疤痕。

事后，松大爹逢人就说："他大爹是党员，就是不一样咧！"

2014年春天，在枝江问安关庙山举办的乡土文化节上，我有幸认识了宜昌的文化名人吴绪久老师。谈兴浓时，我问吴老师老家是哪里的？

吴老师和善地说："我老家是凤台的！"

我当时心里一咯噔，有点惊讶地说："凤台这个名字好熟悉啊！家父早年间任过凤台公社党委书记。"

当我说出家父的名字时,吴老师更惊讶,他惊喜地问:"你是王书记的女儿?王书记他现在还好吗?"

"家父2003年去世了,谢谢您还记得他!"悲伤之情霎时涌上心头。

"唉,王书记,多好的人啊! 20世纪70年代初,那时我还是个小年轻,王书记带着我们一帮年轻人打篮球。你爸一米八五的大高个,篮球打得好,和我们一起玩,从不拿架子,说话也幽默风趣。冬天农闲时节,沮漳河上堤,干部下乡蹲点。王书记挑着满满一筐土,跑得跟年轻人一样快。我印象中这么充满干劲的一个人,怎么就不在了呢?"吴老师也颇为伤感。

我略带哽咽地说:"在凤台工作期间,家父患上了严重的血吸虫病(当时凤台是血吸虫窝子),后来发展成肝硬化,引发肝癌去世。"

记得那天,我们一行文学采风的老师,站在问安关庙山一望无际的油菜花地的田埂上,沐浴着春风,感受乡村振兴带来的巨变。我和吴老师聊了好久,末了,我动情地说:"父亲老党员的形象在我心里永远不会变,他的家训我也会永远铭记在心。"

眼前金黄色的油菜花的海洋,载着一幢幢白色民宅,犹如一艘巨轮正扬帆起航!吴老师忽然若有所思地说:"王书记他们那批老同志、老党员扎根基层,吃了不少苦。如果还健在的话,看看今日新农村的变化,那该多好啊!"

是啊!父亲如果在天有灵,得知他曾经为之挥洒过激情与汗水的乡村,在党的领导下,无论是村容、村貌还是村民的生活水平都发生了天翻地覆的变化,一定很欣慰吧!

父亲是一盏灯

父亲去世二十年了,几次提笔想写点关于父亲的文字,但总是不敢触碰心灵深处那块最柔软的地方。因为父亲对我们的影响太深了,他给我们点亮的一盏盏心灯,一直燃烧到现在。每每想起父亲的良苦用心,我都会潸然泪下!

在我们六个孩子的记忆中,父亲非常爱整洁。一米八五的高大身材,典型的"国"字脸,高高的鼻梁,深邃的眼神,洁白的衬衣,头发总是理得整整齐齐。父亲不仅注重自己的仪表,而且在我们很小的时候,他就十分重视培养我们的审美情趣。

老家门前有一块小小的空地,父亲便为我们种上了桃树、梨树、李树、杏树,一字排开。在通往菜园的栅栏门前,分别种植了两株松柏,菜园的篱笆是用粉色的木槿花围栽而成。在我家后院,父亲还种植了一大片的杨柳。

春暖花开的时节,桃红柳绿,各色花儿竞相开放,好不热闹!我和姐姐脱了鞋,乐颠颠地爬上桃树,摘几枝开满桃花的新枝,插在盛满水的透明玻璃瓶里,放在窗台上。春日明媚的阳光洒在窗台上,粉红的桃花更加娇艳,好一幅生动的水彩画！

烈日炎炎的夏天，我家的后院却绿树成荫，湿润的空气悄悄赶走了夏天的燥热。少年时代的我们，常常在寂静的午后，搬把有靠背的竹椅子坐在树下，手捧一本《小说选刊》，贪婪地阅读当时最具有时代意义，也是最优秀的一批作家的作品，如：周克勤的《许茂和他的女儿们》、张贤亮的《灵与肉》（后改编成电影《牧马人》）、谌容的《人到中年》、史铁生的《我与地坛》《我的遥远的清平湾》，等等。少年时期是一个人人生观和价值观形成最重要的时期。在父亲亲手种植的杨柳树下，有了这些优秀文学作品的滋养与陪伴，我们健康快乐地成长；也正是因为有了这些优秀文学作品的长期浸染，我们的内心变得愈来愈强大。

姐姐说：父亲骨子里是个浪漫又有生活情趣的人。我说：父亲也是一位睿智的长者。

在那个物资相当匮乏的年代，父亲丝毫不放松对我们良好品行的培养。

记得父亲在七星台乡政府工作的时候，每年夏天回家，从江州（江口镇老街对面的沙洲，因为是松软的沙质土壤，西瓜又大又甜）路过，总会给我们带几个大西瓜回家。忙碌的母亲会把西瓜放入冷水盆中浸一会儿，再切成大小不一的块。弟弟年龄最小却最馋，每次都要挑最大块的拿。父亲看见了会轻轻地拍打一下他的小手，说："小孩子要懂得谦让，大块的留给大人吃。"

在我们老家，父亲的家教是出了名的严格。我们几个儿时都挨过他的打，我们都有点怕他，也不肯亲近他。直到长大后融入社会，才体会到严厉的背后蕴含着父亲对我们更大的关心与爱护。有人说："母爱体现了人类的人性原则，而父爱则体现了人类的社会原则。"我觉得这段话很好地诠释了父亲对我们的爱。

父亲常年在外工作，管不了我们的学习，偶尔回家，他总是给我们讲学习的重要性。什么"少壮不努力，老大徒伤悲""一寸光阴一寸金，寸金难买寸光阴""腹有诗书气自华"……不仅如此，他更是身体力行，带头尊师重教。记得我上初中时，我的语文老师代宗南老师因病住进了医院，父亲买了橘子罐头以及其他补品，骑上自行车带着我，冒着酷暑到医院看望代老师。

在我们的印象中，父亲对孩子们的每一位老师都很尊敬；而在老师们眼中，父亲也是一位有远见、很睿智的家长。

丹心守正气，引路第一人。如今，我们的父亲走了，但他为我们点亮的心灯不灭。因为这一盏盏心灯里，永远充满了积极向上的正能量。

父亲的"暑假"

儿时的记忆中,最喜欢父亲的"暑假"。

6月下旬,天气渐渐炎热起来,夏至过后没几天,学堂里便放了暑假。

7月底8月初是一年中最热的时候。一进入7月下旬,父亲便向单位请了公休假,回家和孩子们一起过"暑假"。

父亲回家后的第一件事,便是从阁楼上取出竹凉床和竹躺椅,搬到村头的池塘里清洗。我和弟弟常常像小尾巴似的,悄悄地尾随父亲而至。来到池塘边,父亲猛一回头,发现了我们,正准备呵斥,我和弟弟忙不迭地说:"爸爸,我们是来帮你清洗竹床的。"

不等父亲同意,我和弟弟早已站在水边玩起水来。我那时七八岁的样子,弟弟还没上学,都特别喜欢玩水。

父亲见我俩穿的小背心全打湿了,又望了望池塘边的柳树上聒噪不休的知了,只好说:"好吧!这天气也够热的了。你俩儿就站在水边上看我洗吧,不能到中间去!"

只见父亲先把竹凉床、竹躺椅全部浸在水里泡一会儿,再不紧不慢地点上一支烟叼在嘴里,顺手把身旁的竹躺椅从水里捞起来,放到岸上的树荫下。然后,他用毛巾蘸上洗衣粉,仔细擦一遍,太脏的地方用毛巾擦不掉,便用刷子刷,觉得刷得差不多了,又将竹躺椅整个儿放入水里,浸泡一会儿。最后,将竹躺椅又从水里捞起来,搬到池塘边的一棵歪脖子树下,安排我和弟弟在竹躺椅上坐好。

接着,父亲又去清洗竹凉床,同样的程序。洗毕,依旧搬上岸,放岸上沥会儿水。一切完毕,父亲拧干毛巾,擦了擦额头上的汗,给我和弟弟交代几句:"两个人坐上面不动啊!我游会儿泳再带你们回家。"说完,父亲一转身,一个猛子,扎到了池塘中间。我和弟弟看呆了,急得大喊:"爸爸!"

不一会儿,爸爸在池塘中心露出头来,冲我和弟弟一笑。他迅速游到岸边,抖了抖头上的水珠,笑着问我和弟弟:"爸爸游得快不快?"父亲一米八五的瘦高身材,长胳膊长腿,水性极佳。

"爸爸游得好快!"我和弟弟一下子从竹躺椅上跳下来,迫不及待地说:"爸爸,你教我们游泳好不好?"

"不行,你们太小了!"

"我们不小啦!隔壁红梅都会游,都是她爹教的,她爹还没得爸爸游得快呢!"我噘起小嘴,不高兴地说。

父亲开心地笑了:"好吧!我教你们,但只能在水边游,还得有大人看着,才能下水哦!"

我趴在水面上,父亲用双手托着我,教我先将双手伸直并拢,再向两边用力打开,双腿配合双手,一开一合……

弟弟有点胖,手脚协调性也不好,父亲就抱怨弟弟像个秤砣，老是往下沉，不太好教，直夸我学得快。

第二天，父亲又将家里的木椅子、木桌子，搬到池塘里去清洗。我和弟弟照样乐颠颠地跟着父亲，跑到了池塘边。清洗完毕，又缠着父亲教我们游泳。

暑假里，我们的暑假作业自然是父亲督促的重点。

吃罢午饭，在竹床上躺着睡会儿午觉。起床后，外面太阳炙烤着大地，没有一丝风，感觉空气都是火辣辣的！这时，再贪玩的孩子，大人们也绝不会让他们出门去玩的。

父亲会安排我和哥哥姐姐一起做暑假作业。不懂的地方，我们问他，他能解答就解答，不能解答的就让我们自己看书，并说："书读百遍，其意自见！"

下午过半，天气不那么热了，当天的作业也做完了，姐姐盯上了父亲的自行车。那是单位配给父亲的交通工具，父亲爱惜得不得了，平时连碰都不让我们碰一下。

姐姐像个小特务似的轻手轻脚地走到后院，假装上厕所，偷偷地观察父亲。只见杨柳树下，父亲正躺在竹躺椅上，微闭双眼，聚精会神地听收音机哩！

姐姐向我做了个 OK 的手势，我立马猫着腰，随着姐姐溜进了父母住的大卧室，蹑手蹑脚地将父亲那辆擦得锃亮的永久牌二八式自行车抬了出来，像做贼似的！

一出家门，姐姐便飞也似的骑起来，一直骑到家门前的公路上。我在后面紧追不舍，急得大喊："姐姐，一人骑一盘来！"

姐姐扭过头来，狡黠地一笑，说："晓得，我在前面等你。"

大约千把米的样子,姐姐停了下来。我满头大汗地追上去,气喘吁吁地说:"该……该我骑了!"

"你骑,你骑!骑又骑不好,又欢喜骑!"姐姐把车把手交给我,不乐意地说。

我紧紧握着自行车把手,左脚踩在自行车踏板上,右脚在地上一个劲地蹬,使劲往前不停地滑。姐姐急了,大嚷:"你老滑干啥?你会不会上车啊!"

我见自行车滑稳了,估摸着不会摔倒了,一咬牙,右脚"噌"地一下离开地面,右腿穿过横梁下面的三脚架(我当时个子太小,够不着自行车座),半圈半圈地骑起来。

见我终于骑起来了,姐姐便不耐烦地说:"一人骑一盘来,轮着骑,莫忘啦!"

不知不觉中,天色渐渐暗下来。炊烟袅袅升起,空气中弥漫着爆炒辣椒的味道,母亲开始做晚饭了。

姐姐骑着自行车回家,我在后面跟着跑。到了家门口,姐姐悄悄地把自行车停靠在家门前菜地的木栅栏旁,让我先进屋打探一番。

一进家门,我故作镇静地喊:"妈,我回来了!"

母亲正在厨房做饭,父亲在一旁帮厨。母亲抬起头来,见我满头大汗的样子,嗔怪地说:"看你汗渍渍的样子哦!放了暑假也不好好温习功课,一天就记得玩,小猴精又到哪里去疯了呀?还不快去洗手哒准备吃饭!小心你爸教训你!"我妈管不住孩子们,就老拿我爸吓唬我们。

"嗯!"我转过身,得意地穿过堂屋,来到菜地的木栅栏旁,和守着自行车的姐姐一起,将自行车抬进大卧室,原封不动地用一条旧床单罩好。

父亲喜欢安静,特爱钓鱼。常常趁孩子们午睡的时候,一个人扛上钓鱼竿儿,坐在池塘边的一棵大树下,静静地垂钓。父亲耐得住性子,在池塘边一坐就是一个下午,直到天黑时,常常收获颇丰。母亲又烧得一手好鱼,暑假里,我们几个孩子可是口福不浅啊!

兴致高涨的时候,父亲偶尔会在晚饭后,打着手电筒来到池塘边,将鱼钩撒在池塘里,第二天一大清早便去收钩。

依稀记得,有一天早上,我和弟弟还在睡梦中的时候,父亲便将我和弟弟摇醒,笑眯眯地说:"小伢子们,快点起床哦!我今早上给你们逮了个小玩意儿!"

弟弟特好奇,半睁着惺忪的双眼,问:"什么小玩意儿啊?"

父亲敲了敲铁桶,再将桶举起来,提到床边。弟弟一看,是一只笨笨的大乌龟,一下子来了兴趣,伸手就要去抓。父亲赶紧挡住了,说:"抓不得,要用筷子逗它。它把你手咬住就不得放了,要打雷它才得松口哩!"

说完,父亲用一根红色的筷子逗乌龟。果然,乌龟死死地咬住筷子不放,父亲一下子将它从水里提起来,它还傻傻地咬着不放。

呆头呆脑的大乌龟,给我们的暑假增添了无穷的乐趣。我和弟弟时不时将饭粒儿撒在铁桶里,喂给乌龟吃。然后,目不转睛地在一旁,静静地看着它背着厚厚的壳,在水里缓缓地爬行……

当然,父亲的"暑假",并不全是这么悠闲,一味地陪着孩子们玩耍。

母亲身材娇小,忙完地里的活儿,又忙家里的。父亲心疼母亲,早上一起床,便帮母亲洗一家人的衣服。

烧一大锅温水,将一家人的衣服放在大木盆里,放上适量的洗衣粉,用温水浸泡一会儿,再大把大把地揉搓起来。

父亲不像母亲那样坐在大门口洗衣服,他不太好意思,怕村里人看见笑话他:一个大老爷们儿,做女人家的活!父亲将大木盆放在后院里,躲在后院里洗,洗完后要到江边去清洗(20世纪70年代老家还没有自来水),这又令他犯难了。

他让我和弟弟先到左邻右舍去"侦察"一番,看看大人们是否都下地干活了。情况摸清以后,父亲戴上他那顶大草帽,遮住大半个脸,左右胳膊各挎一只竹篮,里面床单、衣服、鞋子分类放置,然后到江边清洗。

父亲干家务活动作利索,洗衣服也不例外,三下五除二就清洗完毕,然后拿回家晾晒。我和弟弟正在淘气地玩耍,弟弟坐在堂屋大门的门闩上,我将大门打开、关上,打开、关上……摇晃着他。

父亲见了,哭笑不得:"这些伢儿们哦!硬是玩名堂的,还不快下来,待会把门轴给摇坏啦!"弟弟在高处,看得远。见父亲回来了,吓得从门闩上"唰"地蹦下来,一溜烟跑了。

我还没反应过来,只得待在原地不动。但我儿时比较听话,父亲不怎么批评我,我也不怎么怕他。我站在原地不跑（跑也来不及了），就看着父亲晾晒衣服。

一次洗得太多，平时晾晒衣服的两根竹篙晾不下。父亲从大卧室里取出一根绳子，一头系在家门前的杏子树上，一头系在桃树上。如果是母亲，她这时准会说："东儿，帮我搬把椅子来！"母亲个小，够不着，要站在木椅子上，才能将绳子系在果树的高处。

我赶忙跑到父亲身边，乖巧地说："爸爸，我给你搬椅子去！"父亲朝我一笑，说："不用，我个高，够得着！"

只见父亲双手向上把绳子往空中轻轻一抛，绳子一端正好搭在树丫上。紧接着，父亲又像变戏法似的，一件件花花绿绿、大大小小、长长短短的衣裳，像彩旗似的挂满了绳子。

晾晒完毕，父亲会习惯性地点上一支烟，坐在家门前的靠背椅上，跷着二郎腿，美美地抽上几口。父亲鼻梁挺拔，眼神深邃，手指又细又长，夹着白色香烟的样子真好看。

不知不觉间，父亲的"暑假"已过去了一大半。晚饭后，父亲会和母亲商量："过两天，请几个好朋友到家里来玩一天吧！前段时间，我还到他们家里去玩了一天，要还席咧！"

果然，过了两天，吃罢早饭，父亲就告诉我们："今天家里有客人来。你们要有礼貌要喊人，不能像平时一样大喊大叫、窜进窜出的！说话声音要小，走路动作要轻，记住没？特别是你们两个小伢子！"父亲用右手食指，指了指我和弟弟。

"嗯嗯！"我和弟弟点点头。

说完，父亲骑上自行车，上县城买菜去了。哥哥和姐姐帮着母亲收拾房间，我和弟弟各执一根小竹竿，打门前桃树上的知了壳。

正午时分，父亲的朋友们如约而至。母亲做了一大桌子丰盛的菜肴：香菇炖土鸡、木耳肉片、青椒肉丝、豆瓣鱼、蒜泥豌豆、油炸藕丸、红椒末煎鸡蛋、煎油饼子、爆炒南瓜叶、清炒苦瓜、糖拌西红柿、凉拌脆瓜……虽然都是家常菜，但母亲厨艺极好，每道菜都色、香、味俱佳。

母亲非常心疼孩子们，每样菜分量都做得很足。菜起锅时，用大盘装好后，让姐姐端上桌，锅里总要留一点，用小碗盛着放厨房里，留给我们私下里吃。她一再叮嘱我们，饭桌上有客人，吃相要好，夹菜秀气点夹，吃不饱厨房还有小份，免得吃相不好惹你们爸爸生气。

丰盛的家庭午宴开始了，爸爸的朋友们直夸母亲的厨艺好，每道菜都好吃。现在想来，其实不仅仅是母亲厨艺好，更重要的是父母对朋友真诚，做人大方。在那种艰难的岁月里，做一桌美食相当不容易，但是父母总是用最好的、最新鲜的食材招待客人。

家庭午宴结束后，父亲会陪着朋友们打一会儿花牌。那时打牌不赌钱，输的一方会把纸条儿贴在下巴上，像个小丑。谁的纸条儿贴得越多，证明他输的次数越多，牌技越差。

小型家宴这天是暑假里最热闹的一天！大人们有大人们的乐趣，小孩子们有小孩子们的乐趣。

哥哥和弟弟会领着父亲朋友们带来的男孩子们——勇子、国子、华哥等，玩玻璃弹珠、打弹弓；我与姐姐会和女孩子们一起，到后院采摘大红色的指甲花。我们将花洗干净后，用手揉碎，装在一个透明的玻璃瓶子里，再滴上几滴花露水，一瓶自制的纯天然的指甲油就做好啦！女孩子们将手洗干净，用小夹子从玻璃瓶里夹出一朵朵半液体状的花瓣，精心地涂抹在手指甲上，连续涂抹好几遍，指甲终于染成红色的了。爱美的女孩子们总是舍不得洗掉，小心翼翼地保护着可保持好几天呢！连洗脸时拧毛巾也格外小心。

父亲的"暑假"里，最经典的传统项目，当然要数"量身高"了！空暇时，孩子们被叫到一起，按从小到大的顺序，挨个站到大卧室门框旁边的白墙壁旁。父亲会掏出他放在柜子里的卷尺，每量一个孩子的身高，就用铅笔头在墙上做个记号，写上年月日，写上孩子的名字。

"东儿长得快，文子长得慢，小心妹妹赶上你喽！"父亲自言自语地说。

"爸爸，妈说姐姐嘴刁，不吃蒸南瓜！"我赶忙接住父亲的话。

父亲摸了摸我的头，疼爱地说："哈哈！就你是个小机灵！"

立秋过后，天气渐渐凉爽起来。父亲公休假的结束，标志着父亲的"暑假"也结束了。过完有父亲陪伴的暑假，我们每个孩子又长大了一些。

梦里依稀慈母泪

母亲离开我们二十多年了,她的音容笑貌在我的脑海里依然那样清晰。母亲娇小的身材,白皙的皮肤,清秀的柳叶眉,眼睛细而长,长得慈眉善目。

想起母亲,自然会想起与母亲一起走过的日子。

小时候,有一次我因贪玩忘了做家庭作业,第二天上学害怕被老师罚站,便逃学一天。碰巧,那天父亲回家休月假,正赶上老师家访。父亲得知我逃学后,非常生气,大声呵斥我跪下,并用柳条儿抽打我的左脚后跟。仅打了一下,我就痛得大哭起来,边哭边偷偷地观察母亲。母亲在一旁和面,只见她不住地用衣袖擦拭眼泪。

晚饭时,母亲给我盛了一大碗我平时最爱吃的鲜肉水饺。可我不停地哭,一个也吃不下,哭累了,就倒头睡着了。迷迷糊糊中,感觉有双手在轻轻抚摸我挨打的左脚后跟。啊!是母亲!她的手暖暖的。接着,我听见母亲责怪父亲的声音:"东儿这么小,柳条儿那么坚韧,你打她一下,她该是有多疼啊!"说着母亲又哭了。一旁的父亲低着头,只是一个劲地抽闷烟,一句话也不说。

母亲非常疼爱我们，我们也十分体谅母亲。

母亲年轻的时候得了一场严重的眼疾，视力一直不太好。那时在我们老家，孩子们穿的布鞋都是母亲用针线手工缝制的。母亲白天要干农活，只得晚上抽空给我们缝制布鞋。母亲眼睛不好，晚上灯光又暗，针尖常常扎着她的手指。她总是不顾疼痛，用嘴吮一吮流血的手指头，继续缝制。特别是天气渐渐转凉的时候，母亲为了给我们几个孩子赶制新棉鞋，会一直缝制到深夜。那时母亲做一双布鞋，是多么地不容易啊！寒冷的冬夜，幽暗的灯光下，母亲瘦弱的双肩披件大棉袄，低着头穿针引线的画面，在我心中挥之不去。

北风呼啸，穿上母亲缝制的新棉鞋步步暖心，我们也格外爱惜。那时通往学校的路有两条：一条是公路，离学校近些；一条是沿江堤走，离学校远些。我们几个孩子常常沿着江堤走路上学。路虽远些，但土路可减小对鞋底的磨损，这样一双鞋穿得久一些。

有人说，一个人儿时的经历将给他的一生打上烙印。我至今穿鞋都很爱惜，哪怕是最便宜的鞋。

也许是常想念母亲的缘故，总梦见她双眼饱含深情地望着我，紧紧抓着我的手不放，似乎有太多的牵挂与不舍……别梦依稀情未央，哀思慈母泪两行。

母爱悠悠

在一个寒冷的夜晚,母亲操持完一天的家务,高血压突发,匆匆地离开了人间。母亲走得如此匆忙,留给儿女的是无尽的哀思。

母亲三岁时就失去了父母,与十岁的姐姐相依为命。幼年丧母的她深深体会到失去母爱的痛苦,她将毕生的心血、满腔的母爱倾注在每个孩子的身上。

据大姐讲,在三年困难时期,大姐和我的两个哥哥经常吃不饱。父亲常年在外地工作,顾不上家里。一到晚上,母亲便背上粮袋到亲朋好友家借米。借来米煮成饭,母亲总是坐在饭桌旁,亲眼看着孩子们一个个吃饱后,再到厨房给自己煮碗萝卜粥喝,母亲喝的粥稀得像一面镜子。母亲总是紧着三个孩子吃,唯恐孩子们饿着。由于长期缺乏营养,那时的母亲全身浮肿。

最难过的莫过于丧子之痛,我的一个哥哥在那时不幸夭折。母亲常常夜不能眠,不知哭了多少次。此后,母亲患上严重的眼疾。

为了贴补家用,母亲每天除正常工作外,还会起早贪黑在房前屋后种瓜点豆。她像一架机器，永远不知疲倦地转动着。

由于过度操劳，母亲的身体每况愈下，高血压、肾结石、心脏病、慢性胃炎接踵而至。她却以惊人的毅力忍受着疾病的折磨，极少向亲戚朋友谈及自己的病情。然而孩子们谁有个头疼脑热，她却总是放心不下。

刚上班那年夏天，我患了急性腮腺炎，下巴肿得吃不成饭。怕母亲见了又要牵挂许久，我一连几天躲在单身宿舍里不回家。当她得知我生病以后，顶着烈日步行六七里路赶到职工医院看我，并给我带来自家菜园产的新鲜瓜果和土鸡蛋。

随着母亲白发渐渐增多，我们几个孩子相继长大成人，家庭条件也慢慢好起来。母亲仍保持着吃苦耐劳、勤俭持家的美德。她支撑着病弱的身体，在老家养猪、养鸡、种菜，一刻也闲不住。

我曾几次劝说母亲，到城里住一段日子，好好调养身体。她总是推托，说在城里住不惯。其实母亲是心疼我上倒班太辛苦，担心自己身体不好，反而给我添麻烦。

这一桩桩、一幕幕回想起来，怎能不令我潸然泪下呢？难忘母爱悠悠，儿女成年方知苦；永记亲情暖暖，贫寒咽糠也是甜。

永远的月季

儿女大了,有的成了家,有的参加了工作,一个个都像燕子般飞走了。年轻时无暇欣赏花草的母亲,突然间想养花了。有一天,母亲用商量的口吻对我说:"东儿,给我买钵花吧!晚上放在卧室里香得很呢!"

能为母亲办点事,我很高兴。当天就冒着大雨,到江边的土产公司给母亲挑选了一个精致的花钵,是上了釉的那种,钵面印有青翠欲滴的竹叶图案。我又跑到本厂花圃房,想给母亲买一株带有香气的花。管理人员告诉我,就只剩下一株小月季了。见这株月季矮小得可怜,我真担心母亲养不活,但我还是买了下来。

一个月后,我回家去看望母亲,发现放在母亲床头柜上的月季长大了许多,发蔫的叶子慢慢转成了墨绿色。花瓣一层一层,紧紧地挨在一起。淡黄色的花蕊,在花瓣的簇拥下分外美丽。那苗条的身材,就像一位亭亭玉立的少女,清新自然地展示着她绰约的风姿。

呵呵!一个月不见,当初那株瘦小的月季,在母亲的精心打理下,仿佛由丑小鸭变成了白天鹅,煞是可爱!我情不自禁地伸手去摸她，却被刺扎了一下。仔细一瞧，原来不仅月季的主茎上生有很硬的刺，连叶子的边缘也有许多锯齿状的小刺。母亲笑着对我说："花也有脾气呢！就像小时候的你，脾气倔得很。莳弄花就像带孩子一样，需要细心、耐心才行咧！"是呀，我们兄弟姐妹六个，各有各的脾气。母亲为了我们六个孩子，不知吃了多少苦，操了多少心，每每想起都令我倍感温暖。

每逢过年过节，我们兄弟姐妹六个都要回到母亲身边聚一聚，这是母亲最开心的时候。她总要从卧室里搬出那钵月季花，用一块半湿的布将花钵擦拭得干干净净，放在堂屋里最显眼的地方。于是，满屋里便有了淡淡的清香。

母亲走得很突然，儿女们都不在身边。当我得知消息，匆匆忙忙赶回家的时候，母亲已安详地躺在床上，紧闭着双眼。床头的月季，正静静地绽放着几朵淡黄色的花。花香和着我们的泪水，伴随着亲朋的哀伤，在空气中弥漫、扩散……

不与牡丹争国色，月月生香；敢同秋菊比坚贞，年年如此。我突然明白了母亲喜欢月季花的原因，月季执着、奉献的品格何尝不是母亲的品格呢？

风起时，抖落一地的相思

昨天气温骤降。今晨起床带着鹿儿（我家的萌宠小狗）到七星广场空中花园遛弯儿，路两旁的草坪上落满了金黄色的树叶。

也是这个季节，老家附近的小树林已铺满了层层叠叠的落叶。天刚蒙蒙亮，母亲便用她那特有的轻柔的声音，招呼孩子们起床："伢们啊，快起床哦！到树林子里去扫树叶子哟！"

小哥哥小姐姐最听母亲的话，随后起床收拾得利利落落的，只有我赖在床上不肯起来。母亲走到我的床头，轻言细语地说："东儿，起床啦！"

"我还要睡会儿！"我翻了个身继续睡。

"睡不得哒！你小哥哥小姐姐都起床啦，在等你呢！"

一想到小树林里冷飕飕的北风，我不禁打了个寒战，干脆把身子一拱，往床中间挪了挪，用被子捂住头。

母亲见状，只得继续说："你爸到区里上班的时候特意嘱咐过，对你们两个小伢子要严加管教呢！大的干什么，小的就必须干什么，山大从小移，将就不得哟！"

母亲一提到父亲，我便一骨碌从床上爬起来。因为我知道,父亲最烦孩子们早上赖床。

我极不情愿地耷拉着脑袋,跟在小哥哥小姐姐的后面,犹如贾宝玉走进他父亲的书房一般,一步挪三寸地来到了小树林。隔壁的柱哥哥、清姐姐他们早在那儿扫树叶了,他们用特制的专搂树叶的耙子,把树叶搂成一堆一堆的,家里小点的孩子再把成堆的树叶装进一个大布包里。

我们去得有点晚,剩下的树叶不多了,在那个物资匮乏的年代,真的连生火煮饭的落叶都相当珍贵啊!

小哥哥和小姐姐非常利落地拿起耙子,就开始搂落叶,搂成一小堆一小堆的。我一个人在后面,就伸出一双小手,一把一把地把树叶往大布包里塞。不一会儿,手就冻僵了,而落叶堆却越堆越多,我一个人装不过来。一看旁边大个子的红梅,跟在她姐姐后面装了一堆又一堆,我急得直哭,边哭还边往布包里塞树叶。

小哥哥的同学,也是他的铁哥们儿——柱哥哥看见了,同情地说:"哎呀!你们家也是的,东儿这么小,每天清早八晨地把她弄来,来一次哭一次,造孽!"

我小哥哥也叹了一口气说:"唉!我爸就是这么个人。你忘啦,当年我像她这么小的时候,也是我们村打树叶子的伢们里年龄最小的一个。我爸说什么要山大从小移,我妈也说我爸,移个啥呀!把每个伢儿都移得哭兮兮的。"

柱哥哥听了,不解地说:"村里的长辈都说你爸把伢们教得特别好,反正我觉得你们家的伢们都不容易,你爸太严啦!小伢们都不自在……"

小哥哥无奈地摇了摇头,见我哭得厉害,只好丢下耙子,走过来和我一起把树叶往布包里塞。

呼啸的北风一阵紧似一阵。好不容易装满了一大布袋子的落叶,小哥哥高兴地说:"我们回去吧!够烧两天咧!"

小哥哥劲特大,把布包往身后一甩,正好落在肩上,扛着就走。我依然慢腾腾地走着,小姐姐跑过来不耐烦地说:"我们还要上学呢!就你一天不着急,反正不上学,走路像怕踩死蚂蚁似的!"说完,拉着我的小手急匆匆地往家赶。

远远地,我就闻到了烤红薯的香味,母亲已经准备好了香喷喷的早饭。见我们回来了,她赶忙把双手在围裙上擦了擦,边擦边说:"炽儿(我小哥哥的小名)啊!把树叶子倒到后屋里去,东儿来洗脸。"

我的小手、小脸早冻僵了,站在洗脸架旁。母亲给脸盆里的冷水兑了点开水,放进一条淡蓝色的毛巾,然后捞出拧了拧,敷在我脸上。小脸皲裂得厉害,一沾水就疼,我护着脸不让洗,母亲又急又心疼地说:"唉!洗干净了擦点蛤蜊油就好了,要不洗的话,下回越皲越厉害。"我怕疼,依然用右手挡住脸,母亲只好用毛巾蘸了点热水,轻轻地将我脸上的脏东西一点点擦掉。

我脏兮兮的、瘦瘦的小手如鸡爪一般,母亲让我把手放进脸盆里洗。因为手上裂了几条细小的口子,我边洗边哭。母亲也偷偷地用衣袖抹眼泪,随后拧干热毛巾,将我的小手擦干净,又哈了口热气,吹了吹我的小手。见我仍抽抽搭搭哭个不停,便用手摸了摸我的额头,心疼地说:"我幺姑娘莫哭哒!快快长大吧，长大就好啦！"

现在长是长大了，可爱哭的毛病还是没有好。

每年三十，无论多远、多忙，我们兄弟姐妹六个都会从不同的地方赶回老家，到父母的墓地上去上灯，父母的墓地就在老家小树林的旁边。每年给父母上灯，最年长的大姐姐都会哭一场，从小就懂事、善解人意的小哥哥说："姐姐，莫哭了！爸妈看着我们咧！"

是的，其实父母并没有走远，他们就在小树林旁看着我们。小树林犹如我们人生路上的一个小舞台，我们家的每一个孩子小时候都在这个小舞台上打磨过。这为我们今后融入社会夯实了基础，长大后我们家的孩子在各自的工作岗位上兢兢业业、勤奋努力地工作；每个孩子的小家都和和睦睦，兄弟姐妹亲密无间。我们也一直牢记着父母的家训：山大从小移，成人比成才更重要！我们也是这样教育自己的下一代的，而且要一代一代地传承下去！

风起时，一片片树叶簌簌落下，抖落成一地的相思……

梅花表

我有一块20世纪80年代的"梅花牌"女士手表,表很普通,比起别人腕上金光灿灿的名表要逊色得多。尽管现在的计时工具很多,梅花表也为我服务多年,老了。可我总舍不得丢弃它。我用一块黄色方巾将它包好,装在一只精致的橙色盒子里,因为它承载着一段难忘的过去。

那年对我家来说过得有点艰难,哥哥新婚,父亲肝病复发,住进了县医院。那年年底,我参加了工作。

一开始父母很高兴,幺姑娘能自食其力了,父母的压力相应小了些,转而父母又难过起来。几桩事碰在一起,而父母手头又紧,实在没有多余的钱给我买件像样的礼物。

姐夫花二十五元钱,从单位买了辆淘汰的旧自行车。车有点破,但丝毫不影响我对新生活的向往。我高高兴兴地骑着嘎吱作响的旧自行车,告别学生时代,正式上班啦!

一个寒风凛冽的早晨,我下了夜班,风太大,只好推着旧自行车回家。路上白雪皑皑,一个行人都没有。

回到家一看,见大门是开着的,却不见母亲的身影。咦?这么冷的天,她能上哪儿去呢?难道到池塘边洗衣服去了?

第二辑　至爱亲情

我来到池塘边，远远望见母亲娇小的身影正蹲在一块石板上，洁白的雪花一朵朵从空中飘落下来，落在母亲花白的头发上。走近一看，原来母亲不是在洗衣服，而是在洗萝卜。我呆呆地站着，看着母亲一个一个地清洗。只见她用左手握着一个泥糊糊的萝卜，右手拿着一小撮稻草，先把萝卜在水里摆一摆，再用稻草把泥巴擦一擦，然后又在水里摆一摆，再轻轻地擦一擦。反复几次之后，一根泥糊糊的水晶红萝卜，便变得周身圆润通透起来。她洗得那么仔细，全然没有发现站在身后的我。

天气太冷了，母亲时不时地把冻红的手指放在嘴边，哈口气暖和一下再接着洗。母亲冻得红肿的手指，就像红萝卜一样红。

我强忍着泪水，轻轻走到母亲身边，哽咽着叫了一声："妈！"

母亲慢慢扭过头来，干涩的眼中露出了惊喜的神色："东儿，你下班啦！"

"妈！这么冷的天，你洗这么多红萝卜干啥？"

"嗨！我想着今天下雪，天冷，萝卜卖的价钱也许会好些。"母亲长叹了一口气说。

"妈！你回家，我来洗吧！"

"哎！那怎么行呢！你刚下夜班，困得很，快回家睡吧！"母亲执意不肯，我只得回家。

躺在床上，我翻来覆去怎么也睡不着，泪水顺着脸颊滴落在枕巾上。

天气变得一天比一天冷起来。一连好几天，母亲都会到池塘边清洗红萝卜。饭桌上，再也看不见母亲特意给生病的父亲亲手做的、父亲最爱吃的荷包蛋。

一天，母亲从集市上卖完鸡蛋和萝卜回家，高兴地把我叫到她跟前。从兜里掏出一个用手绢包着的小盒子，再将小盒子小心翼翼地打开，只见里面有一块崭新的、精致小巧的女士手表。

母亲用皲裂的双手将锃亮的新表放到我的手心里，仿佛松了口气似的，舒心地笑着说："你哥哥姐姐们参加工作的时候，我和你爸只给他们每人置了个脸盆。现在他们都上班了，我和你爸压力小多了，我就和你爸商量你比哥哥姐姐们小那么多，你参加工作了，再置个脸盆送给你不合适咧。

"所以今天你爸一出院，就陪我在百货公司转几圈。挑来挑去，就选中这款梅花牌女士手表。你爸说咱家东儿从小性格就像梅花，坚强、肯吃苦……"

母亲一脸轻松地、开心地讲着挑选手表的过程。寒风将母亲额头一缕灰白头发吹散，微微挡住右眼。她顾不得理一理头发，唯恐整理头发的一瞬间，风会将她的喜悦带走。可见，在父母的心里，给孩子买一件像样的礼物是多么重要的一件大事。父母一生养育六个孩子，对每个孩子都是倾其所有。

我接过手表，泪水止不住落下来。晶莹剔透的泪珠滴在表壳上，滴在那盛开的梅花瓣上。泪眼蒙眬中，红红的水晶萝卜与母亲肿得跟萝卜一样红的手指重叠在一起！

如今，父母亲离开我们已经多年，但他们送我的梅花表一直陪伴着我。

岁月经风雨梅香几度，慈心紫魂梦椿萱可好？

门前有棵杏子树

又是杏子成熟的季节,每到这个季节,我就会想起老家门前的杏子树。

春天,杏子树开满了粉红色的小花。我和姐姐在树下拾起一朵朵小花,洗干净后,放进一个盛着水的玻璃杯中。再将杯子放在窗台上,春天的阳光照在玻璃杯上,粉红色的杏花清新雅致,煞是好看!当然,我那时并不知道有个人也喜欢杏花,更不知道忧郁王子梵高的名画《玻璃杯中盛开的杏花》。只是出于小孩子对大自然单纯地喜欢罢了。

每年三四月间,杏子树粉红色的花儿谢了,长出一个个光滑的、圆溜溜的小果子。馋嘴的弟弟常常站在树底下向上望,眼巴巴地瞅着才指头大小的青杏子咽口水。他还隔三岔五地问母亲:"妈!我们家的杏子到底什么时候才能吃呀?""还早着呢!不急,慢慢来。"弟弟一听,更急了,拿起细长的竹竿儿就敲了几个青杏子下来。一咬,呀!简直要酸掉牙,只好耐着性子等到杏子成熟了再吃。

尤其喜欢夏天的晚上,没有一丝风,天上群星闪烁。吃罢晚饭,我和姐姐弟弟一起,各自搬个小凳子,早早地来到杏子树下纳凉。母亲总要把厨房收拾好了，才抽空搬把有靠背的竹椅子在树底下坐会儿。母亲总是手拿蒲扇，先给弟弟扇扇，再给我和姐姐扇扇，最后才轮到她自己。我和姐姐是故事迷，总是坐在母亲两侧缠着她给我们讲故事。母亲便将她讲了无数遍的"花木兰代父从军"的故事再讲一遍，末了总是不忘加上一句：你们长大了一定要像花木兰一样既孝顺又勇敢哟！仿佛母亲每讲一次，我和姐姐的孝顺与勇敢就会增加一分似的。

秋天，杏子树上挂满了黄澄澄的杏子。邻居家的小孩子们早已垂涎三尺。母亲会从树上摘些果子，用葫芦瓢装着，送一些给邻居家的孩子们吃。印象最深的是邻居家有对小哥俩，我家每年杏子成熟时，第一份送出的杏子就是给他们的。但小孩子嘴馋，总是吃不够。

夏天的一个中午，趁大人们午睡的空儿，这小哥俩悄悄溜到我家杏子树底下，正准备用竹竿儿敲打杏子。被站在豇豆架下摘豇豆的母亲发现，母亲并没有大声呵斥他们，怕吓着孩子们，就站在豇豆架下看他们敲打杏子果。直到小哥俩打完杏子果满意地走后，母亲才从豇豆架下走出来。

我们吃完杏子，母亲会挑大点的杏核留下并阴干。再在杏核的两端挖小孔，用红头绳穿起来挂在我们的脖子上。母亲说，小孩子戴着能保佑平安。

冬天，刺骨的寒风刮来，杏树的树叶片片飘落下来，最后只剩下孤零零的枝干。一个北风呼啸的清晨，我推开门，一眼瞥见家门口的地上，落满了杏树的叶子。我忙跑进屋告诉母亲："妈，昨天晚上风好大哟！把杏树的叶子全吹掉了。这么冷的天，杏子树没有美丽的树叶作衣裳，她会冻死的。我们能不能给杏子树穿件衣裳啊？"母亲抚摸着我的头，疼爱地说："就我幺姑娘心好，妈算是没白疼你一场哟！叶子老了落下来，埋在地里是上等的肥料，正是这落叶才使土地更加肥沃，来年杏子才会结得更多更甜呀！这是自然规律，谁也挡不住。人也一样，一代一代都会离开。"我那时特别不喜欢冬天，因为我家门前杏子树的树叶会落下来，我担心杏子树会冻死。

每当杏子成熟的季节，我就会想起儿时家门前的杏子树，想起离我而去的母亲。

淡淡的爱

有一对夫妻，妻子文静和气，丈夫沉稳持重。

婚后不久，妻子的母亲不幸去世。母亲的突然离去，使本来话就不多的妻子变得更加沉默寡言。痛苦不堪的时候，妻子会在日记本上写下一段段忧伤的文字，以表达对母亲的思念之情。

看着妻子伤心难过，丈夫心疼不已。他琢磨着妻子没有什么其他的爱好，就喜欢看看书、动动笔，写点小文章。为了转移她的注意力，让妻子不再忧伤，丈夫鼓励妻子参加自学考试，系统学习写作知识，并主动到教育局给妻子报了名。平时，丈夫总是尽力多做点家务活，尽量腾出多的时间让妻子看书学习。每次考试，丈夫都会骑上自行车载着妻子，准时把她送到考点。等考试结束，当妻子走出考场，第一眼总能看见丈夫牵着女儿的小手，微笑着站在考场门口。这温馨的画面，永远镌刻在时光中。若妻子考得好，丈夫会将妻子夸奖一番；若考得不好，丈夫就会轻轻地安慰妻子："不要紧，下回再来。"

印象最深的是考《普通逻辑》这门课，考了三次都没过。妻子当时很灰心，想放弃。丈夫为此托人从宜昌技校请来一位政治老师，专门帮助妻子补习这门课。因为基础夯得实，妻子第四次考这门课时顺利过关。经过夫妻俩五年不懈的努力，十六门大学课程被妻子逐个拿下，最终取得了自学考试的毕业证书。通过自学，妻子不仅从失去母亲的悲痛中解脱出来，增强了对生活的信心与战胜困难的勇气，而且通过系统地学习，有了良好的理论基础，练笔更勤、更自信了。

2004年9月，丈夫原来所在的子弟学校移交地方。为了帮助丈夫尽快适应新的环境，消除陌生感，每当丈夫快下晚自习的时候，细心的妻子总会提前站在校门口，等待丈夫一起回家。

在接丈夫下晚自习回家的路上，要经过职工医院太平间的大门。时值深秋，丈夫要到十点半才下晚自习，路上已没什么行人，没有路灯，路两旁的大树阴森森的。胆小的妻子一个人骑着自行车，落叶撵着车轮沙沙地响，像极了香港电影中的鬼片。好几次妻子都想大哭一场。但想到丈夫离开工作十几年的单位和熟悉的同事，刚到一个新的陌生的环境，一切都是新的，一切都要重新开始。此时的丈夫比自己更难，更需要家人的理解与陪伴，作为妻子唯有咬牙挺住。有了妻子的全力支持，丈夫很快适应新的环境，工作起来得心应手。

妻子喜欢安静，不善应酬，所以很少在餐馆吃饭。丈夫偶尔从外面吃完饭回家，总是不忘给妻子带回一点南瓜饼之类的甜点。

像身边所有的夫妻一样，他们也有闹矛盾的时候。当一方正在气头上，另一方总会躲进书房，然后关上房门。这时，激烈的争吵声便戛然而止，接下来是难挨的沉默。良久，躲进书房的一方从房间走出来，家里便又恢复正常，仿佛什么都没发生过一样。

夫妻两人的童年时代都是在农村老家度过的，两人都有浓浓的"乡村情结"。他们有一个共同的心愿，希望退休之后能到乡村去居住。房子是浅浅的粉色，周围种满香樟树和橘子树。因为妻子喜欢香樟树，而丈夫喜欢橘子树。风和日丽的春天，他们一起到野外挖野韭菜；酷暑难耐的夏日，他们在暗香浮动的香樟树下一起纳凉；硕果累累的秋天，他们会一起到橘园采摘橘子；雪花飘飘的冬日，他们会到空旷的田野一起赏雪……

是的，这对夫妻就是我和我的先生！正所谓：心合共春秋，牵手同甘苦。没有轰轰烈烈的爱情传说，只有平平淡淡的家庭生活。

第二辑　至爱亲情

我与女儿

女儿刚出生那阵儿，我们在单位还没分房子。丈夫在学校三楼要了间办公室，那就是我们的家。家里除了一台十八英寸的彩电外，再没啥值钱的东西。

女儿小时候很乖，从不哭闹，她总是瞪着圆溜溜的眼睛望着我。至今我仍忘不掉女儿那圆圆的脸蛋和瞪着眼睛望着我的样子。女儿很小的时候，颇善解人意。当她饿了的时候，会轻轻地哭两声。我便将空奶瓶放在她面前轻轻摇一摇，告诉她奶瓶里没有了，我马上去冲新鲜奶粉。女儿似乎明白了我的意思，泪汪汪地看着我，不哭也不闹。

女儿渐渐会说话了，我就给她讲《小红帽》《灰姑娘》《卖火柴的小女孩》的故事。女儿最喜欢听《卖火柴的小女孩》，每次给她讲完这个故事，她就会自言自语地说："天下着雪，小女孩光着脚走路，多可怜啊！"

女儿会跑的时候，我就带她到郊外去踏青。在嫩绿的草地上，女儿像小燕子般快乐地跑来跑去，洒下银铃般的笑声。"离离原上草，一岁一枯荣。野火烧不尽，春风吹又生。"在游玩中，女儿还学会了背诵唐诗。

夏天的傍晚，带着女儿到江边吹江风纳凉是最惬意不过的事了。望着滚滚江水，即兴来一句：滚滚长江东逝水，浪花淘尽英雄。我讲一段《三国演义》中，发生在长江边的故事——赤壁之战。把女儿这个小小故事迷听得入迷，忘了天气的燥热。故事相伴，心酿清欢。

天气渐渐凉下来，女儿外出郊游的兴趣却丝毫不减。她穿上毛衣，踏着满地落叶蹒跚前行，不小心一个趔趄摔倒了。小人儿立刻爬起来，顾不得拍打身上的落叶，小嘴里依然跟着我念道："秋风萧瑟天气凉，草木摇落露为霜。"

飘雪的冬季，为预防感冒，好动的女儿也只能待在家里。隔着玻璃窗，望着窗外翩翩起舞的雪花，我教女儿唱一支欢快的儿童歌曲：雪绒花，雪绒花，每天清晨迎我开，小而亮，洁而白，欢笑点头多可爱……唱着唱着，女儿突然说："妈妈，我要跟雪花做朋友。"

女儿四五岁时，偶尔也有不听话的时候。暑假结束，幼儿园开园的第一天，我带着女儿高高兴兴去上幼儿园。给她铺好小床，我正欲转身离开，可她死活不留下，要跟我一块回家。

我可是请假送她上幼儿园的。跟她讲妈妈还要上班呢，大人上班，小孩子上幼儿园。可女儿就是不听，回到家里，我将女儿痛打一顿。

在那几天里，我常常半夜惊醒。轻轻抚摸女儿身上的伤痕，偷偷地流泪，很久都不能原谅自己。女儿还那么小，我为什么就不能多点耐心呢，仔细问问她为什么不想上幼儿园。也许孩子身体有什么不舒服，又或许遇到什么让她不开心的人或事。为什么不能多站在孩子角度想一想？

　　有人说，孩子是来度父母的。孩子是父母的人生导师，是他们教会了父母宽容与忍耐，让父母成为更好的自己。

紧握爱的手

深夜十一点半,女儿被医生从手术室推了出来,我和丈夫立即迎了上去。

只见女儿脸色苍白,眼角挂着泪水,我们的内心一阵剧烈的疼痛。女儿小时候打针太多,又没有用热毛巾及时将药液敷散,药液积在局部,导致臀大肌痉挛。小小年纪下蹲困难,长期下去将严重影响发育。尽管女儿的小屁屁已受尽了折磨,但长痛不如短痛,我们还是决定给女儿实施臀部痉挛解除术。

我和丈夫协助医生把女儿轻轻地放在病床上,发现女儿缠满绷带的臀部有丝丝血迹。细心的医生和气地说:"血慢慢就止住了。"医生交代了一些注意事项,离开了病房。我看了看表,深夜十二点整。我和丈夫分别搬把椅子坐在病床两侧,等待女儿麻醉过后醒来。病房周围一片寂静,连打点滴的声音都听得真真切切。我目不转睛地盯着女儿的脸,生怕放过一丝细微的变化。四十分钟后,女儿呼吸有点急促,我们紧张极了,赶紧叫来了值班的陈医生。陈医生是一位年轻的硕士研究生,他用专业的眼光仔细观察了一番,又用心听了听,果断地说:"小姑娘有点着凉,鼻塞,无大碍。"然后,从护士值班室拿来了氧气瓶,一头插在床头的呼吸器上,另一头是塑料管,插在女儿的鼻孔上。渐渐地,女儿的呼吸平稳下来,我们总算稍稍松了口气。

一切又复归平静。丈夫是晚上九点钟与同事换了晚自习,坐火车赶来的,很是疲惫,不知不觉睡着了。一小时过去,女儿还未醒来,我的心提到了嗓子眼,开始不安起来。突然,女儿的小手抖动了一下,好像是要抓住什么似的。我赶快伸出手,将女儿的手紧紧握住。女儿缓缓睁开眼睛,发现了鼻孔旁的吸氧管,含糊不清,吃力地问道:"妈妈,我鼻子上是什么?"声音短而轻。我微笑着凑近女儿的耳朵,轻轻地说:"是氧气管!雪儿,你刚做完手术,别动哦!"女儿微闭上双眼,似乎想起了什么,下意识地动了动身子,眼泪唰地一下流了出来。"妈妈,我的屁股好疼。"女儿强忍着剧痛,一字一句地说完,"呜呜"地哭了起来。

手术前,我们和主刀医师沟通过几次,又征求女儿本人的意见。考虑到女儿年龄还小,正是读书学知识的年纪,怕影响到女儿的智力,麻醉药剂量用的很小,但麻醉药药效过后醒来,疼痛会加剧。看着女儿痛苦的表情,我的眼泪在眼眶里直打转。但我立刻意识到哭对女儿的伤口愈合不利。我强忍着泪水,笑着说:"雪儿,你真勇敢,只睡了一觉,手术就做完了。"

女儿起初不理睬我,依然哭。我便故意自言自语地说:"雪儿好幸福啊!做完手术有爸爸妈妈陪在身边,特别是爸爸好喜欢我们雪儿哦!他刚从几百公里外连夜赶到医院。我们是幸福的一家人，互相关心，互相帮助。今天雪儿碰到了困难，爸爸妈妈就一夜不睡觉，陪着她渡过难关。"

咦！女儿的哭声不知什么时候停住了。她懂事地望着我说："妈妈，我不哭，我睡觉。爸爸，老规矩。"

我抬眼看了看坐在病床一侧的丈夫。原来听到女儿"呜呜"的哭声后，疲惫不堪的丈夫早已醒了。丈夫嘴笨，见女儿疼得厉害，不知怎么安慰女儿，只得在一旁呆呆地坐着。听见女儿说"爸爸，老规矩"，丈夫会意地走过来，像往常一样，给女儿按摩头部。我家有个习惯，每晚临睡前，丈夫会轻轻地按摩女儿的头部穴位，促进智力发育，同时给女儿讲睡前故事。在今天这个特殊的、寒冷的夜晚，丈夫给女儿讲的睡前故事是安徒生的童话《卖火柴的小女孩》。

女儿乖巧地闭上眼睛，我紧紧握住女儿没输液的手，不时感觉到小手在用力、在颤抖。女儿的眼泪从眼角悄悄地滑落下来。我知道女儿并没有睡着，她只是不想让父母因她而伤心，默默地忍受着疼痛。不满九岁的小孩子，懂事得让人心疼。

我们一家三口就这样一直到天亮。我想，在人生的道路上，我们也许还会遇到更大的坎坷，但只要紧握爱的手，又有什么样的坎儿是过不去的呢？

第二辑　至爱亲情

孩子，祝福你

　　清晨，女儿背上书包与一群孩子彼此呼喊着、追逐着朝学校跑去。霎时，沉睡了一夜的大地仿佛苏醒了。渐渐地、渐渐地，披着阳光的身影远了，但空气中似乎留下了孩子们愉快的笑声。

　　望着远去的身影，我的心泛起回忆。

　　记得第一次给女儿买回"跳跳鼠"（"跳跳鼠"是一种儿童运动器材）的时候，女儿一下子跳了五十来个。接着轮到我跳，结果十个都没跳到。我上气不接下气地说："雪儿，妈妈是大人，身体笨得很，玩不来这个。""玩不好又不要紧，妈妈你看我跳，我教你！"女儿俨然一位小老师，教得可认真了。在女儿手把手地指导下，如今我也可以跳一百多个了。与孩子在一起可以忘却年龄的界限，是孩子帮助我们这些成年人在纷纷扰扰的尘世间，又找回了天真无邪的童趣。

　　夕阳的余晖透过玉兰树枝，洒了一地的金黄。骑着自行车收废品的老者大喊一声："收破铜烂铁旧报纸啊！"不远处刚放学的一群孩子紧跟着大声吆喝"破铜烂铁旧报纸啊——"，故意调皮地把这个"啊"音拖得老长！老者哭笑不得，冲着孩子们笑着骂道："去去去，小猴儿们的！""哈哈哈！"孩子们一哄而散！接着便大声唱道："我上看，下看，左看，右看，今天的破烂就是不一般！哈哈哈……"

银铃般的笑声洒了一地，多么单纯、质朴、快乐的孩子啊！工作了一天，正站在阳台上收晾干的衣服，感到疲惫不堪的我，此时犹如心灵之杯注满了清泉。

"王卫东同学，请回答，地球的温度为什么比月球低？"灯光下，女儿捧着一本最新一期《我们爱科学》杂志，瞟了一眼正低头看报纸的爸爸，冲我狡黠地眨了眨眼，让我回答这个问题。我刚忙完家务活，正准备坐下来做成人高等教育自学考试《普通逻辑》的题，没想到被点到。我心想：小机灵鬼，她知道她爸爸是物理老师，这类问题对他是小菜一碟，所以故意考我呢！

我喝了口水，清了清嗓子，信心满满地答道："因为地球有大气层呗！"

"嗯！答对一半，还有树和水。"我先是愕然，继而不胜佩服。

"读书有趣吗？"

"有时有趣，有时没趣。不过，妈妈，你不是常说读书是每个小孩子的责任吗？就像大人做工一样。"我笑了，我感到骄傲，一个有责任心的孩子，未来才可能肩负起时代赋予的使命。

女儿甜甜地睡着了。天空中月亮升得更高，晶莹玲珑。不知为什么，我对农历十五前两天的月亮情有独钟。大概是因为那待圆未圆的月亮，寓有希望、寓有期待吧！人生不正是因为有希望和期待才奋斗下去、活下去吗？是啊，是孩子增添了我们奋力去打拼的勇气!

　　孩子是上帝派来播洒爱、希望和欢乐的安琪儿。在这个鲜花盛开的六月,孩子,让母亲虔诚地祝福你,为你的健康,为你的学业,为你的未来!

乐在横撇竖捺间

有段时间喜欢上写字，纯属偶然。

清楚地记得，那是初夏的一个黄昏，病后初愈，情绪低落到了极点。无论做什么，注意力总是不太集中。站在阳台上，沐浴着落日的余晖，望着远方，顿觉莫名沮丧与失落。夫轻轻地走到我身边，小声说："要不，练练字吧？"

"哦！行啊，试试吧！"我眼睛仍旧望着远方，佯装轻松的样子。

懂事的女儿飞快地跑进书房，翻箱倒柜地找起字帖来，边找边兴奋地大声问："妈妈，你练哪种字体？正楷、隶书还是草书？"女儿刚上小学那会儿，在市文化馆少儿书法班，跟随万双全老师练习过书法。今天一听妈妈要练字，立刻来了精神，俨然成了一名小书法老师。

"妈妈又不当书法家，随便练练，啥体都行咧。"我瞥了一眼正埋头认真找帖子的女儿。

"要不，明天放学后，我陪你到书店转转，挑一本你最喜欢的帖子，怎么样？"女儿停下来，扭过头来望着我，认真地说。

"可以呀！"

买回帖子,我漫不经心地练起来,每天由十分钟到三十分钟,再到四十五分钟……日子一天天过去,天气也渐渐热起来,女儿不停地喊热,嚷着要再买一台空调。趁着星期天休息,一家人上街买空调。买好空调,付完款,正欲离去,商家却拿出纸和笔,让我们留下家庭住址和电话号码,便于售后服务。

女儿手疾眼快,接过服务员拿来的纸和笔,递到我面前,说:"妈妈,还是你写吧!"说完,冲她爸爸狡黠地一笑。我立刻明白了女儿脑瓜里装的什么药。呵!想检验我的练字成果呢!果真是个小精怪。夫站在一旁,似笑非笑地看着我。

我提起笔,像考生面对考官,一笔一画地答起题来。一边不失时机地自嘲道:"唉,一笔烂字,恐怕永远也练不好了。"

"写得有点进步,其实练字也不一定非要达到什么水平。它也是一种锻炼,可以训练一个人的手、眼及大脑,同时提高注意力。"夫趁机鼓励。

一日,夫从外面出差回家,一进门就扬了扬手里的东西,兴冲冲地说:"猜我带回了什么?"

"我怎么知道。"刚做完家务,累得直不起腰的我,极不耐烦地答道。

"打开看看!"

我擦了擦手,接过夫递过来的一本书。"哇!好精美的字帖耶!"我喜出望外,不仅字体优美,而且字帖内容是脍炙人口的诗词,令人爱不释手。

每当下班回到家里,干完家务,我习惯性地坐在书桌前,拿出心爱的字帖。有时描一段诗仙的"人生得意须尽欢,莫使金樽空对月。天生我材必有用,千金散尽还复来";偶尔,也临一句诗佛的"明月松间照,清泉石上流"……边练字边品读诗词的意境。不知不觉间那些平凡而又美好的时光从笔尖悄悄滑过!

月色如水

今夜月色如水。

踩着满地的月光,我与夫并肩走在乡间的小路上。一阵微风轻轻吹来,夹杂着新鲜蔬菜淡淡的清香。自幼在乡下长大的我,这种蔬菜的味道自然再熟悉不过。回忆起儿时在乡下度过的岁月,艰苦中亦有无尽的乐趣。这段时光令我至今仍保留着纯朴、善良的本色。想起如今仍在乡下辛苦耕作的儿时好友,禁不住有一种冲动,总想为他们做点什么。但想想自己年近不惑,仍一事无成,又颇感愧疚。夜色乡间,独吟旧梦秋风冷。

归来的路上,经过女儿读过书的初中。忆起有一次,蒙蒙细雨中,我左手撑着伞,右手端着饭盒,站在校园门口,不时朝女儿教室的方向张望。下课了,女儿飞也似的跑过来,接过我手中的饭盒,快速地说一声:"妈妈,辛苦了,谢谢您!"又如一阵风般跑回教室。

校园小路两旁的香樟树下,女儿青春飞扬的身影渐渐远了,可女儿甜甜的声音,仿佛还在耳边回响。往事犹如电影中定格的镜头,依然历历在目。今年9月,女儿顺利考入重点高中,成了住校生,已是一名合格的高中生了。忽觉月色十分好，欲与春花共烂漫。

经过厂区，远远望见高耸入云的合成塔，倍感亲切。企业的兴衰荣辱，与每一位员工息息相关。与企业一样，我们的小家也经历了风风雨雨。人到中年，病痛的折磨，孩子的学业，工作的压力，有时压得人喘不过气来。但生活像一面镜子，你对它笑，它就对你笑；你对它哭，它就对你哭！想起青年漫画家慕容引刀写过的一句话：生活的一半是倒霉，另一半是如何处理倒霉。看来芸芸众生，感受相同。不如意事常八九，想想亦坦然。

月色如水，心静如水。

情在读书中

人是万物之灵,人的感情是最丰富多彩的。对于情感丰富而又比较亲近书本的我来说,选择所读书籍的类型,也饱含着一个浓浓的"情"字。

在众多的书籍中,文学类是我的首选。选择此类书籍,是为了告慰已故母亲对我的疼爱与期望。母亲三岁时便成了孤儿,她一生没进过一天学堂。嫁给父亲以后,父亲手把手地教过她一些常用字,日积月累,聪明的母亲也略识得了一些字。母亲在世时最大的心愿,就是希望自己的每个孩子都能识字。

小时候,一次老师家访向母亲报喜:"您家小女儿在全校作文比赛中获奖啦!"第二天,母亲便喜滋滋地向左邻右舍的大婶们夸奖我:"老师说咱家东儿的文章写得好着呢!"在母亲期盼的目光中,我慢慢长大。只痛惜我们母女一场,缘分结束得太早,留下无尽的思念。母亲夸奖我时那满足的笑容,便成了我刻骨铭心的记忆与无穷的动力。

我一直想用那支饱含深情的笔,将人间最温暖的亲情记录下来。于是我开始阅读优秀的文学作品,用书中的正能量来涤荡自己的灵魂。在参加了全国高等教育自学考试后,我系统地学习有关文学的理论知识,力求掌握一些写作的基本要领。也许是遗传了母亲诚实善良的性格，我一直严格要求自己做到"我笔写我心"。其实写作的真正意义并不在于写过多少作品，而是它会在每个热爱它的人心里点燃一盏灯，心灯不灭已足够。我想，为了母亲那期盼的眼神，我会一直读下去、写下去，直到有一天老得连字都看不清、连笔都握不住为止。做一个真善美的追求者与传播者，以告慰母亲的在天之灵。

我喜欢读书也是出于对公司的热爱。作为在公司工作了二十多年的老员工，从青涩懵懂的青年，到成熟稳重的中年，我见证了公司的每一步发展与变化。我在这片热土上留下了太多的青春记忆，对每一株花草、每一片瓦砾都充满了深深的眷恋之情……面对市场经济的大潮，我们每一个员工只有将自己的工作做得更好，公司才有发展可言。

具体地讲，我目前所从事的是统计工作。如何将传统的统计数据上升到"数据的科学"，这就需要加强理论知识的学习，只有理论与实践紧密结合，工作才会做得更好。

作为一名母亲，我也非常关心和疼爱我的女儿。女儿受我家先生的影响，从高中到大学都学的理科。面对眼花缭乱的时尚杂志，形形色色的文化快餐，现在的年轻人很难沉下心来阅读枯燥的史学、哲学类书籍。如何拓宽知识面，让孩子成为一个既有技术专长，又有一定思想深度和文化品位的年轻人？仅仅督促孩子阅读此类书籍是不够的，应与孩子一起阅读，父母身体力行是至关重要的。与孩子同阅读、共分享、多讨论、勤沟通，让"代沟"仅仅成为一个名词而已。

寄情于书，任时光荏苒，充实而坦然地面对每一天。

病中思绪

总认为自己身体健康，精力充沛，没想到忽然病倒了。胸闷气短，接踵而来的是昏厥。习惯于硬撑的我，再也撑不住了。接下来的日子是难挨的，面对病痛的折磨，我不得不奔走于大小医院之间。

我躺在病床上，呆呆地望着洁白的墙壁和雪白的床单，却不敢闭眼休息。唯恐闭眼打盹的瞬间，生命就会永远定格在这白色的世界里……神情恍惚间，尤觉枕边冰凉，原来是泪水湿了一片。

夫是忙碌的，除了繁重的教学任务外，还得照顾病中的我并包揽起一切家务活。

中午，夫做好饭，从学校接回上小学的女儿，又匆匆忙忙赶到医院。一进病房，一向乐观开朗的夫笑着说："呵！蛮快哟，点滴快打完了！看我炒的青椒肉丝，可好吃了，快趁热吃。"我接过筷子，夹了些青椒肉丝，发现有半截青椒把在里面，我皱了下眉头。一抬眼，看见一旁的女儿，扎着两根一高一低的羊角辫，我鼻子一酸，想哭！我知道那是夫早上急着上班，匆忙中的"杰作"。想想我住院这段时间，没有女主人打理的家，也不知道乱成了什么样子。我食欲顿时全无，放下筷子，用虚弱的声音伤感地说："天堂也许很美吧！"夫听我这么说，赶忙转移话题："想听听玄奘师徒西天取经的故事吗？"我知道他是想用取经路上师徒战胜九九八十一难的精神来鼓励我。我却故意装作没听见，将头扭向另一侧。

"爸爸、爸爸，你说什么啊？西天取经？我最喜欢孙悟空了，妈妈，你看！"女儿放下手中正在把玩的彩色积木，忙不迭地摆出一副孙猴子抓耳挠腮的模样。逗得我大笑起来。没想到乐极生悲，左手上的针头偏了一下，刺痛感袭来，我笑着笑着，眼泪又掉了下来……

清晨睁开眼，天已大亮，窗外传来布谷鸟清脆的叫声。算来今天是出院的第三天，夫上班去了，女儿也上学去了。经过大半夜病痛的折磨，头昏昏然，我索性躺在床上任往事一幕幕浮现。

由童年的乡村生活想到慈祥的母亲。小时候母亲有个规矩，绝不让病中的孩子下床来，通常还会给生病的孩子单独做一两样可口的菜，像香喷喷的芹菜炒肉丝或麻辣可口的豆瓣鱼。然后，母亲再将饭菜端到床边，一口一口地喂给生病的孩子吃。我想，这世上如果有治愈病中孩子最好的良药，母亲无微不至的照顾应该算一剂吧！一想到母亲早已离开了人世，我又不禁黯然神伤起来。

正伤心流泪的时候，夫推门进来。"怎么啦？胸口又开始疼了？"

我勉强地笑了笑，摇了摇头。

"嗯，不难受就好，其实世间没什么了不起的事情，没有什么值得难过的。"

是啊！一个人在病中去看人生，就会觉得人和生命太脆弱了。甚至连一只蚂蚁都不如，有时不经意间踩了蚂蚁一下，也许它能从某个小小的缝隙里悄悄溜走，绝处逢生呢！但人就不然了，突如其来的病痛可以瞬间击垮身体。正所谓"病来如山倒，病去如抽丝"！

或许是在住院期间，目睹了太多的生离死别，我便看淡了世事与人生。名有何争？利有何逐？明天与意外谁会先来？

病中的我，不敢有什么苛求，也没什么奢望。我的情绪很平静，唯一的希望就是身体早点康复。

晚上，我躺在床上翻来覆去睡不着。想想人真是奇怪，能干的时候不停地奔忙，总盼望有机会停下来休息，缓解疲劳；而一旦病了，什么都干不动了，却又十分怀念那种马不停蹄的日子。或许，劳碌奔波是另一种层面上的幸福吧！

缕缕家风伴我行

"家是最小国,国是千万家。"每当我听到这首歌,总是心潮澎湃。家庭是社会的基本细胞,唯有家风正,才会国运昌。

岁序更替,华章日新。从一个懵懂少年到步入天命之年的我,也曾在家族的长河中寻找家风的痕迹。蓦然发现,我家的家风一直伴随在我身边,一刻也不曾飘散。

三个萝卜

那时,我也就七岁的样子,住在老家。和村里其他孩子一样,放学之后我要帮家里打猪草。

一天放学后,我和小姐姐各挎一个小竹篓,与小伙伴们一起,走到很远的田野去打猪草。天色渐渐暗下来,我和小姐姐却连半竹篓的猪草都没打到。想起母亲发愁的面容,我们心里一阵难过。返途中正好经过生产队的萝卜田,几个年纪稍大的孩子四周瞧瞧,见没人看管,便径直走到地里拔萝卜。小姐姐跟过去拔了两个萝卜。我也顺手在萝卜田的边上拔了一个小萝卜,放进竹篓里,心想:母亲这下不会愁眉不展了吧!

一进家门，就看见父亲休月假回来了，正在拾掇他那辆二八式自行车。

"爸爸，我们打猪草回来了。"

"哦，有空就帮大人干活，还蛮像个样子咧！"父亲疼爱地接过我们手里的竹篓，高兴地说。一眼瞥见竹篓里的萝卜，他甚是奇怪，问道："这猪草里咋还有萝卜呢？"

我端起饭桌上的白色瓷缸子，边喝水边说："在生产队萝卜田里拔的。"

"啊！"父亲一下子拉长了脸，大声呵斥道："公家的东西不许拿，给我跪下！"

父亲当时是某乡镇主管政法工作的负责人，对我们管教甚严。看到父亲发这么大火，我和小姐姐吓得大哭起来。

在我们的脑海里，父亲是帮助孩子们扣好人生第一颗扣子的人。

一朵小红花

女儿三四岁时，我和她爸爸便将她送到儿童英语培训班学习英语，是班里年龄偏小的学生之一。

一个星期天上午，我忙完家务，照例去培训班接女儿回家。我站在培训学校门口，远远看见住同一个院子的几个稍大的孩子手拿小红花，高高兴兴地从教室里走出来。而女儿低着头，闷闷不乐地走在最后。我问她怎么了，女儿小嘴一噘，有点委屈地说："今天我们李老师在课堂上检查上周布置的家庭作业，听写十个英语单词，全写对的同学奖励一朵小红花。我写错了一个英语单词,没得到小红花。而院子里的几个姐姐坐在一起互相抄,最后全对了,一人得了一朵小红花。妈妈,我也想要小红花!"

"哦,雪儿没抄别人的,很好啊!一个单词没记住,就努力记住它。做个诚实的孩人,掌握真本领才是正道。我到文具店给你买朵小红花,就叫它'诚实奖'如何?哈哈!"

"嘻嘻!"女儿开心地笑了。

勤奋、诚实的家风,从此在女儿幼小的心灵里扎下了根。记得女儿在武汉大学读研时,第一学期便荣获优秀学生称号。女儿打电话感谢恩师的栽培,电话那端老师饱含深情地说:"现在社会上有才华的年轻人不少,但有才华品行俱佳的年轻人不多,希望你再接再厉,做一位能代表新时代的、德才兼备的年轻人。"

大姐的黄呢上衣

一年深秋时节,我因骨折住院。相邻病床住着一位因车祸入院的、来自百里洲的大姐,剧烈的疼痛令她时常轻声呻吟。窗外阵阵萧瑟的秋风吹进丝丝寒意,我的情绪低落到了极点,吃了止痛药后安静地睡了一会儿。

睁开眼,熟悉的黄呢上衣映入眼帘,是大姐。

"大姐,你什么时候来的?"我惊喜地问道。

"来一会儿了,看你睡得正香就没叫醒你。我带了点水果过来,放在你床头的抽屉里了,趁新鲜剥了吃。"大姐随即从黄呢上衣的口袋里掏出一个"祝你早日康复"的红包递给我,说道:"骨折后要加强营养,这点钱是个心意。"

我正欲推辞,坐在一旁的大姐夫说:"哎呀,别推来推去的,你骨折了,多休息少动才好。"

聊了一会儿,大姐和大姐夫说要上街办点事,过几天再来看我,便起身告辞。望着大姐渐渐远去的背影,一股暖流涌上心头。大姐的黄呢上衣,印象中有十几年了,都有点褪色了。

大姐是名牌医学院的毕业生,是行医三十多年的高级医师。大姐的儿子如今是某专科医院的业务副院长,家庭经济条件不算差。我们常常劝她对自己好点。她却总是微笑着说:"入奢容易入俭难,过得去就行了。"

其实,我们心里都清楚。大姐是我们六个兄弟姐妹中的老大,父母亲都不在了,她时刻牵挂着每一个兄弟姐妹。谁家有个难处,她总是倾力相助,从不图回报。

互助互帮,同气连枝情意重;和睦和谐,悌缘和顺手足亲。

清华博士的选择

现如今,随着全球对可持续能源和环保的关注度不断提高,新能源产业已成为大国博弈的重要领域,而新能源领域的高级专业人才,更是成为国与国之间竞相争夺的人才资源。

翱是我堂哥的儿子,二十六岁时于清华大学新能源专业博士毕业。临近毕业时,国外一家新能源专业机构向他伸出了橄榄枝。是选择国外优渥的工作环境,还是选择留在国内建设自己的国家?关键时刻,叔叔和堂哥一致认为:国家兴亡,匹夫有责。时代的车轮飞速向前，国家和民族更需要优秀的学子留下来。最终，侄儿选择了留在国内，目前正以强烈的责任感和使命感，将自己的所学运用到工作中，希望国家在新能源方面屹立于世界强国之林。

　　正直、诚实、勤奋、节俭、和睦、爱国。这缕缕家风时时刻刻伴随着我们，影响着我们数代人的成长。小家连大家，家国同心，强国复兴皆有我。

Chapter
03

第三辑

心香一瓣

一片丹心铸师魂

我的叔叔是一名退休教师,今年八十五岁了。叔叔一辈子教书育人,历经坎坷。但他性格乐观、豁达,为人低调、和善,是一位可亲可敬的老先生。

叔叔常说,他这一辈子只做两件事:教好别人的孩子;教好自己的孩子。

叔叔出生时,家里已经有了一个长他五岁的哥哥,即我的父亲。叔叔长到十来岁时,学没上一天,字不识一个。每天除了放牛,就是帮着父母干农活,他做梦都想背着书包上学读书。尽管我的爷爷奶奶一年四季勤扒苦做、省吃俭用,还是供不起两个儿子同时读私塾。无奈,他们只得供长子——我的父亲一人上私塾。

1949 年,新中国成立了,我的叔叔十二岁。有一天,村里来了一群陌生人,他们是政府派来的"扫盲工作组"。那天,叔叔正站在村头的路边放牛。工作组的一位工作人员,发现了路边这个清瘦的小放牛郎,一双大眼睛透着机灵劲,便主动走过来,招呼道:"小伢子,你怎么没上学呢?"

"我爹说,没得钱,上不起!"叔叔撇了撇嘴,委屈地说。

工作人员疼爱地摸了摸他的头，语重心长地说："现在是新中国了，穷人家的孩子也可以上学，不要钱。快回去跟爹好好讲，到了上学的年龄就要上学，错过这个年龄段，就要耽误一生咧！只能一辈子放牛哦！"

放完牛回到家，叔叔和爷爷奶奶商量上学的事，爷爷奶奶舍不得这个小劳力。在叔叔软磨硬泡下，加之工作组不断上门做工作，几经周折，他终于走进了向往已久的学堂。

叔叔本是个安静好学又懂事的孩子，天资聪颖，对文化知识的接受能力强，所以各科成绩很优秀。小学、初中、高中，叔叔一路顺顺利利读下来。其间，关于叔叔的从教经历，还有段小插曲呢。

叔叔读高中时，恰逢某空军部队招兵。虽然叔叔外表文弱，但内心强大，是条硬汉。所以他一心想从军，报效祖国。由于叔叔学习成绩优秀，又特别喜爱体育运动，最终在严格的选拔中脱颖而出。

就在部队派军车，准备将叔叔接走入伍的前一天，却出了意外。奶奶舍不得儿子远行，将家里好吃的全做给叔叔吃。平时吃惯粗茶淡饭的叔叔一下子沾了大的油荤，导致第二天肚子疼。空军一向征兵条件严格，征兵人员误以为叔叔身体素质不合格，只得放弃。就这样，叔叔错过了每一个热血青年都梦寐以求的军旅生涯。

高中毕业后的叔叔，在村里干了一年农活，又迎来了一个机会。村学堂里缺少一位代课老师。因为叔叔书念得好，老师们对他印象深刻，经村民一致推荐，叔叔便到村里的学校当了一名代课老师。

叔叔性格活泼，喜欢孩子们，又善于钻研教学，很快便成了远近闻名的孩子王。

"三尺讲台，两袖清风"是叔叔大半生的真实写照。尽管教师是一份既辛苦又清贫的职业，但叔叔始终牢记是新中国，是共产党培养了他。无论何时他对教学工作都无怨无悔，总是以极大的热情投入平凡的教学中去，处处争先创优。其间，长期从事高中政治教学的叔叔，思想上不断提高，积极向党组织靠拢，36岁那年光荣地加入了中国共产党，并一步步走上领导岗位。忠诚党的教育事业，为党育人，为国育才，是叔叔坚定不移的信念。

最令人难忘的是恢复高考的第二年——1978年。时任枝江县（现枝江市）三长中学校长的叔叔，带领教职工励精图治，硬是实现了该校本科录取率"零"的突破。这对当时一个普通的农村中学而言，是相当不错的成绩。这个振奋人心的消息，大大激励了全校师生的教学与学习热情。在其后数年的高考中，三长中学年年捷报频传。现在的叔叔已是桃李满天下。

教育界翘楚、宜昌天问教育集团的高正华先生，就是叔叔精心栽培的得意门生。每年春节，高校长都会专程到叔叔家登门拜访，嘘寒问暖，足见师生情深。

叔叔在学校，对待学生呕心沥血；在家里，对待子女，信奉"修身、齐家、治国、平天下"的箴言，颇有曾文正公的风范。

我的父亲去世多年，母亲和婶婶也相继过世，叔叔是我们大家庭中唯一的长辈。我们堂兄弟姐妹十个，五男五女。叔叔常说："我十个指头个个疼。"每年年三十，十个孩子及孙子们都会从不同的城市赶回老家，与叔叔团圆，一起守岁。每次叔叔都会意味深长地对我们说："我年纪大了，外面的情况我了解的不多。但有一条你们一定要记住——要热爱国家，努力学习、工作，报答伟大的祖国与民族！"

叔叔是这么说的，也是这么做的。

记得当年堂哥的儿子，清华大学博士毕业时刚满二十六岁。面对国外优渥的工作条件，叔叔毅然决定让侄儿留在国内，听从党组织的召唤，就职于党政机关。

作为一名老教育工作者，叔叔深深懂得：一个民族的发展壮大，离不开教育，而教育的根基是尊师重教。如何尊师重教？叔叔从自身做起，为孩子们率先垂范。

我家先生是某重点高中的教师，教学任务繁重，节假日难得休息。偶尔周末有空，我们兄弟姐妹几家会相约到叔叔家小聚。中午吃饭前，叔叔总会问我："小徐（我家先生姓徐）中午几点下课？"

"要到十二点呢！再从学校开车过来要二十分钟左右，就不等他了，大家先吃吧！"我略带歉疚地说。

叔叔立刻一脸不高兴，颇为生气地说："教师是脑力劳动者，既费体力又费脑力，辛苦传授知识，一定要等小徐到了再开饭，让他吃口热饭。"正是因为有了叔叔的言传身教，我们这个大家庭尊师重教的家风才历久不衰。

如今，已到耄耋之年的叔叔依然身体硬朗，耳不背眼不花。每晚七点，准时收看央视一套的《新闻联播》，与时俱进，了解国内外大事。

当他得知接种新冠疫苗是预防控制新冠肺炎传播的最经济、最有效、最方便的措施时，八十五岁高龄的叔叔主动到接种点接种疫苗。这令村里的许多老人消除了疑虑，在村干部的劝说下也接种了疫苗。

叔叔用实际行动，展示了一名老教育工作者的家国情怀与使命担当。秉初心，敬登三尺讲台；燃红烛，不负千秋师德。正可谓是一片丹心铸师魂！

师 念

——怀念杨林湖中学的代宗南老师

一朝沐杏雨,一生念师恩。

——题记

沐浴着秋日阳光,怀念代宗南老师,心中涌起无限温暖!

那时我们刚由小学升到初中,小学生课间爱追赶打闹的"恶习"自然也带到了初中。打过预备铃,我们走向教室,推门进去,吃了一惊,代老师早已端坐在讲台上。同学们都以为老师打了上课铃才会进教室,嘴里随便唱着、叫着或笑着推门而入的同学,吓得捂住了嘴巴。他们的歌声、叫声和笑声跨过教室门槛后忽然消失,低着头,红着脸,端坐在座位上。我们偷偷地仰起头来看:代老师个子不高,穿一件整洁的白衬衣,额部稍窄,眼睛细而长,高挺鼻梁,显得很威严;而厚厚的嘴唇,浅浅的微笑,又显露出和蔼。这副相貌,用"温而厉"来描写,再恰当不过了。

课堂上,有个别同学不认真听讲偷看课外书籍,以为代老师没看见,其实他知道。但他并不立刻当众责备学生,而是请

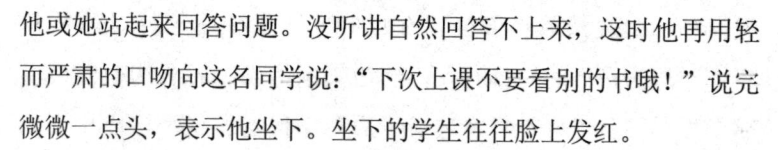

他或她站起来回答问题。没听讲自然回答不上来,这时他再用轻而严肃的口吻向这名同学说:"下次上课不要看别的书哦!"说完微微一点头,表示他坐下。坐下的学生往往脸上发红。

作为班主任,代老师像一位带兵作战的将军。为提高学生的成绩,他可谓呕心沥血。我们班当时有一种不好的倾向,偏重分值高的科目(即所谓的主科),而忽视分值低的学科(即副科)。

一次期中考试,学校改变往常的统计规则,副科也纳入此次考核。结果成绩出来,我们班平均分比另一个班稍低。记得在考评会上,代老师的第一句话就是:"我们今天上一节看图说话课。我在黑板上画一幅图,希望每位同学都能看懂并记在心里!"接着,他用粉笔在黑板上画了一只木桶,里面装满水。同学们正疑惑不解,代老师开始讲解了:"你们看,水桶是由一块块的木板拼成的,且木块长短不一。木板的长短好比科目分值的多少,桶里的水好比总成绩。"说完,他迅速用黑板擦擦掉一块木板的三分之一,激动地说:"你们想想,将发生什么变化呢?"代老师拿起红色粉笔"唰唰唰"画了几笔,水桶中的水沿着木板缺口处顺势而下,水位下降了三分之一。之后代老师语重心长地说:"同学们,万万不可偏科啊!姑且把这幅图叫作'木桶原理',读书学知识不也是这个道理吗?"同学们惭愧地低下了头。

不沽名,不钓誉,代老师就是这样的一个人。临近期末全县统考,按惯例是老师们争夺课时最激烈的时候。代老师是一名快五十岁的民办教师,几个孩子都在乡下。这次统考成绩是他能否转正的一项比较重要的考核指标。可就在统考前夕最关键时刻，他毅然放弃部分语文课时，让学生用来补习薄弱科目。一边是自己的切身利益，一边关系到学生各科均衡发展，哪个更重要？他毫不犹豫选择了后者。代老师就是这样一个无私的人，他始终把学生的利益放在第一位。

天气一天比一天冷起来，统考前紧张的气氛一天比一天浓。我们都忙得不可开交，代老师作为班主任终日陪着我们。谁也不曾料到，可怕的病魔正一步步逼近我们敬爱的代老师，他患上了肝癌。

好不容易挨到寒假结束，大家怀着复杂的心情返回学校。个个忐忑不安，既希望代老师住在医院好好养病，早日康复，又希望他继续担任我们的班主任。开学第一天，代老师竟然精神抖擞地站在讲台上，我们是喜忧参半。他似乎看出了我们的心思，耸了耸肩，风趣地说：“嗨！过年在家吃好的，看我长胖了没有？”少不更事的我们见到久别的代老师，都开心地笑了！天真的我们以为代老师经过一段时间的治疗，并无大碍才来上班的。现在想来，那时代老师所说的"胖"，想必是卧床治疗太久的虚胖。

接下来的日子，我们懂事了许多，处处严格要求自己，尽量不让代老师操心。四月初一个阳光明媚的早晨，班长娄绪端忽然告知：代老师病倒了，被送往最近的镇医院。我们的情绪一下跌到谷底。再后来就传来代老师去世的噩耗。

敬爱的代老师啊！您就这样匆匆走了吗？您像一支不灭的红烛，将永远照亮我们前行的路。有缘为吾师，恍惚板书梦里现；秋日念师恩，依稀往事泪湿巾。

追梦人徐老师

在今年4月举行的全国初中应用物理知识竞赛中，我厂子弟学校学生郭志鹏同学荣获一等奖，他的辅导老师徐强获得由国家教委颁发的"全国初中应用物理知识竞赛"优秀指导教师荣誉称号。在我厂庆祝教师节大会上，厂部授予徐老师"特殊教育成果奖"。

荣誉之路并不平坦，而是铺满荆棘与坎坷。

在徐强从事一线教学工作四年后，师专毕业的他深感知识的贫乏，毅然决定回炉深造，报考了湖北教育学院物理本科函授班并被录取。不久，他的女儿来到了人间，在艰难的求学路上，他心中又多了一份牵挂。连续三年，每年的寒暑假，一家三口兵分三路。他外出求学，妻子在一线倒班，年幼的女儿无人照看，只能送去乡下姥爷家。假期结束，一家人再相聚时，父女都有"收获"。夏天他长疖子，女儿长痱子；冬天他冻手，女儿冻脚。

徐强三年专升本刚毕业，又逢全国中小学教材改版，统一启用新教材。新教材须有新教法，他又面临着一场新的挑战。

人生在勤，不索何获？同年10月，他积极报名参加了省初中物理新教材培训班。

对于这些，旁人很难理解。20世纪80年代初的师专毕业生，起点不算低。他又是物理专业科班出身，在教学上也算得心应手，干吗为了这一纸文凭和一个培训班而吃这么多苦呢？不值得。他说了一句很形象的话：要给学生一杯水，自己首先得有一桶水。

他有句口头禅：向四十五分钟要效益。在课堂上精讲多练，尽量不将作业带回家。经过不断的摸索与实践，在1994、1996两届中考中，他教的班级，物理平均分都名列前茅。受到厂部、学校和家长们的一致好评。

他不仅注重在自己的实际工作中积累经验，更善于向同行学习。

有一次他到宜昌开会，听说市十三中的物理实验课很有特色。中午他顾不上吃饭，匆忙赶到十三中，找到大学时的一位同学，非要听听他们的实验课。善于观察、思考的他发现，这个学校的实验器材虽然很先进，但老师们却一再要求同学们亲手制作一些小的实验用具。这样不仅让同学们养成了动脑的习惯，同时也培养了同学们的动手能力。而这些恰恰是培养一个高素质人才不可缺少的。

功夫不负有心人，成功总是垂青于那些有准备的人。徐强辅导的学生刘宇获全国初中应用物理竞赛枝江县二等奖，邹可获奥林匹克物理竞赛湖北省一等奖。今年再传佳音，徐老师辅导的郭志鹏同学获得全国初中物理知识竞赛全国一等奖，这个大奖使他的学生顺利取得了"全国少年理科班"的入场券。

在今年庆祝教师节大会上,学校谢主任讲了一段关于徐老师的往事。在一个冬天的傍晚,徐老师的妻子上中班,徐老师要上晚自习,只好将五岁的女儿留在家里。孤独的女儿一人跑到文化宫找小朋友玩耍,一不小心掉进了文化宫门前的水池,幸亏及时被人发现才幸免于难。因为孩子太小,冬天冷水刺骨,事后女儿大病一场。为此,他难过了好长时间。作为父亲,他觉得自己太不称职,一路走来,愧对家人。每每此时,善解人意的妻子就会安慰他:困难是暂时的,无论什么时候都不要忘记自己的初心。

是啊!追光逐梦的路上,难免有坎坷与荆棘,但只要永不放弃,总会有坦途。

致青春

二十七年前，我们一群十七八岁的黄毛丫头招工进了湖北化肥厂，被分配在当时全厂最苦、最累、最脏的编织袋车间圆织岗位，成为湖北化肥厂的第一代圆织女工。

至今还清楚地记得，刚进厂时劳资科一位慈眉善目的老干事热情洋溢的欢迎词："湖北化肥厂欢迎你们！你们的加入为我们的企业注入了最新鲜的血液，你们的到来为湖北化肥厂带来了新的生机与活力。"

一个星期的岗前培训很快结束了。刚刚走出校门的我们还来不及褪去满身的书生气，便投入一个崭新的角色——倒班女工。

一开始，除了不太适应倒班作息时间外，感受最深的是圆织岗位的劳动强度大。别看圆织机操作简单，构造也不复杂，似乎除了经线、纬线就没什么了，但一个班上下来可把人累得连说话的力气都没有。先说说纬线吧！三十至四十分钟就得换一趟纬纱（四支梭子，四根纬线，同时换下来）。五百六十根经线更是交替轮流着换，遇到忙不过来，或是纱锭质量有问题（有的纱锭有几个结头），或是机械故障（经纱架转动不灵活），都会导致经线跑空或断掉，得将此根经线从机尾一直穿扣到机头。现在我还能回忆起当时的经线穿扣步骤：经纱架—导丝孔—导丝轮—第一道导丝棍—第一道导丝梳—辊筒—第二道导丝梳—第二道导丝棍—栅栏—搭帮带—机头。也就是说，穿扣一根经线得经过十一道工序。十一道工序也许不算多，关键是每根经线都是贴地面运行，意味着每道工序都必须弯腰操作。而一个班下来穿扣二三十根经线是很正常的事，时间一长，年轻的女工们个个累得腰酸背痛，于是有人私下里给圆织机取了一个贴切的名字"阎王机"。

以今天的眼光看，这种圆织机的结构设计太不人性化了，没有从操作者的角度去考虑。但在20世纪80年代这可是好东西，据说这批圆织机还是从日本进口的最先进的机型。我那时常常累得直不起腰来，偶尔会望着圆织机上的"日本株式会社"几个字，在心里感叹一声：这东西造得也忒不人道了！

除了劳动强度大，还有更让人难忘的一个环节——划铝管，即将快用完的经纱、纬纱用刀片划干净。缠绕在铝管上的扁丝是光滑的，铝管更是又圆又滑。女工左手握着换下的缠有少量扁丝的铝管，右手握着锋利无比的刀片，快速均匀用力"唰"地划一下，缠着的扁丝便整整齐齐地裂开，露出光滑的铝管。那动作惊险至极，犹如在刀尖上跳舞，刀片划伤手指是常有的事。年轻的女工们常常是旧伤未愈又添新伤。可以说，第一代圆织女工没有谁的手没被刀片划伤过。我的左手食指至今还有一条深深的刀痕，我常把它戏称为"青春的痕迹"。

有人说手是人的第二张脸，从手上可以看到一个人的人生经历。是啊！二十七年前的圆织女工，也是湖北化肥厂的第一代织女，她们的手上或多或少、或深或浅都留下了这些青春的印记。

然而，青春是不服输的代名词。再苦再累的工作，也挡不住这群年轻的编织女工对美好生活的热爱与憧憬。

工作之余，年轻的编织女工们常常三五成群，骑上单车结伴去郊游。一路上欢歌笑语："轻轻敲醒沉睡的心灵，慢慢张开你的眼睛，看看忙碌的世界，是否依然孤独地转个不停，春风不解风情，吹动少年的心……"一曲《明天会更好》，唱出了这群乐观向上的年轻女工的心声。清澈见底的计划水库、空气清新的黑松林、湖波荡漾的金湖……都留下了她们青春靓丽的倩影。

年轻无极限！年轻人对学习新知识充满渴望与向往。

记得一次上中班，一个小姐妹乐呵呵地跑过来神秘地对我说："你想不想参加刚刚兴起的成人自学考试？"我不假思索地回答道："想啊！"稍后立刻眨了眨疲惫不堪的双眼，苦笑一下说："嗨！只是上班太累，怕时间、精力都跟不上哦！""挤时间呗！做个伴儿，我们一起报名吧！"就这样，十来个女工一起报名参加了自学考试。不是为了追名也不是为了逐利，只是为了心中那份对知识的热爱与尊重。虽然最终能坚持下来并取得毕业证书的只有两个人（本人就是坚持下来并取得毕业证书中的一位），但姐妹们仍然非常怀念那种学习氛围。如有什么好的学习资料大家互相借阅，有好的解题思路互相取经学习。即使在最苦最累的工作环境下，我们仍然没有疏远书本。记得著名女作家毕淑敏说过：磨砺内心比装饰外表要难得多，犹如水晶与玻璃的区别。

二十七年过去了，湖北化肥厂的第一代织女们，也从青涩的黄毛丫头成长为华发渐生的中年。无论时代如何变迁,她们的命运始终与湖北化肥厂休戚相关。而对于逝去的青春,或许每个织女都有自己的诠释。

有人说:青春是一场远行,回不去了;青春是一场相逢,忘不掉了;青春是一场伤痛,来不及了。带着一丝淡淡的伤感,尽管很赞同,但我更喜欢泰戈尔的诗句:天空没有留下鸟的痕迹,但我已飞过!

二　哥

二哥长我六岁，从我记事起就为我有这样一个哥哥而自豪。

小时候，二哥是我们那一带有名的孩子王。他有点调皮、爱打抱不平、脑子灵活、点子多，村里的一帮男孩子都喜欢跟着他玩耍。如夏天偷偷下河游泳，秋天爬上枯树掏鸟窝，偶尔也学着电影里面的精彩片段，扮演各种各样的角色。他虽然在外面有点野，在家里却非常听母亲的话，照顾弟弟妹妹，帮着母亲干家务。

记得有一年夏天正午时分，酷暑难耐，大人们都在睡午觉。我和二哥蹑手蹑脚地从家里出来，跑到离村子不远处的老枝江党校。党校院子里有一片茂密的树林，树干上有很多知了壳，我和二哥扛着细竹竿去打知了壳。那时在乡下，孩子们放了暑假有空就去打知了壳，晒干后卖给收药材的贩子，换点零钱买点学习用具。二哥在前面用细竹竿打，我光着脚丫跟在后面捡。我们边打边玩耍，不知不觉间天色渐渐暗下来。我和二哥收拾好东西准备回家，不远处有一段石子路。也许是太累了，也许是小石子硌脚，我赖着不肯走，嚷着让二哥背我回家。二哥那时也是个孩子,也累了半天。他一生气,转身丢下我就不见了。天色渐晚,我又累又害怕,只好光着脚,踩着小石子,边哭边往家里走。刚走几步,前方一棵大树后露出一张顽皮的脸,咧着嘴冲着我笑。哈哈!正是二哥,我破涕为笑,二哥拗不过我,只好背着我,迎着夕阳的余晖,深一脚浅一脚地朝家的方向走去。

时光就这样在无忧无虑中不紧不慢地走着。谁知天有不测,一次意外事故让二哥永远失去了右手。

那年秋天,对于我家来说是灰色的。慈爱的母亲为二哥准备了一把竹躺椅,上面铺上一层软软的棉垫。整个秋天二哥就躺在那把竹躺椅上,静静地养伤。而不懂事的我,则在一旁一边照顾二哥一边快乐地跳着皮筋。一个十二三岁的少年,正是活泼好动的年纪,整天就这样安静地躺着,该是多么痛苦的事啊!由于失血过多,二哥原本红润的脸庞,变得清瘦而苍白。

但二哥毕竟是坚强的,慢慢地他学会了用左手写字、拿筷子及干一些简单的家务活。高中毕业时,二哥因手有残疾上不了大学,工作一时也难找。一向坚强乐观的二哥变得消沉起来。

记得那时,住在江边的姑妈家养着一匹棕色的马。黄昏时分,二哥沮丧的时候,就会骑上马沿着江堤飞也似的奔跑。他很晚才回家,澡也不洗,倒头就睡。第二天起床后,细心的母亲总能发现二哥的枕巾被泪水打湿了一大片。

眼看着二哥的精神一天天垮下去,家人都很着急。尽管那时我家的经济条件并不宽裕,可父亲仍然咬牙让做医生的大姐从给家里补贴的钱中，匀一些给二哥订阅杂志。二哥当时订阅了三本文学杂志，有《小说选刊》《萌芽》《长江文艺》。本是文科班出身的二哥，见了这些优秀的杂志，如鱼得水，从此爱上了写作。

二哥悟性好，又善于观察生活，人也勤奋。杂志读了大半年，他便开始尝试着创作一些作品。那时在《长江文艺》上偶尔能读到他的一两篇小文章。当时父亲非常欣慰，鼓励二哥说："写多少文章都不重要，重要的是拓宽了视野，对生活充满信心！"其间，二哥也顺利地踏上了工作岗位，但他并没有因此而搁笔。

文学创作是一个异常艰苦的过程，有苦也有乐。那时二哥常常写作到深夜，熬不住的时候，就抽一些劣质的香烟。有一次半夜，一阵剧烈的咳嗽声把睡在隔壁房间的我给吵醒了。我轻手轻脚地走到二哥的房门前，门虚掩着，只见二哥佝偻着身子，在昏暗的灯光下聚精会神地写着什么。满屋子的烟味，当时我就心疼得哭了。

春暖花开的季节，碰上二哥写作顺利、心情好时，如逢周日休息，他会骑上姑妈家那匹高大的棕色骏马带上我一起出去玩。长长的江堤，犹如一道绿色的长城。马儿飞快地奔跑，和煦的春风迎面吹来，好不惬意！二哥仿佛舌头打结般唱起当时最流行的粤语歌曲："莫说青山多障碍，风也急风也劲，白云过山峰也可传情……"

渐渐地，我家那台老式书柜里摆满了二哥的书。受他的影响，我也喜欢上了这些杂志，一有空就拿起一本书仔细阅读，认真思考。如梁晓声的《雪城》、谌容的《人到中年》、周克芹的《许茂和他的女儿们》、张贤亮的《灵与肉》、史铁生的《我遥远的清平湾》等。总之，我的少年时代是伴随着这些名家名作度过的。在我成长的关键时期，是它们给了我真、善、美的启迪。我想，我一直比较亲近书本大概是与那段经历息息相关吧！

20世纪90年代初期，二哥、二嫂双双失业，而双胞胎儿子正上学，他家的经济压力越来越大。为了一家人的生计，二哥不得不放下心爱的笔，在残酷的现实生活中选择勇敢地活！二哥平时乐于助人，人缘好，很快他就另谋生路，在宜昌做起了生意；二嫂勤俭持家，两口子夫唱妇随，几年后也有了点积蓄。后来他们在宜昌买了房，一家人常住那里。如今虽然父母都已过世，他偶尔还会回老家看望其他的兄弟姐妹。

去年春节，二哥因故不能回老家过年。年三十晚上，我与二哥视频，不经意间二哥看见了我鬓角的几缕白发。他感叹道："呵呵！我们老王家的幺姑娘都有白头发了……"

我说："是啊！都老了！"

二哥见我有点伤感，便打趣道："你还记不记得，小时候你我到老家附近的老党校打知了壳啊？你累了耍赖不肯走路，非要我背着你回家。哈哈！现在是背不动喽……"

"嗯！昔日同玩耍，转眼已白发。"说着说着，我的眼泪夺眶而出。泪眼蒙眬中，似乎看见我光着脚丫，二哥背着我，迎着夕阳的余晖，朝家的方向走去……

超 哥

在作协朋友圈里有句口头禅：有困难，找超哥！可见超哥是个热心肠的人。

几年前，我女儿还在读书的时候，参加了湖南卫视"超级女声"的比赛。一开始我和我家先生都没当回事，总觉得是孩子图好玩，三分钟热情一过就完了。女儿小时候跟着老师学过电子琴，长大后又断断续续地学过吉他和钢琴。但她始终没有放弃过学业，是名符其实的工科生，学乐器和唱歌纯属业余爱好。

但不知是误打误撞还是运气好，女儿竟然顺利通过了地面海选和第一轮预赛。那时刚刚兴起网上投票，女儿的同学和朋友们积极性都很高，力挺女儿。我因为眼睛视网膜有疾，微信、QQ都玩得磕磕绊绊，电脑更是很少用。见孩子们玩得高兴，我却使不上劲。但我知道超哥不仅微信玩得好，他的"枝江热线"也做得风生水起，有一定的关注度。于是我试着给超哥打电话，请他帮忙投票。那时我和超哥并不是很熟悉，没想到，他爽快地一口答应，并张罗着他的朋友们一起投票……

几年过去了，但那时超哥每天忙完工作，晚上坐在电脑前认真帮女儿投票的情景，依然历历在目……

超哥给人帮忙，非常实诚。足见"好人超哥"不是浪得虚名。

超哥是土生土长的仙女镇人，对仙女镇上的逸闻趣事、风土人情了如指掌。我非常羡慕超哥这一点。对于我这个很小就离开老家的人来讲，常常感觉自己就像水中的浮萍，没有根。

超哥非常热爱自己的家乡，对仙女籍的才女们更是赞不绝口！常常自豪地说："某某美女是我们仙女籍的！"他偶尔也叫我美女，我就半开玩笑地说："可惜不是仙女级（籍）的，达不到仙女的级别哟……"超哥就会爽朗地哈哈大笑。

超哥好客，礼节多。每年春天超哥都会照例请春客，象征新一年的开始。我一直身体有恙，食物禁忌多，在外面吃饭的时候少。去年超哥请春客，我就因为身体原因没能参加。到了下半年的时候，热情的超哥又邀约我们几位好友，到他工作的江口古镇去吃血幌子。

那天的小聚，我印象颇深。几个无话不谈的好友，几样农家小菜：土鸡炖香菇、猪血幌炖萝卜片子、农家炸豌豆、干煸牛肉……大家坐在洒满月光的农家小院一间干净的包间里，杯觥交错间，坦坦荡荡。

酒酣饭饱之际，我顺手推开玻璃窗，窗外是一畦一畦整齐的蔬菜。透过灯光一瞧，我惊讶地说："哈哈！老板院子里的蔬菜长得好好啊！"

"要不要爆炒一盘新长成的萝卜，嫩着嘞！我马上去做！"一旁的老板娘笑眯眯地说。

我见老板娘是个快人快语的利落人,便打趣地说:"这个可以有!"

随即,一盘清脆可口的爆炒萝卜端上了桌。超哥客气地说:"你给我们现拔现炒,麻烦啦!"

"你们说的什么话呀!你们能常来,就是看得起我们店。"老板娘笑着说。

于是,在东道主与老板娘友好的客气声中,几位友人频频伸箸,品尝了新鲜可口的农家小菜。不知是谁来了一句:"虽说青蔬滋味长,却长不过超哥对朋友的情谊哟!"

文人相聚,难免有耍嘴皮子的时候,超哥最大的优点就是敢于自嘲。每当文友们唇枪舌剑,闹得不可开交的时候,超哥就会用一两句自嘲的话来解围。最后大家皆大欢喜,握手言欢,下次继续。

超哥为人仗义,爱交朋友,朋友也多。他的微信个性签名是:朋友多了路好走。这也是他真性情的自然流露。

义当头,德为先,诚是本。这就是超哥,我亦师亦兄亦友的超哥,大名黄继超。

第三辑 心香一瓣

爱的守望

——再次拜读甘茂华老师的散文《水杉树》

因为眼疾，我很少打开微信。这天偶尔打开微信，便读到了甘茂华老师的金婚纪念文《水杉树》。

其实，我不是第一次读到此文。在老师赠予我的散文集《这方水土》的卷三——《故人·土著》中就曾读到过《水杉树》。在老师的金婚纪念日再次拜读此文，对这位跋涉在文学路上的前辈，不由得肃然起敬。

文中老师深情地写道："妻子是一棵树，一棵水杉树。我对妻子的回忆构成了我的苍凉青春和飘逝岁月。水杉树是我生命的图腾！"

在艰苦的知青岁月里，耿直的茂华老师，因为写剧本时与公社书记的意见不合，闹翻了。从此招工、当兵、考大学等机会都永远朝老师关上了大门。

绝望、苦闷的日子里，是贤妻建华老师给了他活下去的勇气。"她艰难地腆着大肚子，拖着浮肿的腿，扛着耘草耙，到田里劳动，挣那并不值钱的工分。她节衣缩食，用卖糠的钱，给我买了包劳动牌香烟，打了二两煤油，劝我看书写字。"拥有如此善良、贤惠、能干、坚强的妻子，老师前世一定拯救过银河系吧！

"我们添了个儿子后，起名甘雨。本意是渴望春风化雨，救我们跳出苦海。但愿望与现实总是唱对台戏，儿子八个月时，染上了小儿麻痹症，从此他的右脚落下了后遗症……屋漏偏遭连阴雨，船破更遇顶头风。这两句古语是小说中常用的话，用在我身上，算是恰如其分了。

"年华如水流去。从江西，到山西，回到恩施，又到宜昌。她从当年那个穿红色灯芯绒上衣、扎羊角辫子、能歌善舞的姑娘，变成了做奶奶的人。我也从南方到北方，从北方到鄂西，从工厂到学校，从文联到银行……"

读到这里，突然想起苏轼在给自己的自画像题诗时，曾自嘲道："问汝平生功业？黄州，惠州，儋州！"而我尊敬的茂华老师在写此文时（当时老师五十二岁），是否也给自己的前半生来一个总结：江西，山西，鄂西！最后定居在"宜人之城，昌盛之地"的宜昌？茂华老师也许与苏轼有相同的心态：一蓑烟雨任平生！但却有不同的结局：东坡居士是一贬再贬，而茂华老师是苦尽甘来，像是吃甘蔗一节比一节甜！

文章的结尾，多才多艺的茂华老师，用他亲自创作的歌词《爱的守望》，献给他相濡以沫、风风雨雨、携手走过半个世纪的爱妻建华老师：

……
如果真有轮回的理由，
来生来世牵手再走。
今生今世别无所求，
晚霞中守望着生命的河流。

犹如一部感人肺腑的电视剧，剧情结束，剧中的主题曲《爱的守望》还久久回荡在我的耳畔！

春天里的祝福

——喜闻中才文友调到省城工作有感

认识中才贤弟是在 2012 年的作协年会上。那天是小年,我因为加班去得较晚,就托海哥帮我占个座。

海哥帮我占的座恰恰就紧挨着中才贤弟,那是我第一次见到他。我一到会场,一向豪爽仗义的海哥就端着酒杯走过来,向我热情地介绍说:"卫东,我给你介绍一位年轻的文友。这位小伙子叫刘中才,是我们湖北化肥厂刚分来的大学生!"

"哦!刘中才?好熟悉的名字!我在报上经常读到他的文章呢!"我仔细打量着身旁的年轻人,浓浓的眉毛,一脸谦和的微笑。我笑着说道:"哈哈!他的文章不仅文笔老练,而且思想深邃,我还以为他是个老成持重的中年人呢!原来是个腼腆的大男孩啊!反差也太大啦!"

海哥也开心地笑了,紧接着向刘中才介绍道:"这位是我们企业的女作家——王卫东女士!文笔不错,你肯定也读过她的文章!"我赶紧接过话茬:"海哥!您过奖啦!谈不上作家,只是喜欢写作而已!"

"噢!读过读过,文笔细腻,情感真挚。文如其人,果然是位文文静静的女士！"

席间，因为新朋老友相聚，气氛相当融洽热烈。推杯换盏之间，我俩交流并不多。只知道他是山东人，刚分来的大学生，在合成车间倒班。

春暖花开的季节，我们又同坐一辆车参加作协在问安举办的"乡土文化节"的采风活动。清楚地记得那天，他刚下了深夜班，面容有些憔悴，但仍兴致勃勃地参加了笔会。

那段时间，在报上读到他的文章，大多是反映一线倒班职工的生活和工作状态的。从他的笔端，常常能感受到他对辛苦的一线工作的热爱及热情拥抱生活的积极心态。透过他的文字，一个踏实工作、努力生活且充满正能量的年轻人的形象跃然纸上。

再后来，得知他通过层层严格选拔后被调到厂部，从一名普通的倒班工人转为央企厂长的秘书。

接下来的日子，他总是忙碌。无论是中石化的领导下来视察工作，还是省市等各级地方官员来企业调研，他都要及时给领导准备各种资料及稿件，常常不得不加班到深夜。其间，我们见面及一起参加活动的机会很少。作为朋友，偶尔会通通电话，问问近况，互道一声好。

在我的印象中，中才贤弟一直是一位年少稳重的人。平时他的话不多，但聊到我们共同喜爱的文学时，他就打开了话匣子。

一天，我和他坐在餐厅靠窗临街的一张座位上，窗外正淅淅沥沥地下着小雨。我们边喝咖啡边聊天，并等待另一位好朋友的到来。

  他谈到将他引进文学创作大门的启蒙老师是一位语文老师，这位老师与诺贝尔文学奖得主莫言先生是同班同学。自此，他便与文学结下了不解之缘。可是，初试文学创作的他，深感文学创作于己简直就是天方夜谭，在浅尝辄止后便搁下了。

  于是，他又重拾儿时的梦想立志成为一名工程师。大学时他毫不犹豫地选择了工科。他以为自己从此以后会彻底地忘记文学，直到有一天，在大学选修课上猛然发现，文学一直在自己的心田。

  大学毕业后走进企业，火热的生活再一次激发了他的创作热情。尽管是工科出身，他仍然不由自主地提起了笔，直到走上秘书岗位。这与他的大学专业一点不沾边。有时他也会感到迷茫，毕竟不是科班出身，不知道自己在文学这条道路上还能走多远。

  我不停地鼓励他："小刘，不要怕。你这么年轻，既然选择了这条路，就要努力地走下去！"而中才贤弟也确实一直没有放弃努力。

  在烦琐的秘书工作间隙，他仍坚持创作，并出版了散文集《爱到无声不染尘》。在这本散文集的后记——《文字的牲口》这篇文章里，他写道："每每看着那些文字从眼前飘过，我会想起炎炎夏日里，那头拉磨的驴。它的双眼遮在看不见光的世界里，凭借直觉，围着磨盘，转了一圈又一圈，直到最后一粒麦子变成细腻的粉。而我，也只不过是那头拉磨的驴，驴子惦记着磨盘底下的豆腐渣,我惦记着一张纸的距离可以走多远。我拉的是文字,同样也是生活的磨子。"

是啊!因为共同的爱好与执着,我们都沦为了"文字的牲口"。

一个周六的下午,我的手机响了,话筒的另一端传来中才贤弟富有磁性的中音:"王姐!您好!我是小刘,您明天中午有空吗?"

"哦!小刘,你好!有什么事吗?"

"是这样的,我考上了省城武汉的公务员,马上要调走了。走之前,我想请您及几位朋友吃顿饭,答谢你们一直以来对我的关照。"小刘愉快地说。

"哦!太好啦,恭喜,恭喜!真是不好意思啊,我现在在宜昌,我姐做了手术,我得照顾她几天……"

挂断电话,我打心底里替他高兴。通过不懈努力与奋斗,他终于考取了省城的公务员。他会在更大的人生舞台上,尽情展示自己的才华。

佛说:前世的五百次的回眸才换来今生的一次擦肩而过。中才贤弟,一位从山东农村走出来的农家少年,从广袤雄浑的北方,到山城重庆读大学;后因为工作的关系,走进水秀枝江;又因为相同的爱好,认识了枝江作协众多的文友。

衷心地祝福中才贤弟,在不久的将来,能够事业、爱情双丰收,在美丽的江城武汉打拼出一片新天地。

天边有朵洁白的云

此刻,我坐在软软的、用厚厚的棉絮铺就的外飘窗上,不经意地抬头,望见空中一朵洁白的云。它纯净得不掺一丝杂质,甚是令人喜欢!闻着窗外春风送过来的丝丝不知名的淡淡花香,沐浴着春日暖阳,很适合写一段温暖而走心的文字。

尽管眼疾没有好转的兆头,但梁春云姐姐的微信公众号"惟孜",我还是常常关注的。姐姐最近写的一篇散文是《梨花颂》,文章中,姐姐由赏花联想到做人:"当如梨花白白嫩嫩、简简单单、明明亮亮、透透彻彻。如一碗凉水清澈见底,不用绕弯弯,兜圈圈,诚挚地交心,坦荡地交友,公正地处事!"这正是姐姐做人的真实写照啊。

记得有一次,我要找姐姐办事。先打电话过去咨询,姐姐非常热心地告诉我具体的办事流程,并约好在她工作单位的门口碰头。还没走到地方,她一个电话打过来,告诉我不用到她单位来了,直接到某地方去办。如果有什么问题,就打电话给她。办完事,路过姐姐的单位,我在电话里说,想到她单位来见个面,当面致谢。她爽快地说:"不用啦!"

事后我们再相遇时提起此事,我还有些歉意,说经过姐姐的单位门口,也没进去打个招呼,太失礼啦!姐姐却说:"没事。记得妹妹谈起过,不敢到父亲工作过的单位去,一去睹物思人就很伤感。我是怕你伤感,就没让你来。"姐姐现在工作的单位,也是家父曾工作过的地方。

我记得,一进大门向左拐,穿过宽敞的一楼大厅,父亲就在三楼的第二间办公室里办公。我忘不了父亲站在三楼办公室外的走廊上,一米八五的个头,身材修长,白色的衬衣外罩烟灰色的开衫毛衣,扶着栏杆向楼下的我挥挥手,冲我愉快地笑着招呼道:"东儿,上来吧。在三楼。"

我和姐姐有次不经意间聊到此事。当时我眼圈红了。没想到细心的姐姐记在心里了,多么善解人意的人啊。

还有一回,几个友人小聚,姐姐特意带了一瓶红酒来,并说:"我知道卫东妹妹喜欢红酒,便带过来一瓶,可是上等的红酒哦!"

"姐姐怎么知道我喜欢红酒呢?"

"我读过妹妹写的《品味红酒》啊。"姐姐微笑着说,"'静静地欣赏红酒在紫色高脚杯里流淌过程中千变万化的姿态,她宛如一个夜色中的精灵,在紫色的舞池里尽情地舞蹈,带给我恍如隔世的错觉……'不喜欢红酒的人,是没有这种雅兴的,也写不出如此优美的文字!"

我当时感动得说不出话来,这就是姐姐做人非常能打动人心的地方。正如姐姐在《梨花颂》一文中所写的一样:诚挚地交心,坦荡地交友,没有什么弯弯绕绕。

姐姐做人做事细心、体贴、周到,有口皆碑。无论是三五好友小聚，还是参加集体活动，姐姐都能秉承自己一贯的做人做事风格，走到哪里，都是非常受欢迎的一个人。

2017年的作协年会上，新朋老友欢聚一堂，愉快地畅谈。唯有姐姐穿梭在人群中，忙着给会员们拍照留念，并及时上传到作协QQ群，供到场的和没到场的作协会员共同分享。2018年的作协年会，姐姐因到广西南宁带外孙女而没有参加，有好几位作协会员都在作协QQ群里给姐姐留言："谢谢你在去年的年会上给我们拍的美照，非常喜欢！"姐姐的人缘之好，可见一斑！记得我的微信个性签名上曾有一句话：心中无缺叫富，被人需要叫贵！姐姐是当之无愧的贵人。

父亲长期在政府机关工作，而我很小就被父亲带在身边，接触了不少的政府公务员。在机关待的时间长了，有些人多多少少沾染上了一些拿腔拿调的不良风气。姐姐一直在机关工作，却没有受到影响。她待人和善，无论任何场合，总是亲热地称呼我为"卫东妹妹"，想想都觉得温暖。

每天临睡前，我会习惯性地读一读姐姐的散文集《惟孜》。读罢开篇《碧血丹心照后人》，方知姐姐身上的正能量，与其红色家族长期的熏陶是分不开的。

书中，姐姐写到其母亲的身世。伯母是江口中桥村人，无独有偶，家母也是出生于老江口镇的近郊。书中的"好人广场"一辑，讲述了一群善良、朴实、乐观的普通人，是身边所有好人的一个缩影。最喜欢"怡情山水"一辑，姐姐穿峡谷、攀山岭、望江南……无不展现了她纵情山水又勇敢顽强的一面。"匠人技艺"一辑足见姐姐的视野之开阔。"励志掌故"一辑则展现了姐姐的阅历之深。姐姐不愧是多面手，任何题材都能轻松驾驭。

一本厚厚的散文集，不是用聪慧二字就能概括的，它更是姐姐勤奋好学、笔耕不辍的结晶。正如作协副主席程应海所言："春云脑子里怎么会有那么多的诗词呢？真是信手拈来，出口成章。"对姐姐的佩服之意溢于言表。

如今，姐姐已退休，久居广西南宁的女儿家。尽管家务事缠身，但姐姐仍未放下手中的笔。于是，我又有幸能分享到姐姐家母慈女孝、尽享天伦的一面。耳旁仿佛回荡着楷瑞稚嫩的童声："嘎嘎，如果你想看太阳，就去坐飞机呀！""而小楷瑞四岁的妹妹惟孜呢，则是姐姐楷瑞忠实的跟屁虫。姐姐楷瑞无论是弹钢琴、画画、看书、写作业还是游泳，妹妹惟孜都要凑热闹……"哈哈！一幅幅生动有趣的祖孙乐的画面，通过姐姐的生花妙笔，跃然纸上。

在中国文化中，"云"是自然的象征，也是一种人生境界的写照：顺应自然，坦然面对一切。在姐姐的文字里，依稀能感受到她阅尽繁华之后，仍拥有一颗淡泊、不染尘的心，宛如天边那朵洁白的云。如此，便好！

乡医黄伯伯

"鲜家港采风",是枝江作协"文学长征路,激情枝江行"2019年采风活动的第一站。我本已报名参加,因临时有事错过了。

提起鲜家港,仿佛打开了记忆的闸门。

四十多年前,家父曾经在那里工作、生活过。家父当时是三星公社的书记,而鲜家港是三星公社下属的一个自然村。父亲工作的三星公社离鲜家港很近。公社旁边是三星医院,父亲的朋友黄伯伯就是三星医院的一名医生。

那年冬天,我生了一场病,身体发烧还不停咳嗽,吃药也不见好转。母亲只得托人带信,让父亲把我接到离老家较远的三星医院住院治疗。

病房很简陋,但很干净,病床上铺着洁白的床单,被子和枕头也很洁净。病房外面是一排整齐的杨树,北风一吹,杨树叶"沙沙"作响。偶见冬日暖阳下,一群小鸟叽叽喳喳叫个不停。同病房的还有一个小哥哥,依稀记得小哥哥得的是粗脖子病,脖子肿胀得可怕。

每次打针,小哥哥总要哭闹一阵。小哥哥的母亲总是说:

"你看,邻床的妹妹比你还小,打针都不哭!"其实,不是我不哭,是我针打得少,还能忍受。小哥哥病情较重,针打得多,非常痛苦。

几天下来,我和小哥哥熟识了。他问我是哪个村的,我说我是马家店的。那你呢?我问小哥哥,他说他是鲜家港的。

过了一会儿,小哥哥忽然想起了什么,问道:"你是马家店的,那你怎么不姓马咧?"我也不清楚,便反问他:"你是鲜家港的,怎么不姓鲜呢?"两个小孩子似懂非懂地哈哈大笑起来。穿着白大褂的黄伯伯进来查房,他头发有些花白,但眉宇间仍然透露出几分年轻时的英俊与潇洒。照例,他将双手放在嘴边哈了几口热气,将双手搓暖和了,再用温暖的右手轻轻地摸了摸我的额头,又用听诊器仔细听我的心跳与呼吸。检查完毕,他向父亲问了问我的饮食情况,然后微笑着说:"'黑头发'(我儿时头发又密又黑,黄伯伯总是叫我"黑头发")情况好转了些。"父亲客气地说:"拜托了!"便急急忙忙上班去了。

写完查房记录,他走向靠里床的小哥哥,把给我做的检查重复一遍。看得出来,他非常心疼小哥哥。他特意用枝江方言对小哥哥说:"小伢子,蛮勇敢!挺不错的。"小哥哥的病情比较严重,小哥哥的母亲和黄伯伯交谈的时间略长一些。

查房结束,经过我的病床,黄伯伯微笑着说:"好好吃药打针,过两天好了就可以回家了哟!"一口外地口音。

中午打完针,父亲下了班将我接回他的宿舍。路上,我问父亲:"爸爸,黄伯伯说话口音跟我们不一样,他不是我们这里的人吧?"爸爸看了我一眼,叹了口气说:"你黄伯伯是大医院的医生,大城市来的,武汉人。""啊!武汉的,怎么到我们这来了呢?"我睁大眼睛,天真地问道。"下放来的!""什么叫下放啊?""小孩子,莫啊啊地问!"我小时候有个毛病,喜欢打破砂锅问到底。

父亲把我放在书桌前那个高凳子上,让我坐好不要动,就转身出去了。一会儿,他变戏法似的,用一个白色瓷碗端回来几枚鸡蛋。他取出床底下的小煤油炉子,用火柴点火,给小铝锅中倒了点水放在炉子上,便自顾自地看起报纸来。直到听到小铝锅里咕嘟的声音,父亲像想起什么似的,抓把面条丢进去,随后把鸡蛋敲碎了也丢进去。几分钟后,父亲关掉炉火,把小铝锅放在书桌上,将面条分别挑进两个白底蓝花的瓷碗里。

父亲递给我一双筷子,自己坐在另一个高凳子上大口大口地吃起来。我望着父亲,一口都不想吃。父亲仿佛意识到了什么,有点不高兴地问我:"怎么啦?怎么不吃啊?"

我噘起小嘴,委屈地说:"妈说爸爸下的面条旱哒死跛驴子!"

父亲放下筷子,哭笑不得,故意板着脸说:"就你人小鬼大,你妈说爸爸下面条不好吃,你记住哒!你来的时候你妈怎么说的,说爸爸工作忙,要你听爸爸的话,把病治好早点回家,不要给爸爸添麻烦,这话你没记住!"

我拿起筷子挑了挑碗里干巴巴的面条,实在是吃不下去。一眼瞥见右手上的针眼,想起在家生病的时候,母亲会特意给我做可口的菜，并总是小声和我说话。这一对比简直是天壤之别，我顿时委屈地哭起来。

我一哭，父亲就没辙了。父亲不太会哄孩子，只得不耐烦地说："你爱吃就吃，不吃饿着！我下乡去了，没得时间跟你磨。"

我哭兮兮、眼巴巴地看着父亲骑上他那辆二八式自行车，头也不回地下乡去了，禁不住难过地大哭起来。父亲终究是不放心，只得托了黄伯伯把我接到医院。

黄伯伯把我领到医院食堂，对正在收拾碗筷的一个工作人员说："张师傅，我这个小病号是急性肺炎，麻烦您帮她熬点白菜瘦肉粥吧。营养跟上才能恢复哩。到时她家大人来结账。"那碗白菜瘦肉粥是我儿时记忆中最香的一碗粥。

后来我的急性肺炎彻底治好了。母亲曾经多次提起，我那次住院多亏了黄伯伯。有一次母亲抽空去看我，见我两只小手肿得跟小馒头似的！那是因为有时针扎歪了，父亲没有及时用热毛巾将药物敷散造成的。那天黄伯伯发现后，正在用热毛巾帮我敷呢！

大约过了三四年的样子，一次黄伯伯突然来到我家，我惊讶得都快认不出他了。他似乎年轻了许多，眼睛非常有神，穿一件白色"的确良"衬衣，看上去容光焕发。父亲说黄伯伯要回大医院上班了！黄伯伯第一眼也没认出我来，父亲赶忙说："这是我的小女儿，小时候肺炎你帮忙看过病的。"黄伯伯先是一愣，端详了一下我，高兴地说："嘿！几年不见，'黑头发'都长这么高了！"这是我最后一次见到黄伯伯。

多年过去了,时代飞速发展,乡村医疗条件也一定提高不少吧。我偶尔会想起黄伯伯:仁心一颗乡村暖,善念十分患者亲。他是那时乡村医生的一个缩影。

Chapter 04

第四辑

履痕处处

第四辑 履痕处处

牧歌·橙曲·吉吉村

牧 歌

不知从何时起,枝江市仙女镇向巷村的荒山岗上,迎来了一群尊贵的"客人"——夷陵牛。无论是满眼葱绿的山坡上,还是白墙橘瓦的农户家,都有了夷陵牛健硕的身影。

那天我们一行三十多人到牛业小镇——牛郎山上去采风。立秋刚过,天气有点热。湖北丰联佳沃公司的副总经理谢茁先生热情接待了我们。

在我的记忆中,一般的牛舍都有股臭烘烘的气味。奇怪的是牛郎山共有十一栋牛舍、八百头牛,竟然没有难闻的气味。

原来养殖基地的牛舍,采用了干燥松软的生物发酵床养殖技术,有效解决了牛粪处理难题,实现粪污零排放。

我们边走边看,由谢总讲解。与几位老师一起参观"牛牛运动场",正巧看见一头体格强壮的棕黄色牛儿,不紧不慢地踱到按摩机旁,背靠按摩机给自己按摩嘞。一旁的谢总微笑着说:"我们基地的牛儿不仅爱运动,还喜欢听音乐呢!"

原来,每到投放饲料的时候,整个牛场都会响起轻音乐。牛儿边吃饲料边听音乐,时间久了,就形成条件反射。音乐一响，牛儿们就兴奋起来——进餐时间到。

"肥牛之腱，臑若芳些。和酸若苦，陈吴羹些。腼鳖炮羔，有柘浆些。鹄酸臇凫，煎鸿鸧些。"两千多年前，黄牛肉的美味，就在才华横溢的屈子笔端流淌。或许作为一名优秀的政治家，在错综复杂的政治斗争中，偶尔吃到来自家乡楚地的美味，会勾起他对远方故乡的思念。此刻，也许唯有家乡的美食，方能抚平屈子内心深处的伤痛吧。

时代的列车飞速向前。传统的黄牛演变为今日的夷陵牛，它们与乡村振兴、乡村牧旅紧紧联系在一起。

牛郎山上爱运动、爱听音乐的夷陵牛，从出生起就生活在舒适的环境中。因其肉质上乘，红白相间，状如雪花，名曰"雪花牛肉"。

前面一方清澈的池塘边，翠竹掩映着几间古色古香的餐厅，里面有牛郎山的特色美食——全牛宴。

轻挑帘门，与三五好友落座于宽敞明亮的餐厅里。窗外树影婆娑，夹一片肉质鲜嫩、口感细腻的雪花牛肉入口，远道而来的你，是否有屈子一样的思乡情结呢？舀一勺金汤牛肉火锅中的汤汁，细细品尝，汤清味浓。伴着亲朋好友的祝福声，尽享闲适美好时刻。

田园牧歌居乐境，惠风和畅享平安。

橙 曲

小径入园，满眼秋实。

据向巷村村支书周代年介绍：向巷村柑橘、脐橙种植面积达3113亩。该村2014年被湖北省认定为贫困村，于2016年通过宜昌市第三方验收顺利脱贫出列。目前向巷村以桔缘柑橘合作社（国家级示范社）为龙头，落实湖北省现代柑橘产业园区建设规划。

周书记指着眼前的一片橘园说："这是我们引进的新品种果冻橙，皮薄多汁、口感细嫩、清香爽口，风味佳、价格好。"

正说话间，走过来一位戴着草帽、手握镰刀的老农，我们微笑与他打招呼。我随口问道："老人家，您在忙啊！您今年高寿啊？"

"谢谢，高寿不敢当，我今年七十一岁。"老农答道，露出纯朴的笑容。

"看您这果园，满园流金淌银，今年收成不错。秋果愁销路吗？"

提起果园与收成，老人家立马打开话匣子："自从成立桔缘柑橘合作社，我们果农就省了好多心。在柑橘生长期，合作社免费提供农药，统一防治病虫害；果子成熟后，由合作社统一收购，而且每斤收购价格比周边村子高个两角钱。"说罢，老农脸上笑成一朵花。橙果满枝压，老农笑脸盈。

"我寻思着，今年行情好，明年争取再增加些橘苗呢！"

"老人家古稀有余，身体仍硬朗，祝福您！"

经过桔缘合作社，见对面的马路边上，停着一辆"辽B"的冷藏大货车，旁边是桔缘电商。我们决定去看看。

一进门是"供销e家"窗口，直播、带货、电商等一字排开。嘿！好气派，应有尽有，蓄势待发，只等秋后柑橘、脐橙丰收。

推着车、挑着担沿街叫卖的传统销售模式已逐渐被淘汰，而借助网络拓展销售渠道是大势所趋。

昔日快马红尘泪，今朝电商橙果鲜。

吉吉村

因向巷村产橘，"橘"谐音"吉"，又名吉吉村。

秋日漫步吉吉村，桂花香，橘子熟，牛壮羊肥，岗上披霞光。路过村头的九龙桥，溪水潺潺鸭戏水。远远望见一位大姐，正用竹篙将小溪中的鸭子赶上岸。

望望天色尚早，我心生疑惑，便上前问道："大姐，天色还这么早，怎么就将鸭子赶上岸了呢？"

"唉，刚刚天气预报说，近两小时内有暴雨。我怕溪水陡然上涨，把鸭子冲走咧！"大姐边说边用竹篙把鸭子往岸上赶。

"大姐家离小溪近不近？鸭子们知道回家的路吗？"

"近着呢，就是溪边那栋白墙橘瓦的房子。"我顺着大姐手指的方向一看，果然很近。

鸭子们摇摇摆摆往回走。有嫌走得慢的，"扑腾"飞起来，直奔自家院子。胆小些的鸭子，受了惊吓便四处逃散。大姐拿着一根竹篙顾左顾不得右，手忙脚乱。见状，我连忙上前帮她赶鸭子。

"大姐，养这么多鸭子，忙得过来吗？"

"呵呵。前几年，沟渠里长满杂草，溪水太脏，环境差，鸭子也爱生病。这两年，村里狠抓村风村貌，大力治理环境。现在杂草除了，溪水清了，鸭子也很少生病了。鸭蛋下得多，繁殖也快。这不，鸭子队伍越来越壮大，收入也上来了。一只鸭子是赶，一群鸭子也是赶，咋会忙不过来咧？我巴不得哟！哈哈！"大姐开心地笑了。我也笑了，打心底里为大姐感到高兴。

我帮着大姐赶鸭子回家，走进她家的院子。院子是用木槿围成的，上面开满了紫色的花朵，几只芦花大公鸡悠然自得地蹲在高处的木槿枝条上。院子收拾得整整齐齐，一只白色猫咪躲在角落里，瞪着圆溜溜的大眼睛，机警地望着我。让人不由得想起五柳先生的《归田园居》：

> 暧暧远人村，依依墟里烟。
> 狗吠深巷中，鸡鸣桑树颠。
> 户庭无尘杂，虚室有余闲。
> 久在樊笼里，复得返自然。

或许是有陌生人闯入的缘故吧！一只大公鸡，突然从木槿枝条上"咯咯咯"地俯冲下来，吓我一跳。"去去去，就爱凑热闹，刷存在感！"大姐抖了抖手中的竹篙，朝我尴尬一笑。我抿着嘴笑了，心想：这大姐的语言挺风趣啊！"刷存在感"用在大公鸡身上，也是绝了。

我瞥见院子一角，晾晒着一套红色的广场舞服，便随口问道："大姐平时跳广场舞吗？"

"呵呵，咋不跳哩！每天吃过晚饭我就到村头的广场上去跳舞，城里跳啥舞我们村里就跳啥舞。对了，我们村广场舞队正在教一支新舞《梦想家》，节奏虽然有点快，但动感时尚，我们村里大姑娘小媳妇都爱跳。妹妹平时也跳广场舞吗？"一提起广场舞，大姐眼里便有了光，一下子仿佛年轻好几岁。

"呵呵！我偶尔也去运动一下。"

大姐放下竹篙，拍了拍手上的灰。突然她像想起什么似的，忙搬把椅子让我坐下，挠了挠头，不好意思地说："哎呀！看我这人，光顾说话，妹妹坐会儿，我去沏茶。"

我忙摆了摆手说："大姐莫客气，天气预报不是说马上要下暴雨吗？我得赶回县城去。"

大姐将我送出院子，连道几声谢谢。临别，热情朴实的大姐邀请我下次再到她家玩。她家位置很好找，就在九龙桥旁边。

回家的路上，一眼望见小山坡上极富卡通风格的白色小屋。白墙上橘色"吉"字的下半部分，生动形象的"口"，像极了吉吉村的村民，手捧丰收的果实，笑得合不拢嘴。

牧歌橙曲村庄美，山欢水笑农家馨。

寻一树桃花，向春天表白

一直很向往《桃花源记》开头部分描写的景象：忽逢桃花林，夹岸数百步，中无杂树，芳草鲜美，落英缤纷……

久居闹市，五柳先生笔下的桃花源难得一见，但滨江公园西侧的几片桃花树，同样也能唤醒春天的灵感。

春日，暖洋洋的午后，带上可爱的鹿儿，骑上粉色女士小电动车，直奔滨江公园。

一棵鲜艳欲滴的桃花树下，早有几位舞姿优美的女子在翩翩起舞。耳畔传来熟悉的扇子舞《语花蝶》的音乐声："蝶恋花无悔，花盼蝶相陪……"走近一瞧，原来是"俏韵美"舞蹈团的几位美女姐姐。"俏韵美"舞蹈团由来自全市各行各业优秀的女性组成，会员较多。我虽觉得她们面熟，却叫不出名字。大家相视一笑，算是打过招呼了。

几位美女均着一款黑色高领薄毛衣，配大红裙子，右手执一渐变粉色绢扇。舞曲悠扬，舞姿柔美，粉色绢扇一合一开恰到好处，她们将柔美抒情的《语花蝶》演绎得别有韵味。知性优雅的美女姐姐们的曼妙舞姿，在娇艳桃花的映衬下更显妩媚。

人们常常喜欢将桃花与美丽的女子联系在一起，或许因为美好的事物有相同的特点：热情大方、健康向上，总能带给人满满正能量。

一位身穿白色纱裙的妙龄女子不经意间擦肩而过，宛若天仙般轻立于桃花树下。一只黑白相间的猫咪，温柔地躺在佳人怀里。桃花丛中的丽人笑容灿烂，对面高大帅气的大男孩举起手中的相机，一幅唯美的画面被瞬间定格。此情此景，很容易让人想起一首熟悉的唐诗：去年今日此门中，人面桃花相映红。人面不知何处去，桃花依旧笑春风。

耳熟能详的唐诗，背后的故事更加动人。

唐代诗人崔护有一次去郊外踏青，到一户人家讨水喝，邂逅了美丽的少女绛娘，两人暗生情愫。一年之后，诗人再次经过这里，希望能再次见到绛娘，但是大门紧锁，无人回应。最后，只好在墙壁上题写了"去年今日此门中"的诗句。几天之后，崔护再次去探访，原来绛娘对他也是念念不忘，只因前几天去走亲戚而错过了。回家后看见墙壁上崔护题写的诗句，绛娘以为二人再也无缘相见，因而一病不起。绛娘见崔护来了，病立刻好了一大半。崔护便向她父母表明心迹，两人喜结连理。后来，在科举考试中崔护考取了进士，并在绛娘的帮助下成为一名颇有作为的贤官。才华横溢的诗人与聪明、善良、贤惠的绛娘的爱情故事成为流传千古的佳话！于是，民间便有了"桃花运"的说法。

眼前桃花树下含情脉脉的一对璧人，是否会续写一段现代版的崔护与绛娘的爱情故事呢？想想都觉得美好。

众多描写桃花的诗词中，我颇为欣赏民国才女林徽因的《一首桃花》：

"桃花，那一树的嫣红，像是春说的一句话；朵朵露凝的娇艳，是一些玲珑的字眼，一瓣瓣的光致，又是些柔的匀的吐息；含着笑，在有意无意间，生姿的顾盼……"

古典唯美的语调，没有一字一句浓词艳语，读来舒缓轻柔，令人身心愉悦，如沐春风。

千姿百态的桃花中，甚是喜欢桃花的花骨朵！那一朵朵待开、未开的花骨朵，像一排孩子站在同一条起跑线上等待一声"预备"的号令，蓄着力、攒着劲，小脸蛋涨得微红。每一朵微红的花骨朵，都憧憬着无限美好的未来，吐露着欣欣向荣的、春天的朝气与活力。

"桃花嫣然出篱笑，似开未开最有情。"宋代诗人汪藻眼中的桃花花骨朵，跳动着鲜衣怒马美少年的青春脉搏。看来，喜欢桃花花骨朵的人还不少呢。

也许你正在懊恼工作繁忙、学业紧张或被琐事所绊，抽不出时间去郊外、公园踏青赏花，那就在心里种一株开满桃花的桃树吧！以心中的桃花，向春天深情表白：心若桃花盛开，美丽心情常在；心若桃花灿烂，美丽人生不凡！

风筝断想

桃李俏,蝶蜂翩。碧野苍穹飞纸鸢。
春天一到,绿草如茵的滨江公园便成了孩子们放风筝的乐园。

  草长莺飞二月天,
  拂堤杨柳醉春烟。
  儿童散学归来早,
  忙趁东风放纸鸢。

  这首《村居》描述的正是孩童放学之后,急忙跑回家,趁着风势正好,将纸鸢高高放飞的情景。
  一株花朵灼灼的桃树下,扑闪着一双灵动的大眼睛的小男孩,不断催促一旁的爷爷:"爷爷,爷爷!你快点啦,其他小朋友的风筝都飞得好高好高了!"
  孩子的爷爷穿着白衬衣,外罩黑马甲,戴副眼镜,两鬓染霜,正整理着刚买来的蜻蜓图案的风筝,慢条斯理地说:"莫慌,莫慌。安装不到位,到时也飞不起来的!"
  "哎呀,爷爷,你搞事就是慢!"小男孩嘟囔着,一脸不开心。

第四辑 履痕处处

> 结伴儿童裤褶红,
> 手提线索骂天公。
> 人人夸你春来早,
> 欠我风筝五丈风。

想起清代诗人孔尚任在《风筝》中描写的,因为没有风放不了风筝,着急生气,提着风筝线骂老天的小孩。眼前此情此景与诗中如出一辙,我不禁哑然失笑。

"溅血点做桃花扇,比着枝头分外鲜"的聘之先生,既能饱蘸笔墨书写国仇家恨的厚重,也能信手拈来,以寥寥数笔勾勒出蓬头稚子的顽皮,无愧于圣人之后。

熟悉《红楼梦》的朋友,一定记得《红楼梦》中有不少描写风筝的段落和描写风筝的诗。因为《红楼梦》的作者曹雪芹是一位资深的风筝爱好者。

曹雪芹年少时是一个富家少爷,家里非常有钱。家中有个花匠很会做风筝,也常常陪少爷出去放风筝。心灵手巧的曹雪芹,很快学会了风筝的制作方法,而且喜欢琴棋书画的他还会在自制的风筝上画上精美的图案。

后来曹家家道中落,来到北京,住在西郊的香山脚下。有一次,为了帮助跛足的朋友于景廉赚些生活费,曹雪芹做了四个风筝,让于景廉拿到城里去卖。没想到这些风筝非常受欢迎,被人花大价钱买下。

受此启发,曹雪芹决定把自己做风筝的方法整理成书,叫作《南鹞北鸢考工志》(南方人把风筝叫鹞,北方人叫鸢),传授给那些身体病弱或有残疾、不能干重体力活的人。让他们学会做风筝，有一个谋生的手艺。

当时的穷人大多没文化，不识字。为了易学易懂，曹雪芹还在书中贴心地绘制了彩色图，让人一看就懂，一学就会。

曹雪芹历经世事沧桑，却不染岁月风尘。他不仅才华横溢，还永葆一颗善良的心啊！

阶下儿童仰面时，
清明妆点最堪宜。
游丝一断浑无力，
莫向东风怨别离。

曹公的这首风筝诗是假借探春出的谜面，为探春最后远嫁他乡埋下伏笔。所以整体基调略显悲伤。

其实放风筝这件事，自古在民间都是非常欢乐而充满野趣的，是清明节的传统习俗。

不仅在我国民间，其他国家和民族也有放风筝的习俗。美籍阿富汗裔作家卡勒德·胡赛尼的小说《追风筝的人》中，就描写了阿富汗举行的追风筝大赛。

按当地风俗，斗风筝的人用自己的风筝线将别人的风筝线切断之后，他的助手"追风筝的人"要去追掉落的风筝，追到之后就可以将它作为战利品。

书中，对友谊忠诚且勇敢、正直、善良的男孩哈桑有令人惊异的天赋，总能第一个找到断线飞走的风筝，为故事的主人公阿米尔赢得比赛。哈桑去追风筝时对阿米尔说的那句："为你，千千万万遍！"曾感动了万万千千的读者。

我们都是追风筝的人，一生都在寻找和追逐美好而温暖的情感，亲情、友情、爱情，爱与被爱……

嫘祖故里新农人

第一次见到湖北路易一百科技有限公司的法人代表王强先生，是在其公司的特色农产品展示厅。

他穿一件白色T恤，下着一条简洁的牛仔裤，面带微笑，干练中透着儒雅。与我印象中西装革履、霸气外露的总裁形象略有出入。

只见他站在展示厅中间，向枝江作协"助力乡村振兴"采风团的老师们，一一介绍其公司目前已开发出的新型农产品，有牛奶水果玉米、优质蜂蜜、羊肚菌、香菇、野生葛根粉等。从王总的秭归口音中，我深深感受到他对公司未来发展的信心与憧憬。

画里人家，诗中村落

距离该公司约二十分钟的车程，便是远安县茅坪场镇何家湾村。这里是他们的牛奶水果玉米种植基地。

听闻采风团要来，热情的王总组织村里种植牛奶水果玉米的农户和我们一起，搞了一场轻松愉快的小型联欢会。

联欢会是在一户农家小院举办的，小院收拾得干干净净，

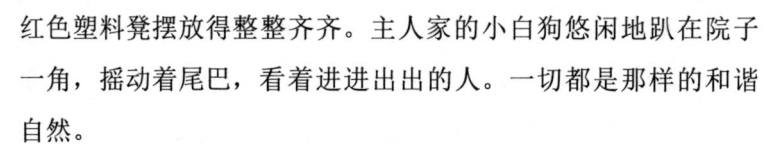

红色塑料凳摆放得整整齐齐。主人家的小白狗悠闲地趴在院子一角,摇动着尾巴,看着进进出出的人。一切都是那样的和谐自然。

活动内容丰富多彩,有独唱、朗诵、乐器演奏、趣味游戏等。坐在观众席上的演员们有序上场表演,精彩不断,笑声不断。

联欢会上王总动情地说:"感谢各位乡亲对我们公司的信任与帮助!感谢这个伟大的时代,是时代的伟大变革,乡村振兴的壮美蝶变给了我们团队信心,也圆了我一个儿时的梦。"

原来王总老家在秭归水田坝乡,在他儿时那里很穷。为跳出农门,他发奋读书,初中毕业便考取了宜昌卫校,毕业后留校任教十七年。尽管离开农村多年,可他永远忘不了乡村的青山绿水。他想回到农村创业,做一个新农人,尽自己的绵薄之力,带领村民改变乡村落后面貌。

或许是何家湾村像极了王总儿时记忆中的淳朴村庄,又或许是这里的气候和土质特别适合种植牛奶水果玉米,王总将他的牛奶水果玉米基地选在了何家湾村。

这次联欢会,也让我们零距离感受到了何家湾村村民的善良、村风的淳朴。因时间仓促,音响调试不到位,几次独唱和朗诵,音响都卡壳了。工作人员只得重新调试设备,这时无论是大人还是小孩,没一个离开凳子的。大家安安静静地坐着,待音响调试好。这点令采风团的老师们很感动,也很难忘。

小院不远处有一个向日葵园,在六月的阳光下愈发显得生机勃勃。老师们纷纷走近向日葵,打卡留影。村里调皮的孩子们，不时闯进镜头，留下了他们开心的笑脸。

民风淳朴，好风好景乡村美；政策生春，利民利国创业兴。乡村振兴，大地飞歌，何家湾及王总的科技团队赶上了好时代。

金须玉粒，口齿留香

据公司工作人员小刘介绍，何家湾村种植牛奶水果玉米面积达十亩之多，明年有望扩大种植面积。

为何村民们对种植牛奶水果玉米的积极性这么高呢？原来牛奶水果玉米有别于普通玉米。传统玉米煮着吃，而牛奶水果玉米以生吃为主，彻底颠覆了我们的认知。

工作人员从试验田挑了几个较成熟的牛奶水果玉米，刚剥开皮，就能闻到一股清香。水果玉米的颗粒呈奶白色，像珍珠一样排列齐整，籽实饱满，晶莹剔透。

小刘把一根玉米掰成两小段，递给老师们品尝。一口下去，口感脆脆的，有淡淡的奶香味。小刘说这种玉米不仅口感好，营养也丰富。籽粒中含有人体必需的八种氨基酸，富含水溶性多糖，维生素 A 和维生素 C 等。每一块玉米田的田头，立了一块牌，牌上标着"纳米钼肥应用试验田"。纳米钼肥是一种新型科技肥料，可以提高作物的产量和品质。

对种植牛奶水果玉米的村民来说，最吸引他们的还是牛奶水果玉米的价格，卖给超市批发价一根五元，较普通玉米的价格高出很多。

宽大的玉米叶，挺拔的玉米秆，一排排，一行行，像一望无际的青纱帐。一阵风吹过，玉米叶沙沙响，金色的玉米须在阳光照耀下分外亮，昭示着一个丰收季即将到来。

追光以远，酿蜜而甜

更美的风景在远方！

正午时分，采风团的老师们到达湖北路易一百科技有限公司旗下另一子公司——甜蜜谷农业发展有限公司，该公司位于远安县茅坪场镇龙河村。

纯净的蓝天白云，郁郁葱葱的树木，清澈见底的小溪，无数野花四季开放。这里是甜蜜天使蜜蜂的理想家园，也是浑然天成的养蜂基地。

公司生产基地建在蜜源地，在保证产品品质的同时，还与当地村民建立了专业化的养蜂场，带动村民以现代化技术养蜂，提高村民收入。公司制定了统一的养殖技术标准，统一的产品技术要求，提高产品市场竞争力。公司还注重开发新型特色农产品，以蜂蜜为基础，同时开发蜂胶、蜂王浆等衍生保健食品及其他美容产品，为该村可持续发展创造了良好条件。

绿水养人润物，青山蕴玉含金。好山好水好生态，蜂旺蜂勤产好蜜。

山楂花开，爱不褪色

隔着一条小溪，甜蜜谷公司生产基地的对面，是名导张艺谋先生执导的，有"史上最干净爱情故事"美誉的电影《山楂树之恋》的外景拍摄地。

在那个物资匮乏的年代，仍不乏甜蜜的爱情。或许这就是公司名称"甜蜜谷"的来历吧。生活，不如意事常八九。永远记住生命中的甜，它是我们勇敢前行的源泉与动力。

故事女主角静秋，一个单纯乖巧、坚强而含蓄的女孩子，是许多男孩的梦中情人。男主角老三是军分区司令的儿子，是一个正直善良，阳光帅气的大男孩。一个人得有多幸运，才能遇见这样的爱情？

在陪同我们参观电影《山楂树之恋》外景拍摄地的过程中，王总始终牵着夫人揭女士的手。土墙上一张当年的电影海报，吸引了王总的目光。

傍晚，绿草丛生的河边，老三用棍子牵着静秋的手，踩着石头，小心翼翼地过河……

王总下意识地握了握夫人的手。

从宜昌卫校青涩的少男少女，到如今知天命之年，他们携手走来，有太多的艰辛与执着，泪水与欢笑。

从一个普通农家少年，勤奋苦读，考取宜昌卫校并留校任教。三十六岁是一道选择题，是继续当教师还是下海经商？王强毅然选择后者，懂行的他在医疗行业很快做得风生水起。

2021年在其公司成立之初，王总牵着夫人的手，站在开满白花的山楂树下，饱含深情地说："我们准备养老的二百多万元，全投在这片土地上了。我这辈子永远走不出对土地的眷恋与挚爱。犹如儿时在乡村小道欢快地奔跑，只有双脚紧贴土地，内心才感到充盈与快乐。你一直问我公司名称为什么叫路易一百？'路易'分别取自合作者名字中的一字。'一百'有两层含义,除了表明公司成立于2021年建党百年之际,寓意永远跟党走,也表达了我们要做百年企业的信心与决心。"一段深情告白,就像白色山楂花花语,代表唯一纯洁的爱。夫人揭女士顿时热泪盈眶,经历两次艰苦创业的夫妇二人相拥而泣。

未来的路很长,未来的风景更美。在嫘祖故里这块写满传奇的土地上,以王强为代表的新一代农人,将续写一段怎样的新的山楂树之恋呢?

山楂花开,爱不褪色。

钟祥情愫

结缘钟祥

我与钟祥市的缘分始于二十八年前。

那时我与先生刚刚结婚，住在单位的"鸳鸯楼"里。邻居宋兆祥是先生的同事，在同一所子弟学校任物理老师。宋老师比我家先生稍稍年长些，我叫他祥哥。

祥哥外形高大帅气，白白净净的脸上有一双会说话的大眼睛。因他眉宇间与当时红极一时的歌唱演员郁钧剑颇像，老师们私底下都叫他"小郁钧剑"。祥哥不仅长得风流倜傥，性格也温润如玉。

一个北风呼啸的冬日清晨，祥哥骑着二八式自行车到不远处的厂食堂买回早点，对正在走廊上晾晒衣服的祥嫂说："包子买回来了，你趁热吃吧！我来晾！"

祥哥说"包子"的"子"时有非常有趣的颤音"r"。每次听到我都会忍不住与先生相视一笑。紧接着先生会解释说："祥哥是钟祥人，钟祥人说话是这样的！"

"哈哈！包子'r'，太有趣了，钟祥在哪儿？"

"荆门那边！"

"哦,我记住了,祥哥是钟祥人,钟祥人常常把包子念成包子'r'。"

祥哥和祥嫂有一个非常可爱的儿子,才几个月大,非常活泼,两人视若珍宝。我家先生性格温和,一直比较喜欢小孩子,每次在走廊上碰到总会逗小家伙乐和乐和。祥哥与我家先生不仅在同一所学校任教,还是同一个学科,坐同一间办公室。既是邻居,又有许多共同点,所以两家人相处得较融洽。

如果不是一次偶然的事故,也许我们会一直沉浸在这种平淡的幸福中。

一年春暖花开的时节,祥哥在家做家务时突发触电事故,永远地离开了我们。至今回忆起来,仍然有一种刻骨铭心的痛……

我至今仍清楚地记得祥哥饱经风霜的老父亲,风尘仆仆地从钟祥老家赶到学校的情形。收拾祥哥生前遗物的时候,祥哥蹒跚学步的儿子紧紧拉着爷爷的手,一个劲地朝祥哥常常上课的教室里拽,嘴里还咿咿呀呀道:"找……爸爸……找……爸爸……"当时在场的师生见此情景,无不潸然泪下。

在很长一段时间里,钟祥于我是一个伤感的代名词。

二十八年过去了,钟祥的宋老爹爹,您可安好?值得欣慰的是,祥哥的儿子已经从一所重点大学研究生毕业,踏上了心仪的工作岗位,像当年的祥哥一样年轻俊朗、才华横溢。

神奇钟祥

2014年对中国诗坛而言,注定是不平凡的一年。因为一首名为《穿过大半个中国去睡你》的诗歌横空出世，唤醒了许多人对诗歌的记忆。

> 其实，睡你和被你睡是差不多的
> 无非是两具肉体碰撞的力
> 无非是这力催开的花朵
> 无非是这花朵虚拟出的春天
> 让我们误以为生命被重新打开
> 大半个中国，什么都在发生：火山在喷，河流在枯
> ……
> 我是穿过枪林弹雨去睡你
> 我是把无数的黑夜摁进一个黎明去睡你
> 我是无数个我奔跑成一个我去睡你
> ……

是的，这位天马行空、诗歌极具张力的语言天才，便是来自湖北钟祥农村的脑瘫女诗人——余秀华。

余秀华之所以迅速红遍大江南北，在于她是一个真实的诗人。夜深人静的时候，独坐窗前，秉一盏孤灯，读她的诗仿佛能感受到她内心的挣扎与苦闷，似乎要跳出字里行间。

第四辑 履痕处处

> 我要挡在你的前面
> 迎接死亡
> 我要报复你——乡村的艺术家
> 玩泥巴的高手
> 捏我时
> 捏了个跛足的人儿
> ……
> 来生
> 不会再做你的女儿
> 哪怕做一条
> 余氏看家狗

没有撕心裂肺地痛,怎能写出对父亲如此复杂的情感?

> ……
> 日子还悠长呢,说到绝望有多少矫情
> 哦,你曾经给过我最薄最小的翅膀
> 嗯,我就飞成一只蜜蜂吧,多累,或死在路上
> 也是一肚子甜蜜
> ……

在苦难中仍然不放弃坚持与成长,这就是余秀华的诗歌带给我们的力量。

余秀华的诗总是离不开她熟悉的环境,如钟祥的石牌镇、

横店村、打麦场等。主题也多是关于她自己的爱情、亲情，以及自己对生活的感悟。

我常常在想，钟祥到底是一块怎样神奇的土地呢？竟孕育出如余秀华这般的语言天才，每一行诗都能直击人心，是偶然吗？

资料显示：钟祥在册作家四百多人，其中省作协会员达六十一人。作为一个县级市，省作协会员的数量跟某些地级市的人数差不多。文学创作队伍之庞大，作品之精良超出人们的想象。

纵观钟祥历史，是楚文化的发祥地，明文化的荟萃地，历来就有崇文、尚文的良好风气。在钟祥这块文化热土上，相继走出了"言情皇后"——钟祥供电公司普通职工艾晶晶，中国的"艾米莉·狄金森"——女诗人余秀华，以撰写世界各国领袖传记见长的"领袖传记作家"——杨道金，还涌现了一批一边种地或打工一边进行文学创作的乡土作家。

钟祥，好一块神奇的土地！钟祥，好一片文学的热土！屈子离骚传后世，钟祥墨客震九寰。

邂逅钟祥

2017年6月29日，我有幸参加了枝江作协前往钟祥的文学采风活动。因为心存向往，我把这次的采风活动视为一次华丽的邂逅。

我们抵达钟祥后，受到了钟祥市委宣传部、市文联及市作协领导的热情接待。

采风活动从参观明显陵开始。明显陵位于钟祥市区东北面的纯德山上,是明世宗嘉靖皇帝(明代第十一位皇帝)父母的合葬陵墓。在一位女导游的带领下,我们一行人从外明塘一侧进入,沿着太极图形的神道前行。神道两旁的十二对石像生,狮子、麒麟、骆驼、大象、战马及文武官员等,雕刻得栩栩如生。它们静静矗立两旁,仿佛在向游人诉说着历史的沧桑。

在显陵的主体建筑明楼前,有一个圆形的水池,旱时水没干过,涝时水也没有溢出过。我们一行人被古代匠人们的聪明才智所折服。

登上明楼,我们参观了申遗的核心证物——"恭睿献皇帝之陵"的原碑,由嘉靖皇帝亲笔书写。站在开阔的平台上,夏日阳光灿烂,一阵阵山风吹来,顿觉神清气爽。站在高处眺望,明显陵红墙黄瓦,金碧辉煌,蜿蜒起伏于绿色山峦之中,风景秀丽。

透过尘封的历史硝烟,似乎听到了当年长达三年之久的舌辩"皇考之争",看到了"血溅左顺门"的血腥场面;也似乎听到了明末农民起义领袖李自成战马的"嘚嘚"声,看到了闯王怒火焚烧明楼木质建筑的惨状……

有人说明显陵是一个关于父以子贵的故事。这座沾满了劳动人民的血与泪的皇家陵墓,无疑为封建统治者们的"孝文化"添上了"浓墨重彩"的一笔。

离明显陵不远的地方,有一个颇具特色的民族村——莫愁村。与明显陵的皇家威严相比,这里则充满了市井气息。

莫愁村里各种小吃应有尽有,各个地方的特色菜、美味佳肴在这里也能品尝到。这里，无论是老人，还是孩子，个个脸上都洋溢着愉悦的神情，处处充满了欢声笑语。大街小巷还不时穿梭着民间艺人的身影。

广场上，一位精神矍铄的老艺人引起了我的注意。老人穿着色彩鲜艳的演出服，双手转动伞柄，伞顶上一只绿色的皮球也随着匀速滚动。好奇心强的我，禁不住走上前去，笑着对老人说："老人家，我能试试吗？"

"好啊！"老人声音洪亮，爽朗地应答道。

我学着老人的样子，双手握着伞柄转动起来，可西瓜球就像一个顽皮的孩子，一点不听使唤，"啪"的一声从伞顶掉到了地上。

我没泄气，捡起西瓜球瞅了瞅，用手掂了掂，再次用双手转了转伞柄，重新找平衡感。一旁的薛运晓老师走过来，说道："你先让伞匀速转动起来，我再把球放上去！"

"嗯！"我心领神会，一圈、两圈、三圈……薛老师做了个OK的手势。

老人家开心地笑了，不住地夸我悟性高。

我们边参观边品尝各种小吃，一路上好不惬意！在一个酱油铺子前，我停住了脚步，被门前的一副对联吸引：

锅碗瓢盆奏响健康序曲；
油盐酱醋调出长寿滋味。

横批：匡正酱醋

想起我们的车在进入钟祥时，高速路边有一条巨大的横幅"长寿之乡欢迎您"。看来，钟祥人不但崇文，也十分注重日常饮食健康，懂得在平淡生活中品味幸福滋味。

此次采风之行安排了一次学习交流座谈会，双方的会员就写作过程中常常遇到的问题相互沟通、切磋、学习。最后，在钟祥市委宣传部领导的提议下，会员们互加了微信。钟祥市委宣传部的工作做得确实细致。他们不仅注重对本地作家的栽培与扶持，同时也非常重视本地作家与外地作家的交流与学习。

晚上十点，早已是万家灯火，大街上霓虹闪烁。

我们从莫愁湖畔经过，不知是谁叹了口气，说道："唉！今天时间太紧了，连有名的莫愁湖都没来得及欣赏哦！"

翌日清晨六点，我与同室的周庆会老师早早洗漱完毕，信步来到宾馆附近的莫愁湖畔。因为昨晚聊得太久，这一早起床后，我俩略显疲惫。站在湖边，两人都不说话，静静聆听湖水轻轻拍打着岸边青草的声音。那不时泛起的浪花，如泣如诉，仿佛在倾诉一个楚国女子的传奇故事。

身为水上人家女儿的莫愁女，身在风波里，行在风浪中，有时也随着村里的姐妹快乐地在碧波荡漾的沧浪湖中采菱摘莲。自幼能歌善舞的莫愁女，长到十五岁时被征进宫，无忧无虑的生活戛然而止。

被征进宫后，面对来自各阶层的歌舞高手，莫愁女刻苦钻研，有幸得到了屈原、宋玉等大师的指导，技艺日渐精进。然而，命运弄人，未婚夫东邻王襄哥被放逐扬州。扬州远在千里之外。在古代交通极其不便的情况下，这放逐实则是生离死别。目送着襄哥的船远走后,性情刚烈的莫愁女遂含恨投江而亡。人们为了纪念她,便将沧浪湖改为莫愁湖。

听罢莫愁湖的传说,一直萦绕在我脑海里钟祥人才辈出的原因似乎有了答案。

常言道:一方水土养一方人。试问从钟祥走出去的知名作家哪一位不是不忘初心、笔耕不辍,传承了莫愁女坚韧不拔、不畏强权、不向命运低头的风骨呢?而钟祥崇文、尚文的良好风气更是他们奔跑在文学道路上必不可少的助推器。

第四辑 履痕处处

访古街，觅芳踪

吃罢丰盛的午餐，按照远安当地作协的安排，我们一行十四人去参观嫘祖故里。

穿过热闹的庙会街市，来到一条青石板铺就的古街。上午刚参加完隆重的"湖北远安2019己亥年嫘祖文化节"开幕式，接着又逛了商业气息浓厚的庙会。耳旁依稀还萦绕着开幕式上庄重中又略带热烈的迎宾曲，以及庙会上的喧嚣。一进入古街，心灵霎时宁静下来。

迎面是一幢大宅子，门口贴着一副对联。其中有个左右结构的字，左边是"禾"字旁，右边是上下结构，上面是"负"字的上半部分，下面是"绳"字的右半部分。毛成进老先生最先发现这个字，问身旁的家哥："这字读什么呢？"七十四岁的林大姐和七〇后的家培弟弟随后也看见了，一同走过来，说："真的嘞，这字没见过，读什么呢？"

我则挽着曾经在远安工作长达十年之久，热情又直爽的敏姐姐的胳膊，听她的先生尤局讲十多年前古街的模样。

古街街道并不太宽，并排走的话，可以走五六个人的样子。古街两旁是清一色的徽派建筑。白墙壁、小青瓦、马头墙……精巧、自然、得体。一般人会认为马头墙是为了美，实则有实用意义。尤局笑着说："民居建筑密度较大，马头墙可以起到防火的作用，看来先人们很早以前就有很强的消防意识呢！"

走到一处民宅前，尤局停下脚步，疑惑地问站在门口的街坊："记得这户人家以前是开餐馆的，现在没开了吗？"

"呵呵，原来是老主顾啊！是的，没开了。政府有要求，这里统一恢复民居，不再做商业用！"

继续往前走，离市井的喧嚣声越来越远。偶尔有一两个头上裹着包头巾，身后背着背篓的人从身旁经过。我好奇地看着他们的衣着打扮，他们冲我温和地一笑。

一扇虚掩着朱门的民宅前，一个穿着白底蓝花对襟衫的年轻女子，正在清理竹簸箕里的新鲜桑叶，我走过去搭讪道："美女，你们现在还种桑树吗？"

年轻女子抬起头来，先是抿嘴羞涩地一笑，再用柔美婉约的腔调声说："这个姐姐好好笑哦！我们这儿是养蚕缫丝的鼻祖嫘祖的故乡，怎么会不种桑养蚕呢？"

一句话反问得我满脸通红。看见我窘迫的样子，年轻女子非常地善解人意，浅浅一笑，说道："我懂你的意思了，你是问我们镇上还种桑树吗？我们镇上桑树很少，大面积种桑养蚕的蚕农都在附近的村子里。"

我感激地点点头，忽然想起清朝时远安知县詹应甲的诗句："蚕市家家板屋连，缫车低就树阴园。新丝留与河溶客，不织罗衣换木棉！"从诗中可以想象，当时古街桑蚕贸易的盛况。

我端详着眼前这位养蚕的女子。一张文静温婉的脸庞上，嵌着一双灵动的秀眼，右嘴角有一颗小巧的美人痣，不仔细看还看不出来呢！让人不禁联想到中学语文教材《陌上桑》一文中，那个机智、勇敢、勤劳、善良又能干的采桑女罗敷。

我俯身闻了闻竹簸箕里的桑叶芽，刚采摘下来的嫩嫩的桑叶芽，散发出自然清新的乡土味道。难怪那些白白胖胖的蚕宝宝，"沙沙沙"地吃个不停。桑叶当餐，腹孕经纶，吐尽银丝终不悔。蚕宝宝果然是大自然的精灵。

想象着几千年前，那个端庄贤淑、母仪天下的奇女子，是否在某个阳光明媚的早晨，也背着蚕农家常用的那种竹背篓，到村外去采摘桑叶呢？这里是怎样的一片奇山秀水，又是多么淳朴的民风和灵秀的子民，才养育出了光耀千秋的嫘祖啊！

"哎，快来呀！皮影戏要开始啦！"不知是谁用尖尖的嗓门喊了一声，打破了我的遐想。不远处，一家街坊的皮影戏开始了。

匆匆别过养蚕的女子，挤进看皮影戏的人群。一块不太大的屏幕上，一个书生模样的男子背着手，正朝一把太师椅走过去……

屏幕后一个精神矍铄的老人，双手提着几根竹竿，配合着乐器的节奏，娴熟地摆弄着，忽上忽下，忽左忽右……屏幕上的人物便活了起来！老人忙得满头大汗，一旁的年轻女孩配合非常默契，不停地给师父递着道具。随着故事情节的不断深入，"哐当哐当"的打击乐的声音也越来越急促，最后达到了高潮！游客们情不自禁地鼓起掌来，为皮影艺人绝妙高超的技艺点赞。

徜徉在古色古香、错落有致的民居建筑中，驻足欣赏每家每户门前用不同的字体书写的对联："五彩丝绸萦绮梦；千秋嫘祖著芳名。""丰功辉日月；大德配轩辕。""人文溯古母仪华夏；史册翻新春满远安。"……每一副对联无不表达了远安民众对嫘祖深深的崇敬与感恩之情。

续续前行，忽见古街的正中央，站着一只棕色的卷毛小泰迪，歪着脖子，脖子下面系着一个粉红的铃铛。一位头发花白的老者，不停地呼唤着他的爱犬："巧克力，巧克力……"循着声音望去，六七个老人坐在一间宽敞的大客厅里，悠闲地搓着麻将。看着老人们聚精会神搓麻将的样子，我不便打扰，于是悄悄地离开。

古色古香，掀开千载人文韵；可观可赏，醉了一街民俗风。

走出长长的古朴的青石板古街，对面是一条车水马龙的宽阔马路。我们仿佛从千年前的古镇穿越到了现代的闹市，还没回过神来，远安作协三位才华横溢的美女主席，已热情地迎上来，与我们一个个友好地握手，并谦逊地说："采风辛苦了！招待不周，请多见谅！"我们的手紧紧握在一起，宛如神交已久的老朋友。

再见，神奇的远安！再见，美丽、和善、热忱的远安同人！期盼再相聚！

第四辑 履痕处处

龙盘湖：给心灵安一个家

记忆中的老家是那么美好！

老家紧挨着沿江公路，东侧是一洼清凌凌的池水。做作业累了的时候，我会撒丫子跑到池塘边，深呼吸，再大声地唱歌，放松一下。我家门前是一片碧绿的菜地，那是母亲的最爱，栽菜秧子、施肥、浇水、治虫……每天都忙个不停。后院是父亲亲手种植的杨柳，树下有一把竹躺椅，天凉时细心的母亲常常会在上面铺上一层薄薄的毛毯。夏天，烈日炎炎，酷暑难耐，后院的小树林却总是空气湿润。下班后的父亲会躺在竹躺椅上，听一会儿收音机。我会乐颠颠地跑到菜园里，采摘一些新鲜的蔬菜拿给在厨房里忙碌的母亲。不一会儿，饭熟菜香。父亲会带着我们几个孩子布置好饭桌，端上热气腾腾的饭菜，坐在凉爽的后院里，一家人和和美美地吃晚餐。

在这种温馨恬淡的环境里，我们几个孩子健健康康地长大了，一个个相继参加工作并离开了老家。

随着时代的高速发展，城里高楼大厦鳞次栉比。老家也发生了巨变，记忆中的池塘、菜地、小树林，只能在梦中出现。儿时的老家离我越来越遥远。

然而，2016年暮春的一个周日，当我与枝江市作家协会的文友们，一同踏进"龙盘湖·世纪山水"的小区时，一种久违了的老家情结油然而生。

小区入口是一条宽敞整洁的水泥路，路两旁的迎春花、山茶花竞相开放，一个黄似金，一个红如火；轻巧明媚的粉红樱花，在柔和的春风里摇曳；优雅的紫藤花开得含蓄烂漫……我们一行人边走边看，仿佛走进了一个花团锦簇的童话世界。

走着走着，在曲径通幽处，出现了一级级的台阶。我们拾级而上至高处，顿时满目翠绿。其间偶尔会冒出一丛丛鲜艳的红杜鹃，像一个个害羞的少女，在春光的照射下显得艳丽可人。

爬至半山腰，淡淡的薄雾轻盈而又缥缈，湿润的空气温馨而又滋润。让人禁不住深吸几口气，接受大自然天然氧吧的馈赠。

"耶！前边有亭子，歇歇去！"

在中国的传统建筑里，"亭"就是"停下来，歇歇"的意思，同时也暗示这里有好风景。我们怎么能辜负园林设计者的好意，反正也累了，何不停下来，看看风景。

一行人坐在亭子里休息。微风吹过，各种不知名的野花的香气沁人心脾。正前方，龙盘湖的景致尽收眼底。湖面上的小桥、湖中心的亭子历历在目。一个三口之家正泛舟湖上，一不小心就闯入了我们的镜头。年轻的父亲坐在船头，双手划桨；船尾坐着他美丽的妻子和可爱的孩子。年轻的母亲不时给年幼的孩子喂着点心。在春日柔和的阳光下，在这依山傍水的环境里，他们和我们尽情享受着大自然带来的乐趣。

我们生活在一个繁忙的时代，要效率、要利润。我们每天打卡、上班、赚钱,总是脚步匆匆,无暇顾及其他。每个人都在快速地往前追赶着什么,却轻易地忽略了身边的风景与家人。

其实人生从生到死就是一个过程,我们为什么要那么匆忙呢?累了,就停下来歇歇,看看周围的风景。青山绿水,鸟语花香。

古人常讲:悠悠我心。工作之余,我们不要忘了"悠闲"这两个字。"悠"字的底下,是一个"心"字,是指心灵的状况。"闲"字呢?"门"字里面一个"木"字,你有多久没有靠在家门口的大树底下,与家人和朋友聊聊天、散散步了?

从山上下来,经过龙盘湖畔的小桥,流水潺潺,杨柳依依。想象着落雨的日子,你穿着黑色的立领风衣,手握深蓝色的绅士伞,与娇妻十指紧扣,站在龙盘湖畔的小桥上,聆听雨点落在湖面上的声音,欣赏湖面上的层层涟漪,静静感受时光深处的从容。

飘雪的日子,龙盘湖的后山银装素裹。下了班,回到温暖的家,吃罢晚饭,一家人坐在书桌前,或读书练字;或弹琴下棋。窗外飘着雪花,屋内岁月静好。

"龙盘湖·世纪山水"小区里,还设有现代化的室内恒温游泳池。喜欢游泳的我,第一次见到这样的游泳池,当然得参观并体验一下。游泳室内,一个年轻俊朗的教练正耐心地给几个孩子做示范动作。透过孩子们明亮的眼睛,灿烂的笑容,可以感受到生活在这种山水环抱的环境里,是多么地开心、快乐!

游泳池四周坐着几个年轻健硕的救生员,泳池西侧有一间急救室，北侧摆放着带扶手的藤条靠椅供客人休息。很显然，这是一个现代化的室内恒温游泳池。下得水来，水温刚刚好，我欢快地游了好几个来回，自由泳、蛙泳、蝶泳、仰泳……四十分钟左右，我手指的皮肤有点起皱，身体提醒自己，该结束了。

从泳池出来，稍事休息，我沿着来时的水泥路返回。此时，夕阳西斜，余晖洒在湖面上，整个龙盘湖金光闪闪，似乎在告诉人们：来龙盘湖畔居住，回归自然，给心灵安一个家！

第四辑 履痕处处

金湖：寻一畔清欢

用过早餐，与几位友人骑上单车，沿着杨家垱旁的小路一直向东，寻寻觅觅，走走停停。约莫一个时辰的光景，终于到达了金湖。

站在碧波荡漾、清澈见底的湖边，望着远处在水中尽情嬉戏的白鹭，再看看近处婀娜多姿的垂柳，贪婪地深吸一口清新的空气，整个人立刻飘飘欲仙。

"皇上，还记得当年大明湖畔的夏雨荷吗？"调皮的小伍从一旁的小溪边，蹦跳着跑过来。她拾起路边一片碧绿的荷叶，戴在头上，左手跷着的兰花指，冲我狡黠地一眨眼，玩起了穿越。

我抿嘴笑了笑："机灵鬼，说不定今天在金湖，会邂逅你梦中的白马王子哟！"

"哈哈，白马王子就在前面呢！"一旁的诺诺朝正前方指了指。

不远处有几位帅气的年轻人，端端正正、聚精会神地坐在画架前，正勾勒着金湖的垂柳、撒网的渔翁、整齐的农舍……

薄雾缭绕的金湖湖畔，长发披肩的玉面女子，着一袭白纱裙，撑一把粉红色的油纸伞，带着若有所思的神情款款而来……如此美景佳人怎逃得过画师的丹青妙笔。

我们轻轻地从那几位年轻阳光帅气的画师旁经过，微笑着点了点头，算是打过招呼了。

接下来，我们三人便各自漫无目的地在金湖周边转悠。这让我想起德国美学家康德说过的一句话：美是一种无目的的快乐。当下，我们很少做无目的的事。人们从 A 地到 B 地，恨不能比飞机还快，往往无心欣赏沿途的风景。可是，当我们真的没有目的性的时候，将时间放慢，才会发现美，欣赏美。

自小在城里长大的漂亮女孩儿小伍，看着农人将大片美丽的紫色苕子花用犁耙犁入土地里的时候，心疼地问道："这是为什么呢？"

农人憨厚地一笑："做肥料用啊。"

"啊！可是我觉得它们比我家栽在花盆里的花还好看呢。"

"呵呵。"农人笑而不答。

来自东北的女孩诺诺，颇有几分男孩子的洒脱与率性。小伍为花神伤的时候，她却站在垂钓者身旁，看着他们钓鱼。过了会儿，她干脆坐下来顺手拿起垂钓者多余的鱼竿，自得其乐地钓起鱼来。

路边的小径上，开满了五颜六色的野蔷薇花。白色、粉色、桃红色、黄色……如一把把撑开的精致小伞，一团团、一簇簇，满枝灿烂！我挑了一朵鲜艳的桃红色野蔷薇花，插在头上。眼前似乎浮现出白发苍苍的欧阳修，在暖意融融的春日外出踏青，被春天的气息所感染，信手写下的那句：白发戴花君莫笑。我不禁哑然失笑，好一个率真可爱的醉翁。

正午时分，肚子"咕咕"叫了两声，该吃午饭了。来到金湖，自然要好好体味一番金湖的风土人情。

我们信步走进了附近的一家农家乐。巧合的是，我们又碰到了在金湖边上画画的那几位年轻人。他们先我们一步到达，其中一位长得白白净净、瘦瘦高高，还戴着眼镜的年轻人冲我一笑，主动向我打招呼："大姐，您好啊！"

"你好！你们是艺术生出来采风吗？"

"不是！我们是上班族，业余时间喜欢画画，今天一起出来走一走，顺便画几幅画！"

"呵呵，我说呢。喜欢艺术的男生气质就是与众不同哦！"手捧一大把粉色野蔷薇花的小伍打趣道。

"听口音，美女不是本地人吧？"

"是的，我是浙江宁波人，那位高挑的美女是东北人。"小伍朝刚刚从湖边垂钓归来、脸色红润的诺诺指了指。

"快来呀！新鲜可口的金湖鲫鱼上桌了，我们动筷子啦！"

年轻人朝招呼他的同伴做了个OK的手势，向我们礼节性地点了点头，转身进屋用餐去了。

热情的老板给我们端来三杯热气腾腾的绿茶，问我们想吃什么菜。

"有什么特色菜吗？"我问。

"听说金湖的农家土鸡火锅味道不错，点个土鸡火锅怎么样?"诺诺忽闪着一双大眼睛,用征询的目光望着我。

"好啊,来个金湖农家土鸡火锅!"

"小伍,你也点一个吧!"

来自江南水乡的小伍挠了挠头,问老板:"你们这儿有新鲜的藕芽吗?"

"你说的可是藕尖?"

"对呀!"

"有啊,刚冒出来的藕尖,嫩着呢!"

"好,那就来个爆炒藕芽。"

"好嘞!翠翠,采藕尖去。"

"噢,我马上去!"

随着一声清脆的应答声,从后院走出来一位眉清目秀的女孩,皮肤微黑,但黑而俏丽。她一头乌黑的秀发,梳成了一根麻花辫,自然地垂在脑后,很容易让人想起沈从文先生《边城》里面的翠翠。是不是叫翠翠的女孩都生得清新脱俗呢?

"是您女儿吗?"

"是我刚进门的儿媳妇。我只一个儿子,所以她就跟我女儿一样!"和蔼可亲的老板娘笑眯眯地答道。

我们跟随着翠翠来到她家的荷塘边,一池的荷叶犹如花仙子的新绿裙,在风中摇曳。只见她轻轻地一跃就跳上了小木船,将大辫子在脑后顺势甩了甩,然后手握一根长长的竹篙,将小木船撑到荷叶间,动作利落地采起藕芽来。她在荷叶间穿梭,颇有间苗的感觉(密的就采,稀的不采),不一会儿便采了一小篓子新鲜的藕芽回来。

老家在江南水乡的小伍，站在岸边看得呆了，大赞："好漂亮的驾娘啊！"原来，祖祖辈辈傍湖而居的村民们，男女老少都会驾船呢。真是一方水土养一方人啊！

趁着主人做菜的间隙，我们绕着农家乐参观了一番。农家乐是一幢三层的民宅，大门上贴着崭新的对联：四季花长好；百年月永圆。横批是：花好月圆。看来主人家是刚刚办完喜事啊！

我们来到主人家的后院，见不远处有几间小平房。原来这是主人家的猪圈，猪圈的门上也贴有一副对联呢！养猪辛苦辛苦养；肥猪满圈满圈肥。横批是：勤劳致富。

一旁的诺诺笑得前仰后合，说："挺有才的啊！"这些有趣的对联，透露出主人一家人对美好生活的向往。

香喷喷的农家饭菜端上了桌。火锅是正宗的土鸡火锅。散养的土鸡筋骨好，肉质紧致，加上自制的农家酱、丁香、八角、桂皮等调料入锅干煸至六成熟。待调料的味道全部渗透进去，鸡肉颜色呈金黄色时，加水大火焖煮一会儿，然后起锅，最后放点绿色的葱花。色、香、味俱佳的正宗金湖土鸡火锅，便大功告成啦！

藕芽与姜末爆炒，则是一道时令菜。新鲜的藕芽如嫩玉米般鲜甜，又不失自身的爽脆。

我们坐在主人家靠东边的阳台上就餐，金湖风光尽收眼底。一池碧蓝的湖水，水鸟贴着湖面自由飞翔，水边的垂柳如妙龄女子的秀发，随风飘荡。

主人家的阳台上种了几株栀子树和石榴树，洁白的栀子花与似火的石榴花相映成趣。在这明媚的初夏时节，吃着美味的农家饭，尽情欣赏着金湖毫无修饰的自然风光，真的好想让时光永远停留在这一刻。

午饭毕，已是半下午了，勤劳的主人家又开始在蔬菜大棚里忙碌起来。这两天，新上市的丝瓜行情蛮好，主人家忙着采摘丝瓜，希望赶上个好价钱。菜贩子马上就要上门来收菜了，主人家有点急。见状，我们决定帮助主人家采摘丝瓜，就当在草莓园快乐采摘喽！主人家一再不让，我们执意要帮。很久没有体会采摘的乐趣了，一进蔬菜大棚，仿佛置身于一个绿色的王国，一切都是那么新奇。热心肠的老板娘，边摘丝瓜边告诉我们辨别新鲜丝瓜的方法："新鲜的丝瓜粗细均匀，手感结实；若用手捏软塌塌的，表明放得太久，口感不好呢。"又说，"丝瓜不太招虫，不会喷洒农药，是绿色蔬菜。丝瓜无论是打鸡蛋汤，还是清炒，味道都蛮可口！"呵呵，真是个能说会道的乡村大婶。

傍晚时分，菜贩子收菜来了，我们匆忙告辞。主人家一再挽留我们吃了晚饭再走，我们推说有事，骑车踏上了回家的路。

夕阳西下的金湖平静得如一面巨大的镜子，让我们的心也趋于宁静。勤劳、朴实的农人劳作一天归来，与天边归巢的鸟儿形成了一幅自然和谐的田园风景画。我不由得想起苏轼的词：人间有味是清欢。

第四辑 履痕处处

青龙山：青山在，人未老

第一次到青龙山是去年的暮春时节，我与先生做东，邀几位好友去欣赏那里的郁金香。漫山遍野的郁金香争奇斗艳，或红，或白，或紫，或蓝，或黄……叶片晶莹修长，花朵似一只只盛满美酒的酒杯，饱满圆润、清香馥郁。正如大仲马的名言："艳丽得叫人睁不开眼睛，完美得让人透不过气来。"

到了青龙山，自然要欣赏茶乡风光。青龙山森林公园的前身，便是有名的顾家店茶场。在春光的照射下，那一片片嫩绿色的精灵在茶枝间若隐若现。让自幼生活在江汉平原上的我们惊奇万分。友人大呼："采摘下来，那一定是今年的春茶喽！"

每个人都跃跃欲试，但毕竟没有采过茶，十分笨拙。不一会儿，大伙就忙得满头大汗，只觉得眼花缭乱。我们手忙脚乱的窘样，逗得一旁的茶乡美女哈哈大笑："第一次采茶都是这样的，客人们还是到山顶廊子里吹吹风，歇会儿吧。"

坐在山顶装饰一新的红色廊子里，默默注视不远处如梯田状青翠欲滴的茶园。一块块整齐划一的茶园，犹如一枚枚尘世里的低调女子，不张扬，不喧嚣，散发着淡淡的芳香。

登高望远，青龙山三面环水，呈半岛状，空气清新，风景宜人。一旁的文化广场，挂满了画家和作家们前来青龙山采风时留下的作品。青山开画境，茶乡溢诗情。

歇罢，我们一行六人准备驱车回城吃午饭。山脚下有一爿农家开的小卖部。友人口渴，我和先生便下车买水。穿过一条开满木槿花的小道，来到小店前，店主人是一位朴实开朗的农家大嫂。先生结完账，正准备离开，大嫂看着戴副眼镜、文质彬彬的我家先生，微笑着问："您是位老师吧？"

"哦，您怎么知道的？"我冲先生眨眨眼，笑问道。

"看他说话斯斯文文的样子，我猜的！"

"哈哈！还真猜对了，我是枝江一中的老师。"

"呵呵，那太巧啦！我儿子今年准备中考，平时成绩不错。他听人说枝江一中校风蛮严谨的，就想考枝江一中呢！"

正说笑间，一个十四五岁、阳光健康的农家少年骑着自行车来了。大嫂忙笑着说："这就是我儿子，快问老师好！"

少年下了车，站住挠了挠头，腼腆地一笑，向先生问声好。一打听，孩子今天放假，刚从镇上同学家借学习资料回来。在青龙山能巧遇如此有礼貌又好学上进的读书郎，我家先生也是开心至极。农家小院书香绕，少年有志梦可期。

第一次到青龙山，觉得这是一个美得让人流连忘返，淳朴得使人忘掉喧嚣的美丽乡村。

第二次到青龙山是一个大雾弥漫的冬日。那天，我们作协一行十七人，先来到顾家店镇道德讲堂大厅。原顾家店镇文化站老站长，给我们讲述了发生在顾家店这片热土上的，令人荡气回肠的革命斗争史。

1927年,枝江市第一个党支部诞生在顾家店。在革命大风暴的最低谷时期,面对敌人的种种酷刑,共产党人为了信仰,誓死不屈的革命斗争精神,令同行的每一位作协会员都热泪盈眶。段德昌、罗光迪、罗克强、罗贵清、卞进生等一个个顶天立地的汉子,他们的名字将永远镌刻在这片红色的土地上。

听完向站长声情并茂的讲解,我们一行人又踏上寻访顾家店乡贤——清朝著名学者型政治家曹廷杰故居的路。曹廷杰的故居坐落在山清水秀的曹家湾,门前有一口清澈的池塘,几只大白鹅在水里尽情嬉戏。遥想一百六十多年前,那个被乡亲们亲切地唤着"曹家三少爷"的学童,是否在某个阳光明媚的清晨站在池塘边,望着水中快乐的白鹅,用稚嫩的童声背诵"鹅,鹅,鹅,曲项向天歌。白毛浮绿水,红掌拨清波"呢?

时辰虽然已近中午时分,但大雾仍未散去。不远处的青龙山在大雾的笼罩下,仿佛披上了一层神秘的面纱。

冬日的茶园有一种孤高冷傲的美。当所有绿叶几乎凋零飘落,只有茶树依然冒着零下的低温,傲然挺立,雪霜不惧。

我信步登上青龙山的山顶,驻足沉思良久。青龙山不仅仅美得让人流连忘返,更具有历史的厚重感。无论是先贤曹廷杰,还是在轰轰烈烈的革命斗争中牺牲的革命先烈,又或是今天的"中国好人"水利爷爷薛传根,他们都是青龙山这块神奇的土地孕育出的优秀儿女。

无论时代的列车如何高速向前飞驰,青龙山人都将勇立时代潮头!

青龙山——青山在,人未老。

醉 漓 江

桂林山水甲天下,而漓江是桂林山水景观荟萃之地,到桂林自然要游漓江。

前两天的行程,一直下着小雨。第三天,我们一行人坐上旅游专车,踏上了令人神往的漓江之旅。

因为前两天的雨中游,今天同伴们显得有点沮丧。一路上,导游热情地介绍说:"漓江不仅山清水秀,而且有很多传奇故事,蜚声中外的壮族'歌仙'刘三姐的故事就发生在漓江边。"导游的话音刚落,同伴们就兴奋起来。嘿!一提起刘三姐,可谓男女老幼皆知。车上不知哪一位早已按捺不住激动的心情,哼起山歌来,唱罢还说:"哎!多谢了,多谢诸位众乡亲。""哈哈哈!"反应够快的,引得众人一阵大笑。

在阵阵欢声笑语中,车子到达阳朔县城。下了车,沿着台阶而下来到江边,早已有船只在等候。我们一行人分成三组,分别上了三条游船。

我所在的游船上,艄公是一位穿着对襟上衣、系着腰带的壮族阿哥。望着老的老、小的小,陆陆续续登上游船的游客,壮族阿哥一再叮嘱我们上船时注意安全。呵,莫看阿哥年纪轻，却胆大心细、沉着冷静。

上得游船，站在甲板上，远眺万峰攒簇；近看江水清澈得可见丝丝水草，载浮着群山倒影，就像一面镜子。唐代大文学家韩愈诗云："江作青罗带，山如碧玉簪。"他描绘漓江的水像一条青色的缎带，桂林的山像美女用的碧玉簪子，实乃千古绝唱。不知不觉间，著名的碧莲峰近在眼前，只见她拔地而立，紧偎漓水西岸。这苍青奇秀的孤峰，恰如碧莲出水。在碧莲峰临江山崖上有特大草书"带"字石刻，宽、高约一丈，笔力雄劲又飘逸洒脱，是清代阳朔知县王元仁所书。寓有"一带山河甲天下，少年努力举世才"之意。

游船在江面缓缓游弋，沿江奇景不断。山峦起伏的"笔架峰"，捧书诵读的"书童山"……有的像老人笑容满面，有的像七仙姑驾云下凡，有的呈龙腾虎跃之势，有的做飞马伏兽之状。真是"百里漓江，万里画廊。"似一幅幅气势磅礴的水墨画，又如一首首脍炙人口的抒情诗。游客们频频举起相机，摄下这大自然的秀色。

岸边不远处有一座富丽别致的楼阁，是两层八角形古亭，名曰"望江亭"。此亭始建于唐代，上下开有八扇窗户，一窗一景，故称"画窗"。当年电影《刘三姐》中，刘三姐被财主关押的一场戏，就是在这座亭子里拍摄的。

"哎！唱山歌咯，我有山歌几大箩……"身后传来清脆的山歌声，循声望去，见一条装饰精美的花船飘然而至。船上站着几个快乐的壮族美少女，孩子们雀跃着从船舱里跑出来。导游示意我们对山歌，游船停了下来，大家兴致勃勃地对起山歌来。后面的几条游船闻声追了上来，也加入了对歌行列。一时间山歌声此起彼伏，好不热闹。最后，壮族少女友好地朝每条游船抛出一只漂亮的绣球，"抢绣球"把对歌活动推向了高潮。

漓江水碧绿，三姐山歌新。

一阵风吹来，江面微波轻泛，岸边茂密的修竹，似凤尾迎风摇曳。船身一转，一片青草地呈现在眼前。下船上岸，草地上盛开着紫色小花朵，山间不时传来鸟儿的幽鸣。水牛在山坡上悠闲地啃草。眺望远处，母子山温馨浪漫。回眸对岸，翠竹林里突然闪现出一个身穿粉红衣裳的村姑，不经意间闯入我们的镜头。江心悠然荡来一条小渔船。驾舟的艄公是一位精干的四十来岁的中年男子，中等身材，头戴草帽，腰束丝带，裹腿挽袖，容光焕发。洁白的鱼鹰立于船头，目不转睛盯着水面，随时准备冲入水中捕捉猎物。

游船慢慢悠悠，走走停停。不远处又出现一片茂密的草地，绿草如茵，蝶舞蜂飞。草地后面是两座秀气的小山，导游说此处是拍照的绝佳位置，游客纷纷下船拍照。我选了一处僻静处，坐在松软的草地上，仰望悠悠白云。人与大自然是如此亲近与和谐，这里的一切令人遐想联翩：好一幅醉人的"漓江风情图"，不是仙境胜似仙境。我不由得想起陈毅元帅的诗句："愿做桂林人，不愿做神仙。"

这天是桂林游中天气最好的一天。晚上回到宾馆，我照例掏出绿皮日记本写日记。日记的最后两句是：烟雨朦胧游桂林，风和日丽醉漓江。

游三峡大坝

我与工友们一行二十余人乘坐三峡旅行社的车,从宜昌市区出发,一个多小时(因是周日,市区有点堵)到达目的地——长江三峡水利枢纽工程。

从车上下来,首先映入眼帘的是一座形如泡菜坛子的建筑物——坛子岭。据美女导游介绍,这是工地上的一处制高点。为什么要修成坛子模样呢?据说山里人最爱吃泡菜,为了纪念为修建三峡大坝而搬迁的山民,故将它修成泡菜坛子模样。让人们永远铭记山里人为大坝做出的贡献。

我们跟随导游拾级而上,迫不及待地登上了坛子岭。远处的山峰像一幅美丽的画卷,展现在人们眼前。只见建设者们正采用国内外最先进的施工设备,紧张地工作着。大江截流曾轰动世界,凝聚了无数专家学者的心血啊。新开辟的临时船闸内,船舶来来往往,好不热闹。

随着参观的游客信步走下阶梯,驻足欣赏坛子岭四壁。只见正面壁上镶嵌着一幅大型雕像,画面是三名健壮的男子正齐心协力,顺势导水,张大的嘴巴好似正发出呐喊声。两侧分别是古代治水英雄大禹和现代水利建设者的雕塑。这些浮雕向人们诉说着世事沧桑。前面的草地上立有一块三角形四面体的巨石，它是现代水利工程建设的标志。继续前行，一块刻有三峡坝址基石的圆柱体巨石呈现在眼前，就像一位刚从沉睡中醒来的巨人，默默地注视着大坝。

游客们纷纷取出相机，留下珍贵的画面。我却被三峡工程展览大厅吸引住了。走进大厅，讲解员刚解说完大坝的科学运行原理，她面带微笑，用清脆的声音充满自信地说："2003年，大坝正式发电。按照规划，2008年大坝整体工程全部完工，供电量将覆盖华中华东一带。"听着这激动人心的话语，我忽然想起了一代伟人毛泽东的诗词——"高峡出平湖。神女应无恙，当惊世界殊！"是啊！到那时神女也该惊叹这世界的巨变了吧！

滚滚东流的长江水啊，你养育了沿江近四亿中华儿女，但也曾给两岸的人民带来灾难，1998年抗洪救灾的场面，仿佛历历在目！但勤劳智慧的华夏子民，永远对母亲河充满着期待。相信在几代人的不懈努力下，在不久的将来，举世无双的三峡水利工程，必将为祖国腾飞立下汗马功劳。

喜游首都

霜叶渐稀，金风送爽。

10月24日晚八点，由厂工会组织的二十八人北京旅行团，从宜昌车站准时出发。北去的列车上，我与万兴公司李江院的妻子小甘睡对铺。她带着一个五岁的女儿，小女孩是一个文静又聪明的小姑娘。在长达二十一个小时的火车旅途中，这个可爱的小女孩给我们带来了欢乐。

25日下午到达北京西站。在熙熙攘攘的人流中，我们坐上旅游专车，开始了北京之旅的第一站——参观中国人民革命军事博物馆。从军博参观出来，已是华灯初上。专车将我们送往餐馆吃饭，在车上，导游给我们介绍北京建筑的分布特点。以天安门为中轴线，文东武西，军博属武，国家军委等军事部门统统设在西边。金融街也在西边，因为在五行中"金"属西。透过车窗，沿途高楼林立、霓虹闪烁。

第二天，我们去登雄伟壮观的万里长城。长城在郊外，沿途随处可见农家房前屋后一棵棵高大的柿子树，树上挂满了一个个红彤彤的柿子，仿佛是一盏盏红红的小灯笼，煞是好看。

专车到达"长城居庸关"的停车场时，已有多家旅游团的专车先行到达。这天秋高气爽,很适合登长城。登长城中途,大家都感到有点热,不时有人脱掉外套,坐在台阶上稍稍休息一会儿。不知是谁来了句:"自古逢秋悲寂寥,我言秋日胜春朝。"引得过往的游人会心地一笑。

到了北京,最大的皇家园林——颐和园是一定要去的。园林中处处是参天古树,金秋的树叶五彩缤纷,亭台楼阁错落有致。印象最深的是园中的长廊,它像一条美丽的飘带,将亭、阁、轩、榭巧妙地连缀起来。最喜欢长廊中的苏式彩画,画中的历史人物惟妙惟肖。这些历史故事大多出自中国古典文学名著,如《红楼梦》《西游记》《水浒传》《三国演义》《封神演义》等。看着栩栩如生的画面,听着导游绘声绘色的讲解,对于平时就喜欢各类历史书籍的我来说,可谓是尽情享受了一顿文化大餐。

北京是一个历史与现代紧密交织在一起的国际化大都市。走进"鸟巢"国家体育馆,处处都能感受到高科技的运用。例如"鸟巢"是一个大跨度的曲线结构,它使用的钢结构是世界上独一无二的。秉初心,科幻变现实;挥汗珠,鸟巢垂青史。

从高耸入云的中央电视塔出来,坐上旅游专车,我们的车在川流不息的车流中穿梭。北京的交通网络发达,以天安门区域为中心,环环相套,酷似蜘蛛网。

徜徉在世界最大的城市中心广场——天安门广场。五十六根民族团结柱鲜艳夺目,五星红旗在广场上空高高飘扬,纪念碑两旁的巨型LED屏幕正在滚动播放共和国六十周年华诞的盛大庆典,音乐喷泉不断变换着造型,五颜六色的鲜花争奇斗妍。她每天以博大的胸怀接纳来自国内外不同肤色、不同语言的游客。在这里，你会感受到世界是如此的亲近。

夜宿"天弘善宾馆"。夜已深沉，窗外余几处阑珊灯火。或许是白天玩得太兴奋，又或许是亲眼看见了祖国日新月异的变化，我久久不能入睡。索性披衣下床，站在窗前，凝望窗外秋月，在心里默默祝福我们的祖国更加繁荣昌盛，祝愿这座集政治、经济、文化中心于一体的国际化大都市，发展得更快、更强，也祝愿我们的企业越办越好！

梨乡行

"五一"节清晨,刚睁开惺忪的睡眼,女儿便嚷嚷着要爸爸骑摩托车带她出去玩。女儿好奇心强,去过的地方自然不肯去,我和丈夫一商量,说到百里洲玩吧。一是可以让女儿到乡下呼吸新鲜空气;二是百里洲在江南,过去得坐船,也让女儿坐坐渡船;三是百里洲是有名的梨乡,可以让女儿尽情欣赏梨乡风景。

骑上摩托车,我们很快就到了轮渡口。坐上轮渡,江风徐徐,顿觉心旷神怡。放眼望去,两岸绿色江堤连绵不断。

大约二十分钟,轮渡靠岸。随着人流上岸,见江堤上耸立一块牌,上书"中国梨乡"四个大字。径直往前,百里洲镇镇中心近在眼前。我们骑上摩托车,沿着整洁的街道转悠。忽闻有人叫我家先生的名字,好生奇怪,这人生地不熟的,难道有熟人?扭头一看,原来是丈夫几年不见的大学同学王女士的老公胡君,现在百里洲中学教书。胡君热情邀请我们上他家做客,我们也不便推辞。

吃罢午饭,胡君推出摩托车,要带着我们四处看看,有这么好的"导游",何乐不为呢?

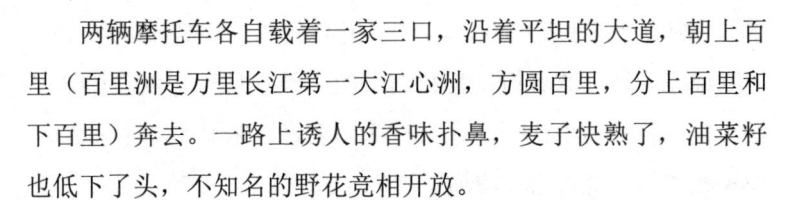

两辆摩托车各自载着一家三口,沿着平坦的大道,朝上百里(百里洲是万里长江第一大江心洲,方圆百里,分上百里和下百里)奔去。一路上诱人的香味扑鼻,麦子快熟了,油菜籽也低下了头,不知名的野花竞相开放。

"哦!梨乡到了!梨乡到了!"两个小孩子大声欢呼起来。霎时,犹如置身于梨树的海洋,一株株、一排排、一片片,满眼尽是梨树。

"可惜,你们来迟了些,要早半个月来,正是梨花盛开时节,那个迷人哪!啧啧……"胡君的话里掩饰不住对家乡的热爱。

"哈哈!没关系,今年错过了梨花堆雪的美景,还有明年咧!"我家先生乐呵呵地回答道。

在一间草棚前,我们的车停了下来,一位老农正在草棚旁休息,见我们走过去,便热情地招呼我们坐坐。

"老人家,梨树种得真不错啊!"

"托福,托福。"他黝黑的脸上充满了笑意:"老天保佑,今年风调雨顺,梨果长势蛮好!"

我们与老人攀谈起来,闲聊中得知,老人以前是种棉花的。后来棉花价格不太好,便改种梨树。

"呵呵!我这一改改对了。我们百里洲四面环水,全是沙土。种出的梨子皮薄核小,味甜清香,价格也好。今年是第三年,正是梨树出力的时候,希望今年有个好收成。"望着梨树上一个个拇指大小的青梨,老农脸上笑开了花。

"妈妈,看啦!尿素,我们厂的,还有湖北化肥厂几个字。"顺着女儿手指的方向，一个稍显文弱的小伙子正在给农作物施肥，地上放着的正是我们厂的"长江牌"尿素。原来，这个肯动脑筋的小伙子，在梨树中间套种了农作物。套种后，面积相同的土地，收成增加了。

听见女儿的叫声，小伙子停下手中的活计，仔细打量我们一番："你们是省化的？"

"是啊！我们厂的尿素怎么样啊？"

"嗯，价钱贵是贵点，但货的确好。"小伙子豪爽地一笑。细打听，方知他是一位刚落榜的读书郎。

"唉，没考上大学，回家学种梨树。大人也教了些老办法，但我琢磨着如何种出高产质优的果子，怎样把收入搞上来……"小伙子红着脸，不好意思地说出心里的想法。

告别一老一少，我们踏上了归程。夕阳西下，袅袅炊烟随风飘散，梨乡的黄昏平和宁静。在这四面环水的土地上，勤劳的洲上果农正默默地耕耘着这片土地，用他们的劳动和智慧创造着美好的未来。

勤劳种下诗千树，智慧收回梦万筐。祝福梨乡人。

菜花·水库·人家

4月1日，这天刚下夜班，便与文友们一起参加了"金色问安·梦里老家"散文笔会。

从县城出发到关庙山广场，约三四十分钟的车程。因刚下夜班，大伙有些疲惫，见缝插针地在车上小睡一会儿。"喂，到啦！"同伴轻推了我一下。揉揉双眼，关庙山广场呈现在眼前，写有"第二届关庙山乡土文化节"几个醒目大字的条幅映入眼帘。整个广场沐浴在明媚的春光下，显得分外明亮整洁。

广场两侧是整齐划一的农舍，每户农舍家门前都挂着一盏大红灯笼，很是喜庆。一位满头银发的老太太在家门前不大的菜园里掐蒜薹，听见停车的声音，她停下手里的活儿看着我们。我正好从车上下来，与老太太慈祥的目光相遇。我朝她温和地点头笑一笑，老太太也冲我一笑，露出只剩一半的牙齿。

青砖黛瓦灯笼红，娇燕衔泥农家兴。

稍作休息，嘉宾、会员陆续进入会场。随即，当地的乡亲给每一位进场的客人递上一杯热气腾腾的绿茶，虽然不是那种经过彩排的殷勤与礼貌，但能真切感受到他们的热情与纯朴。

此次笔会在问安镇镇长王晓聪热情洋溢的致辞中拉开序

幕，枝江市委宣传部副部长谭世喜就本次散文笔会的要求及安排做了详细的介绍。最后，来自宜昌市的知名作家陈宏灿、吴绪久、蒋杏，以及枝江市作家协会的各位领导与会员一起，就郭黛萍的散文集《寻找一个人》做了专题研讨。

从会场出来，已是正午十二点，与同伴们一起登上中巴车朝农家乐开去。一路上金色的油菜花一眼望不到边际，偶尔也有几株桃花不知趣地出来闪一下露个脸。迎面走过来一个戴着草帽的老农，牵着一头健壮的水牛，抽着旱烟，在不宽的马路上慢悠悠地走着，水牛时不时停下来咀嚼路边的青草。

风梳柳线菜花黄，牛耕良田农人忙。

中巴车吃力地爬过一面长长的坡，就到了石子岭水库，翻过库堤，便是熊家港水库。水库边，三三两两地坐着几个垂钓者，头上戴着遮脸的白帽子，连裸露的手也戴上了白色的手套，很有专业垂钓者的范儿。

不大一会儿，就到了方家畈村。热情的农家乐主人已经将桌椅摆好。刚坐定，农家菜便端上了桌。火锅是正宗的土鸡炖香菇，香气扑鼻，自制的腊肠色香味俱佳，野韭菜炒鸡蛋这道经典的春季时令菜更是令人垂涎……主食有锅巴稀饭、南瓜饭。饭菜均是用柴火作燃料，绝对正宗的农家饭菜。细细品尝着久违的农家饭，依稀有母亲的当年做的饭菜的味道！农家乐门前有一片开阔的草地，草地上有一个草垛。草垛旁有几只小鸡在觅食，慵懒的大黄狗躺在草堆里半闭着眼，一只白猫蹲在一旁，眼睛警惕地看着四周……

乡村风光美；农家饭菜香。

第四辑 履痕处处

饭毕，我们几个文友沿着乡间小路一直朝前走，直到油菜花海的深处。我们停下脚步，四周一片寂静，仿佛听见心灵解冻的声音。

"哈哈！美女们，这么迷人的景色不拍摄下来岂不辜负了这大好春光？"摄协的摄影大咖们提醒了我们。文友们纷纷拿出手机，从不同的角度，将这美好的景色拍摄下来。

"瞧，前面还有一家农舍呢！"抬头一看，果然有家农舍掩映在油菜花花丛中。墙面是裸露的砖，窗户是木质结构，很老式的风格。很快，有摄影专业人士找到了灵感："何不拍摄一组怀旧风格的照片呢？主题就叫'油菜花中的沉思'，如何？"

下午两三点钟的光景，春日的阳光似乎热情得有些过了头，大伙渐渐感到口渴。趁着大家拍兴正浓的当口，我便到附近的经销店给大家买水喝。

经销店位于村子的大路口，是一幢粉色小洋楼，一楼开店，二三楼居住。店门前种着樱桃树、李子树、枇杷树、柚子树……一看便知这家主人定是个热爱生活的人。

"大姐，生意好啊！"一进店我便与长得白白胖胖的女老板打招呼。

"啊哈，托福托福，还行！"大姐爽朗地说道。

"帮我拿八瓶纯净水吧。"

"好嘞！"大姐一转身利落地将八瓶纯净水用白色方便袋装起来，为保险起见，细心的女老板又在外面套了一个方便袋。付完钱临走时，我感慨地说："您家门前的果树，品种还真不少啊！"

"是啊！可惜有些果树花都开过了，你们没看到。"

"哈哈！没事没事，等果子成熟的时候，我们再来吃果子，岂不更好！"我眨巴下眼睛，冲大姐一笑。

"那敢情好，到时候你们可一定要来哟！"大姐满脸喜悦，似乎眼前的果树已经是果实累累。

春莺啼鸣花千树；秋风送爽果满筐。

买了纯净水回到专车停放的地点，文友们早已上车。采风一天，个个面带倦意。司机最后一个上车，看大伙有些累了，说："我放点音乐吧。"顿时车厢里响起了草根组合旭日阳刚那沧桑且略带嘶哑的声音："如果有一天，我老无所依，请把我留在，在那时光里。如果有一天，我悄然离去，请把我埋在，这春天里。"一曲《春天里》，怨而不怒。低沉的声音在车厢里久久回荡，似乎勾起了每个人对人生与现实的思考。

中巴车缓缓驶入小镇，恰逢孩子们放晚学的时间，校园外的栏杆旁站满了前来接孩子回家的家长们。校园广播正在通知孩子们到操场上集合，孩子们一个个背着书包，穿着整齐的校服，朝操场跑去，就像一群小天使！他们全都是那样的纯洁可爱，给这个淳朴的小镇带来无限的希望与活力。

一个农民企业家的文化眼光

——"金色问安·美丽乡村"采风行

阳春三月,草长莺飞。

2014年3月22日,我有幸参加了由枝江作协和施杨工贸有限公司联合举办的"金色问安·美丽乡村"——首届"施杨杯"征文、摄影大赛。

当天上午九点,在枝江作协宋副主席的安排下,我和湖北化肥厂最年轻的作协会员刘中才一起,乘坐8148部队文化干事小冀的私家车前往枝江市问安镇。

一上车我便将车窗摇下来,让眼睛放松,尽情眺望窗外。明媚的春光下,连绵的新绿分外养眼。多久没到乡村走走了?我暗自感叹,顿时觉得乡间的空气都弥漫着一丝甜甜的味道。

我们的车缓缓驶进问安集镇的金泉广场,"中国问安第四届关庙山乡土文化节"的横幅便映入眼帘。广场上早已是一片欢乐的海洋,舞台上演员们正激情四射地表演着象征力量与斗志的击鼓舞,广场一侧有各种展出,廉政书画展、摄影展……我一直不太爱热闹,心想何不找一处僻静的场所,静静欣赏那古朴简约的乡村农舍,倒也乐得逍遥自在。

稍作停顿,我们的车便驶往安镇张家桥村。沿途是一望无际的金黄色油菜花海。路过一个村庄，老人们坐在自家门前，一边沐浴着春日的阳光，一边做着手工活儿；孩子们则在一旁嬉戏打闹玩耍。没有城里的躁动与喧嚣，只有乡村的安静与恬淡。来到施杨工贸有限公司的办公楼前，公司秘书小张热情地将我们引到办公楼四楼。宋副主席让我们首先参观西边办公室的书法展览，原来昨日我市的十多名书法大家，来这里开展艺术采风活动现场挥毫展技，留下了珍贵的墨迹。这些书法作品有的笔酣墨饱、有的矫若游龙、有的平和畅达……我边欣赏边在心里暗暗感叹："一个民营企业却如此重视企业文化，难得啊！"

　　随后宋副主席招呼大家到会议室开会。进入会场，我们第一次见到了施杨工贸有限公司的董事长施昌锦先生。作为一个农民企业家，他有着天生的纯朴气质，热情开朗的他个头不算太高，却有着坚毅的目光。

　　会议由作协副主席宋东升主持。他的主持，秉承了其一贯灵活机智的主持风格。在经过了一系列既定的会议议程之后，宋副主席一句精练的"金色问安菜花香，美丽乡村张家桥"，道出了此次活动的主题：大力宣传在开展社会主义美丽乡村建设中，涌现出来的典型村张家桥村。通过主持人的介绍，我们对张家桥村的民营企业施杨工贸有限公司有了一个初步的了解。公司成立于1990年，经过二十四年的发展，目前它已拥有一条两万吨的全电脑自动化饲料生产线，一套年产万吨的大米加工设备及相关的配套设施。公司先后与中国水产科学研究院、长江水产科学研究所签订技术指导协议，采用中国农业大学、农业部饲料中心的前沿科技为核心技术；并聘请朱新国院士担任技术顾问。公司还得到武汉大学、省科协的大力支持。公司的宗旨是"品牌价值·合作共赢·探索发展",立志成为湖北省著名品牌,旗下拥有"施杨牌"饲料和"关庙山牌"系列土特产两大品牌。

一个农民企业家,面对如此激烈的市场竞争,却将企业办得红红火火,是什么支撑着他?除了必备的经营头脑,一定还有更深层次的原因。在会上,通过他人的介绍我似乎找到了答案。

据枝江县委原副书记、宜昌文联原主席陈宏灿先生介绍:施总虽然是农民企业家,却有相当强的文化意识。当他第一次见到施总收藏的古书时很惊讶,这在农村太少见了。施总还收藏了一块明清时期的古碑,是在一个村民的猪圈里发现的,刻有当年的乡村民约。凭借对文化的深刻认识,他不惜代价将这块古碑珍藏并保护起来,令人敬佩。施总的文化意识不仅体现在他对文物的保护上,他更懂得利用文化的力量打造品牌。其公司所在的张家桥村并不是关庙山村,他却将"关庙山"的品牌牢牢抓在手里,这就是一个优秀企业家的文化眼光。施总既是农民,也是企业家。他是张家桥村的村支书,是宜昌市、枝江市的人大代表,也是湖北省优秀共产党员。他不仅驰骋于实业界,也时刻关注着脚下这片生他养他的土地。目前农村的文化空壳问题、留守儿童问题、空巢老人问题,都是他关注的焦点,他正在一步一步踏踏实实地着手解决。这体现了一个有文化眼光的农民企业家的胸怀与担当。

正如宜昌市作家协会主席张泽勇先生所评价的:施杨工贸有限公司之所以是一个出类拔萃的企业,是因为它做到了两个文明一起抓。没有精神，灵魂就无处安放。是啊！无论从事何种行业，只有紧扣精神文化这根主弦，才能勇立潮头，立于不败之地。

想起一句经典的广告词：思想有多远，我们就能走多远！思想是行动的先导，很多事情只有先想到才能做到。相信施杨工贸有限公司在有文化品位、有文化眼光的能人的管理下，一定能走得更远、飞得更高！

油菜花金黄绚丽，如金钱落地；飒施杨鹰击长空，似雄鹰腾飞。

春到五柳

乐滋滋地脱下沉重的棉袄，换上轻巧的春装，带上可爱的小萌宠鹿儿，到五柳公园踏青，是这个春日里最开心的事情。

公园里最吸引人眼球的，莫过于枝江热线网、新锐传媒的LED大型显示屏。滚动播放的色彩鲜艳的广告，给人以强烈的视觉冲击。广场上无论是抖空竹的老人，还是跳着广场舞的少妇，都给人一种积极向上的、春天般的活力。一旁的小鹿儿，穿着女儿刚刚快递回来的粉色棒球衫，目不转睛地盯着空竹，随着空竹的上下翻飞，它的脖子也一上一下地动，真是个异常机灵的小家伙。

沿着广场一侧弯弯曲曲的小路，穿行在五柳公园的树丛中，颇有曲径通幽之意境。在树丛深处僻静一角，偶见一位穿着单衣的白头发老爷爷在玩石子。他将三个鸡蛋大的石子轮流抛向空中，再稳稳地接住。彩色的石子、优美的弧线、娴熟的技艺、精神矍铄的老人，好一幅"春日玩石子老人图"，哈哈！只恨匆忙间忘带手机，错过了这有趣的画面。

穿梭在草丛树林间，不知名芳草的清香沁人心脾，耳旁不时传来布谷鸟的叫声，令人心旷神怡。彩色蝴蝶迎面飞来，忽上忽下，惹得可爱的小鹿儿急急忙忙地追赶。花蝴蝶猛一振翅再向上飞去，小鹿儿情急之下抬起两条前腿向上跳着猛抓，用两条后腿直立行走好一会儿。憨态可掬，逗得晨练的人们开怀大笑。

"呵呵，太精彩了！太精彩了！"一个少年学着小鹿儿刚才的样子笑得前仰后合。

小鹿儿自顾自地乐着，不停地追赶蝴蝶。一眨眼蝴蝶飞不见了，小鹿儿站在原地，如孩子般疑惑地望着我。不禁想起杨万里的诗："儿童急走追黄蝶，飞入菜花无处寻。"

从小路穿出来，步入沿湖的环形路。远远听见孩子们银铃般快乐的笑声，原来到了儿童水上游船的地方。每艘动物造型的游船上，都配着一顶色彩斑斓的船篷。记得女儿小时候，每当春天来临，就会嚷着到五柳公园划船，划船是她最乐此不疲的一项运动。在大学时代就是校摄影协会副会长的老公，自然抓拍了不少画面。在我家的家庭影集中，一家人在五柳公园划船的照片也是蛮多的。

许多年过去了，我家那个天真烂漫的小女孩，如今已读完研上班了。如今的她也许对这些小小的游船不再感兴趣，可这个曾经带给她童年无尽欢乐的老地方，依然默默地陪伴着一代代孩童的成长。

"加油！加油！加油！"放眼一望，湖中央有两个家庭正在进行划船比赛，分别驾着"河马"和"唐老鸭"造型的船。两个戴着眼镜的爸爸双手握桨，使出浑身力气朝前划船，后面坐着两个妈妈带着自己的孩子，一个劲地给爸爸们加油鼓劲，欢声笑语溢满了整个湖面。

带着小鹿儿从拱形的"五仙桥"信步走下来,来到湖对面的观景台,这里杨柳依依,别有洞天。真是"草长莺飞二月天,拂堤杨柳醉春烟"啊!一对对情侣手牵手在湖边散步,脸上洋溢着幸福的笑容。顽皮的小鹿儿不识趣地在一对恋人之间撒欢般地穿梭,好脾气的时尚女孩索性蹲下身来,用钥匙串上的铃铛逗小鹿儿玩耍。

继续沿湖堤朝南走,一路是婀娜多姿的杨柳相伴。刚发出新芽的、柔软的柳枝条,犹如妩媚女子的细腰楚楚动人。路边的条椅上坐着一对走累了,正在小憩的银发老夫妻。那位老太太我好生面熟,仔细一瞧,像是中学时代教我物理的杨老师,只是不太肯定。

"杨老师!"我试着叫了一声。她朝我点点头,温和地一笑。尽管三十多年过去了,但老师那标志性的、极具亲和力的微笑依然是那样亲切!我不想过多地打扰她,稍稍寒暄几句便走了。

静静地站在湖边,独自欣赏湖面的春日美景。湖中央的"凌波楼"古朴雅致,湖面上几只白鹭正嬉戏玩耍。突然想起南宋女词人李清照的词:"争渡,争渡,惊起一滩鸥鹭。"内心深处很为这位气节高尚的"千古第一才女"惋惜。曾经举案齐眉的恩爱夫妻,因为国破而家亡,最终颠沛流离,客死他乡。给世人留下流芳千古的绝句:"生当作人杰,死亦为鬼雄!"唉,遗憾她生错了时代,若生在当今盛世,这位才情并茂的奇女子又会吟赋怎样的新词呢?

霞染三月树

"一树桃花一树诗,千树花语为谁痴?"自古,桃花便是文人墨客吟咏的对象。作为春天与美好的代名词,桃花也深得民间大众的喜爱。

阳春三月,一个春光明媚的日子,我们枝江作协一行十余人相约到安福寺桃花园采风。我们的车沿着江堤匀速行驶,透过车窗,可以清晰地看见堤边的农田里农人正忙着春耕。绿莹莹的青草地上,农家散养的土鸡,三五成群地在草地上觅食。满眼翠绿中,点缀着几株桃树,或溪旁,或路边,或农舍门前,一两株、三五株,或一排排。粉红、深红,在春光的照射下,分外妖娆,好一派自然祥和的田园风光!

望着一户农舍门前的一株桃树,忽然想起儿时的一件趣事来。

那时我七八岁,老家门前也种着一株桃树。春天桃花盛开,一簇簇粉红的花朵惹人喜爱。我和姐姐便搬个小凳儿,站在桃树下,挑挑拣拣,选择其中开得最盛的桃花枝折下来。又乐颠颠地跑进屋里,翻箱倒柜地挑一个精致的玻璃瓶来插花。

我和姐姐精挑细选,终于看中了一个浅绿色椭圆形的玻璃

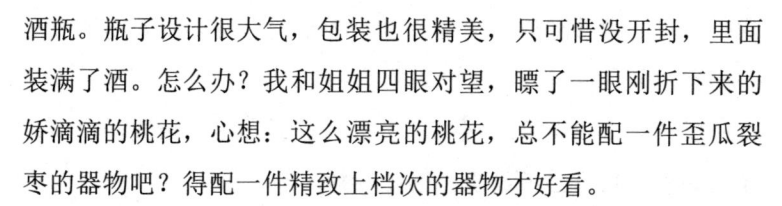

酒瓶。瓶子设计很大气,包装也很精美,只可惜没开封,里面装满了酒。怎么办?我和姐姐四眼对望,瞟了一眼刚折下来的娇滴滴的桃花,心想:这么漂亮的桃花,总不能配一件歪瓜裂枣的器物吧?得配一件精致上档次的器物才好看。

我和姐姐一商量,便找来一个带盖子的大瓷缸子,将酒开封倒入缸内,再将酒瓶里装满水,把心爱的桃花枝插进去。最后,我们满心欢喜地将酒瓶子放在窗台上。阳光透过窗户洒在桃花上,花儿更显得鲜艳娇美!浅绿色的透明玻璃瓶配上粉红色的桃花,煞是好看。完毕,我和姐姐便心满意足地坐在窗台下的写字台旁做作业,仿佛是共同完成了一件杰作,心里别提多美了。

美滋滋地过了两天。第三天,父亲回家休假,望见窗台上的插花,瞬间想起了什么似的,端起酒瓶子仔细一瞧:"哎呀!这不是我珍藏了多年一直舍不得喝的竹叶青酒吗?你们两个猴儿是怎么把它翻出来的!"

母亲见势不妙,赶紧过来询问。得知酒用大瓷缸子装着放在碗柜里,她忙打圆场道:"哎哟!我以为是什么大事呢。你要感谢两个女儿哟,今天有酒喝了。我炒几个拿手好菜,你约几个朋友到家里来喝酒,就喝竹叶青酒不是蛮好吗?再说,女儿是爸爸的酒坛子,你有两个酒坛子还抵不上一瓶竹叶青吗?"

父亲哭笑不得,只得顺着母亲的话说道:"那只能这么办喽。"又回头板着脸对我和姐姐说,"今后碰到这样的事,要征得大人同意才行。否则,小心挨打。"

我忙点了点头,悬着的心终于落地。为缓和紧张气氛,我灵机一动，学着刚从父亲收音机里听来的上海腔，调皮地说："阿拉晓得了！"

父亲忍不住笑了："小丫头片子，机灵得很咧。唉，这插花确实好看，只可惜了我的一瓶好酒啊。"

一向严厉的父亲，这次竟然没有斥责我们，看来他也是比较喜爱桃花的。当然，最要感谢的还是慈爱的母亲。枝头浅露姐妹笑，树下深藏慈母心。

"快看啦！玛瑙河就在前面！"同行的一位美女的大声提醒，打断了我的思绪。

玛瑙河仿佛是缠绕在枝江大地上的一条玉带，她以晶莹透亮的玛瑙石及风景优美的天然湿地而远近闻名。

同行的文友们，自然要与玛瑙河来个近距离的亲密接触。下得车来，踩在如毛毯般松软的青草地上，近处流水潺潺、绿草青青、野花朵朵，牛儿悠闲地啃着青草，几只白色的水鸟在水面自由翻飞，远处羊群点点……

稍作休息，我们继续前行，一路走走停停。约十点半，我们一行人来到了安福寺镇文化服务中心。在王道平主任的带领下，我们顺利进入安福寺桃花园景区。

入得园来，只见游人如织，漫山遍野的桃花让人目不暇接。随行的帅才子张光宗举起相机，热情地招呼大家照相："女神们，来张合影怎么样？"

"好啊！好啊！"于是，我、卿妹、玲妹、田姐，加上青春靓丽的夏家小妹，在灼灼桃花的映衬下，来了张合影。"女神"们一时兴致高涨，摆出各种姿势。一旁的男士们打趣道：

"遥想当年刘关张桃园三结义,今日何不来一场桃园喜结金兰呢?"

"哈哈……"欢声笑语洒满了桃林。

拾级而上,路两旁的桃花不断变换着颜色,一会儿粉红,一会儿深红,一会儿白,一会儿紫……在一块平地上,有一排排列整齐的小摊点,摆满了各种颜色的花环和手链。我们几个女士不约而同地凑上去,精心挑选自己喜欢的小配饰,男士们则径直往前走。

上得山来,站在最高处,一片火红的朝霞呈现在眼前。一阵轻风吹过,花瓣纷飞,一场美到极致的花瓣雨飘然而至。恍惚间,忘却了自己是置身仙境还是误入世外桃源……

我们尽情徜徉在桃花的海洋里。"忽逢桃花林,夹岸数百步,中无杂树,芳草鲜美,落英缤纷。"啊!多美的景象啊!五柳先生的桃花源仿佛就在眼前。

不知道这世上是否有真正的桃花源,但安福寺桃花园这个地方,实在是值得武陵人来探寻!

杨梅园里欢乐多

——用文字留住时光中的好滋味

青山秀水庆盛世,绿树红果迎嘉宾。

2021年6月8日,问安四岗村的杨梅园,迎来了今年的第一批客人——来自宜昌作协和枝江作协的老师们。

当主持人宣布"今天的'阅读红色经典'读书分享会到此结束,请嘉宾们移步杨梅园"时,我的心情有点小激动。长这么大,我只吃过杨梅,却从未一睹杨梅挂在树上的亮丽风采。

我、慧姐及刚认识的枝江酒业的静妹妹,提着红色的小篓子,一同说笑着进了杨梅园。

只见层层叠叠的绿叶间,挂着一串串鲜红的杨梅,像一个个红色的精灵。微风吹来,精灵们在风中尽情地舞蹈。随手挑了一颗红红的杨梅,顾不得冲洗,便放入口中细细品味。哇,酸酸甜甜的!

先我们一步入园的阿小妹妹,以及来自长阳的帅才子秦勋老师,正在一棵杨梅树下采摘。见我提着小红篓经过树旁,一向热情大方的阿小妹妹忙招呼说:"东姐,东姐,快过来哟!这棵杨梅树上的杨梅超好吃咧!你尝尝。"阿小妹妹将一颗紫色的、个头不算大的杨梅递给我。咬一口，咦！甜甜的，比我自己摘的红红的杨梅口感好得多。

"哟！阿小妹妹真会挑，我摘的杨梅又红又大，怎么就没有你这颗甜呢？"我像发现新大陆似的，好奇地问。

"哈哈，要挑这种紫色的，秦老师刚刚告诉我的。"

自小在长阳长大，见惯了各种山果子的秦老师，自信地说："听我的，保证没错，红还不行，要红得发紫才甜。"

我忍不住笑着说："是的哟。难怪那些顶级流量明星不满足于红哦，原来要红得发紫才叫真红！"

"哈哈……"快乐的笑声飘满园。

一向乐于助人，每次作协活动都会忙着给老师们留下精彩瞬间的慧姐，今天着一身改良的中式旗袍，站在杨梅树下，温婉娴静。见我采摘杨梅兴正浓，便频频向我招手："东妹妹，东妹妹，摆个姿势，留个纪念！"

我赶紧摆了摆手说："慧姐姐，今天这天气也太热情啦！有三十来度呢，因为怕园子里蚊虫叮咬，我特意穿了件遮得严严实实的防晒衣，感觉痱子都要冒出来啦。样子肯定很难看，今天就免了吧。谢谢姐姐！"

一眼瞥见近旁一棵杨梅树下的梅姐姐。只见她右手纤细的拇指和食指，轻拈一颗红红的杨梅正欲品尝。我想起梅姐姐的网名叫"望梅止渴"，不由得抿嘴一笑。梅姐姐今天不用望梅止渴了，而是实实在在品尝到了新鲜的杨梅。胭脂点点，望梅止渴成典故；甘甜蜜蜜，排毒养颜立新功。

"摘最高处，摘最高处，高处阳光充足，肯定是最红、最大、最甜！"隔着几株杨梅树，听见有人说话，心想：难道还有人上树摘杨梅？

走过去一看，原来是祯群大哥。他拿着一把采果"神器"——一根长长的竹竿，竿顶上绑把小刀，刀下绑个网兜。"神器"伸到哪儿，轻轻一用劲，杨梅就落入网兜，而且还完好无损。嘿！毕业于湖北林校的园林诗人祯群大哥，确实采摘果子的方式尽显专业。

老师们在树下看中了哪一串杨梅，祯群大哥的"神器"就伸到哪儿，一采一个准儿。

"哈哈……太准了太准了！"杨梅园里荡漾着开心的笑声。

临近正午时分，杨梅园的温度越来越高。见周同学与梅姐姐并肩往回走，我便随了她们一起回去。周同学摘了满满一篓子杨梅，我再低头看看自己，勉勉强强摘了半篓子。我就像一个干活走神的孩子，只顾开心玩耍，杨梅采摘不多，却早早收工。

田埂上，迎面碰见杨梅园的女主人光琴大姐。大姐认出了我，瞧了瞧我手中的小篓子，热情地说："王老师，您多摘点，摘满撒！"

我一下被纯朴、热情又善良的大姐所感动，忙笑着说："大姐您太客气啦！感谢您的盛情。"

望着光琴大姐站在果园的背影，突然想起杜子美的《白露》：

第四辑 履痕处处

白露团甘子，
清晨散马蹄。
圃开连石树，
船渡入江溪。
凭几看鱼乐，
回鞭急鸟栖。
渐知秋实美，
幽径恐多蹊。

  整首诗弥漫着自然恬静的田园风光和丰收的气息！读到最后一句"幽径恐多蹊"（担心果园里小路太多，给偷果子的人提供方便），不禁哑然失笑！原来一生坎坷的诗圣，也有如此可爱、活泼的一面。但一个"安得广厦千万间""吾庐独破受冻死亦足"的人，怎么会在乎那几只柑橘呢？只不过是诗人被丰收的喜悦所感染，运用的一种幽默的写作手法而已。

  正如眼前的光琴大姐，站在自家的杨梅园里，望着满园丰收的杨梅喜上眉梢，按捺不住内心的喜悦之情："您多摘点，摘满撒……"似乎客人果子摘得越多，主人丰收的喜悦之情就越浓。他们的表达方式不同，但穿越千年的急于分享丰收喜悦的心情从未改变。

钓 虾 记

自从有了女儿之后,常常疲于上班和家务。总想摆脱尘世的烦扰,一家人无拘无束地去享受大自然的乐趣。到郊外钓虾的想法,大概就是在这样的心境下催生的吧。

女儿一听说明天周日要去郊外钓虾,高兴得手舞足蹈。想象力超级丰富的女儿,像小喜鹊一样围着我,问这问那:"妈妈!小虾是不是和小鱼儿住在一起呀?"

"是呀!都住在水里咧。不过,我们明天去的地方小鱼儿不多,小虾比较多,所以我们去钓虾。"

"哦,妈妈,我们幼儿园广播里,每天早上都唱'鱼儿水中游'的歌,我唱给你听吧!"

"鱼儿鱼儿水中游,游来游去乐悠悠……看见前面一线钩,钩上食味美,看得唾涎流。小鱼儿别上钩,贪图享受失自由……"

第二天,平时上幼儿园总赖床的女儿起了个大早。夫找来七根竹竿,在其中一根的一端用铁丝绑了个网兜,谓之抄手;在剩下六根的一端系上一米长的尼龙线,简单的钓虾用具就做好了。于是,我们戴上草帽,拎上小红桶,带把小铲,骑上自行车带着女儿朝郊外驶去。

来到小溪边,放下手中的物品,夫用小铲在地里挖了几条蚯蚓,用钓竿上的线分别系好。然后将六根钓竿分别放入水中。

我和夫都是第一次钓虾,也是第一次学垂钓,一点经验也没有。看着活泼可爱的小虾,在眼前欢快地游来游去就是钓不着,心里急得很。幸好有两个当地少年也在那里钓虾,我们便走过去虚心向他们请教。少年告诉我们,将竿放入水中后,观察水中线的动静。若线被拉直,证明有虾上钩。稍等片刻后,轻轻将竿拉起,另一只手紧握抄手,将抄手在离虾五六寸的地方悄然放入水中,慢慢向虾靠近,然后迅速将钓竿和抄手提起,虾便成了"瓮中之鳖"。我们照着少年的样子反复练习了几遍后,信心十足地再次将钓竿放入水中。

不一会儿,一只黑褐色的大虾游了过来。果然,它发现了我竿上的蚯蚓。我耐着性子等虾咬钩,待它吃得正香时,再利索地将少年教我的动作操练一遍。哇!好大一只虾哟!我顿时眉开眼笑。细细一瞧,嘿!真是个贪嘴的家伙,已将钓钩上的蚯蚓吃了一大半。

正午时分,太阳照得水面有些发热,肚子饿了,女儿也嚷着要回家。我和夫收拾好东西准备返程。数一数桶中的虾,足足有二十来只。望着桶中的虾可怜巴巴的样子,我顿生怜悯之心,自言自语地说:"唉,谁让你们贪嘴呢。贪图享受是要失去自由的呀!连幼儿园的小朋友都会唱。"一旁的夫紧接着说:

"岂止水中之物虾呢,万物之灵的人不也如此吗?"

我抬眼看了看站在小红桶旁,正认认真真数虾的女儿,心想,这何尝不是做人之道呢?

Chapter
05

第五辑

舞韵翩翩

第五辑　舞韵翩翩

相伴舞蹈，时光不老

一天中，有一个半小时的时间与舞蹈相伴，会是怎样的一段时光呢？

一个秋高气爽的日子，一次偶然的机会，我走进了高芬健身俱乐部"俏韵美"舞蹈团。其实，我不是第一次走进这家俱乐部。十多年以前，我就是其瑜伽班的会员。

那时，我们省化的几个姐妹，每天下了班就到俱乐部练瑜伽，让疲惫一天的身心得到彻底的放松。瑜伽课结束，姐妹们再一路说笑着回到同一个院子里。那是一段美好的时光，难忘的岁月。

优雅温润的乐老师，活泼开朗的李艳老师，大家长风范的高芬老师，以及美玲、雪梅、小林、翠儿、咪咪姐、晓君等众多"瑜友"；提高平衡感和专注力的树式，美化背部线条的半鱼王式，纠正驼背的骆驼式，预防感冒的兔子式……还有清雅、宁静、脱俗、高雅的瑜伽冥想曲《寂静的海岸》等，我们一群年龄相仿、境况相仿的职业女性，在面临工作与生活中的多重压力时（上有老人要照顾，下有孩子的学业要关注，工作中的竞争上岗），就是这样相互陪伴，及时纾解，顺利走过人生最艰难的一段路程。

时光荏苒,十二年——一个轮回。再次走进高芬健身俱乐部,巧遇"俏韵美"舞蹈团,又有幸结识了一群姐妹。她们是来自各行各业的退休女性,有医务工作者、有教师、有银行职员、有央企职工、有机关干部,也有全职妈妈……有酷爱舞蹈的"舞林高手",但像我一样纯粹零基础的舞蹈小白也不少。

周一,我们学习旗袍秀扇子舞。"国色天香,旗袍女子。静如梨花落,淡若清风过。"眼前闪过这样的画面:江南多情的春天,百花盛开,窈窕淑女,身着旗袍,手持香扇,行走在芳菲的流年里……

五十八岁的曾老师,退休前是文工团的一名舞蹈教练。伴着一曲《国色天香》,她将扇子舞优美典雅的精髓,展现得淋漓尽致。

扇子舞虽美,但对于没有舞蹈基础的学员来讲,确实有难度。每当学员信心不足时,曾老师就会耐心地、不厌其烦地讲解,并不断地鼓励学员。

"为什么有的学员扇子舞跳得没有韵味呢?就是动作太直,不够柔。比如:右手握扇(收扇),向左打下来的时候,我不是直接向左打下来,而是右手腕先向外弯一下,再向左打过来,这样味道就出来了。"曾老师不愧是童子功出身的舞蹈教练。

曾老师不仅是舞蹈"大咖",也是位温暖的大姐。她常常在上半场休息过后,会特意安排新学员站在前三排。这些动作不熟练的学员,就可以把老师的动作看得更清楚些。

第五辑 舞韵翩翩

那个身材娇小、脸色红润,舞起来极富感染力的黑发女子,是我们周二广场舞课和周五韵律操课的教练熊老师。我性格一向比较安静,对于热烈奔放的广场舞和强调动作力度的韵律操一直不太适应。在训练过程中,我偶尔会停下来,站在一旁欣赏姐妹们欢快的舞蹈,身心也倍感愉悦。

熊老师跳起舞来火辣辣的,在生活中也是一位热心肠的好姐妹,而且审美眼光极佳。舞蹈团的服装,均由她精心挑选,深受学员们的喜爱。

周三的形体舞教练是皮肤白皙、身材匀称的沈老师。她总是不紧不慢、斯斯文文,细心地讲解每一个分解动作,唯恐学员们没听清楚,心细至极。每一支舞蹈她都会带着学员反复训练,直到所有人动作到位之后,才会教授新舞蹈。

周四是孙老师和娅妡老师的专场——交谊舞。第一次看孙老师跳男步,就被她女扮男装的俊美神韵所吸引。

曼妙的音乐缓缓响起,剪着帅气的短发、身材修长、目光含蓄的孙老师,站在舞台一侧。当她深情款款地走向自己的女伴——娅妡老师的时候,我不禁联想起一个经典的桥段:

"公子在等谁?"
"等一个故人。"
"那你等到她了吗?"
"等到了!"
"那还真是幸运呢!"
……

一个转身，帅气中带着柔美！

舞蹈过程中，最美艳的翩翩"公子"，始终面带微笑，含情脉脉地注视着自己的女伴。可谓身、形、神三者兼备。而娅妮老师则像一只快乐的精灵，裙袂飘飘，时而轻盈如春燕展翅，时而欢快似鼓点跳动。二人堪称最佳拍档。

舞品见人品。经常有学员请孙老师带着跳一曲。有的学员因动作不熟练，往往会踩到孙老师的脚。她总是淡淡地一笑，轻声说一句："没关系的。"从来不会露出不悦的神情。

正如一个优秀的乐队离不开优秀的指挥一样，"俏韵美"舞蹈团教练"天团"的背后也凝聚着团长高芬老师的心血。而一个出色的团队，也同样离不开学员们平时的刻苦训练。只有这样，"俏韵美"舞蹈团才会沿着它的宗旨——"我运动、我健康、我快乐"的方向，平稳地发展。

舞蹈与年龄无关，而与你看待舞蹈的方式和心态有关。每天利用一两个小时的时间，走进舞蹈大厅与一群姐妹尽情地舞蹈，忘掉尘世的喧嚣，整个人仿佛又回到青葱岁月之中。

是啊！这些职业女性离开熟悉的岗位，开启退休生活，赶上了"崇尚人人健康，倡导全民健身"的好时代。当她们的人生辗转于围城内外，疲惫于柴米油盐之时，不妨回头看看来时的路。正如那句流传很广的话：愿你出走半生，归来仍是少年！

相伴舞蹈，时光不老！

老师教我们跳红舞

杏花春雨,"俏韵美"舞蹈团的学员们早早来到训练场地。前一天,舞蹈团微信群里高团长提前告知:今年是建党一百周年,本周舞蹈教学,特挑选红舞《映山红》,望学员们不要缺课。

按惯例,教舞之前舞蹈老师会将新舞蹈所要表达的内涵,做个简明扼要的讲解。

年逾六旬的谢老师,身着一套黑色舞蹈服,饱含深情地说:"《映山红》是一支经典红歌,旋律优美,打动了千千万万的中国人。跳这支红舞一定要带着感情去跳,先将感情灌满,再酣畅淋漓地用肢体语言表达出来。比如说,过门的第一个动作,是身体往前探,深情款款地慢慢地伸出右手,是欢迎红军归来的意思。并不是突然间伸出右手,'哎呀,你好!握个手',不是这样的,要懂得用舞蹈的语言。

"再比如歌词第一句'夜半三更哟'。低头,右手是空心拳,挡住额头,表示灯熄了,笼罩在黑暗之中。第一次空心拳之后,头向上望,盼望天亮的意思。第二个空心拳之后,不是接着抬头望天。而是半蹲积蓄一股力量之后,再抬头望天。记住右手不能张开,张开像抹眼泪似的。在这支红舞中,右手若张开，便是错误的肢体语言。

"还有，过门结束时一个芭蕾小跳，脚尖立起来，腿部打直，腰挺直旋转，而不是普通地随意地转圈圈……"

一场精彩绝伦又通俗易懂的红舞《映山红》讲解示范课深深吸引了每一个人，训练场上异常安静。虽然是周一，老师只讲解了五分之一，但学员们兴趣盎然。

课间休息，我与几位队友聊天。自幼喜爱舞蹈、舞蹈基础较好的美女琼姐姐感慨地说："红歌《映山红》从小听到大，是儿时最喜欢看的电影《闪闪的红星》中的插曲。熟悉的旋律扣人心弦，第一次观影后，久久难忘那深情的旋律。上学后，老师教我们唱红歌《映山红》。我常常在想，有一天如果能用舞蹈跳出《映山红》就好了！今天老师教我们跳《映山红》，也算圆了我一个儿时的梦。"

热情善良的萍姐姐："《映山红》是经典的红色舞蹈。老师说芭蕾小跳后旋转，腿部一定要打直，背要挺直。我这两天腰有些不适，在旋转的过程中仿佛看见了漫山遍野的映山红，感受到一种无形的力量，不由得腰也挺直了。"

开朗的来大姐风趣地说："这两天，本来打算到武汉看望孩子们的。见群里通知说这周要教红舞《映山红》，武汉暂时不去啦！学完红舞《映山红》再去。"

姐妹们你一言我一语，纷纷表达对红舞《映山红》的喜爱之情。正如"俏韵美"舞蹈团的高团长所言，我们学习舞蹈，不仅仅是学习几个简单的舞蹈动作，而是要在舞蹈中去学习红色文化精神。学习那种坚忍、自信、奋斗的红军精神，并把这种精神用到平时的生活与学习中去。

春 之 舞

时光清浅,岁月留香!

今年是我在"俏韵美"舞蹈团学习舞蹈的第三个春天,撷取那些或快乐、或感动、或温暖、或励志的片段,将它们珍藏于人生的行囊,不断激励自己,朝着有光的方向一路前行。

早 春

冬天刚离场,春天就迫不及待地降临。

何处生春早,春生柳眼中。

八点四十五分,离舞蹈团训练时间还有一刻钟,何不顺着白鸭寺公园的沿湖路走走。

柳枝新芽,眼前一亮。古人小看了绿柳,喜欢用弱柳扶风来形容她的柔弱。殊不知绿柳虽柔弱,却最不易折断。

就像我身边那些热爱舞蹈的女子。弱,只是外表;强,才是内心。

今天继续学习新舞《醉美水乡》。身材娇小的红山果老师,领舞快节奏的《醉美水乡》,可谓活力四射、激情飞扬。

在 1 队队列里,一眼看见一个熟悉的身影——伦琴姐。前段时间她腰疼得下不了床，经过一段时间的调养，看来恢复得不错，今天也来参加新舞学习。我还看到了站在她旁边的可可姐姐，以及前排的周大英姐姐、董传芬姐姐、颜伏志大姐、鲜文艳姐姐等。

类风湿关节炎严重的孙世芳大姐，手指都变了形，即使舞蹈动作不太规范，仍以快乐的心态坚持跳舞。

年逾七旬的向明定大姐，无论何时见到她，都是一脸灿烂的笑容，犹如春风拂面。她说："我今年七十一岁啦！能参加'俏韵美'舞蹈团，和美女们一起跳舞，是我最大的快乐。"

是啊！没有什么比快乐更重要。

二 月 二

二月二，龙抬头。春回大地，万物复苏。

走进训练大厅，由体操美女余忠芹老师领操的第九套广播体操已开始了。

我迟到两分钟，为了不影响其他舞友，我径直走到最边上的队列，站在最后边。站在我前排的明定大姐看见了我，朝我招了招手，示意我站前面去。她知道我眼疾厉害，站在后面会看不清老师的动作。我微笑着摆摆手，抱了抱拳，算是谢过。

挺喜欢舞蹈训练前的热身运动——广播体操，运动量适中，能提高肺活量，活动关节，是一项易学又十分安全的运动。

队列按一周一换的惯例，今天站最边上的是4队。在4队，有几位宜昌第二技工学校的退休女教师。除了明定大姐，还有启静姐、志玲姐、魏老师和常老师,都是高智商、高情商、有爱心的知识女性。

记得去年夏天,有次中场休息,我和常老师坐在同一张条椅上,听她讲述她职业生涯中最感动她的一件事。

一次,她到上海出差,顺道去看望毕业不久,在上海某酒店工作的学生。学生听说老师来了,赶紧换掉较脏的工作服,穿得干干净净去见老师,并热情邀请老师吃饭。老师也十分关心学生,让学生带她去看看工作间。只见烟熏火燎的工作环境中,孩子们干得很卖劲。老师关切地问学生:"干不干得来!"学生立即安慰老师道:"老师,我干得来,我一定好好干!"学生们非常珍惜工作机会,虽然工作环境又脏又累,却一句怨言都没有。常老师眼角噙满泪水,哽咽着说:"我们技校的孩子真的非常懂事,懂事得让人心疼。"

我细细打量她,精致的五官,眼里闪烁着慈爱的光芒。一张天底下最美的脸!我虽然不是她的同事,以前也不认识她(我们从不同的工作单位退休,来舞蹈团以后才认识)。但从我们的聊天中可以肯定,常老师一定是一位受学生欢迎的老师,因为她有一颗善良柔软的心。在舞蹈团能结识这样温暖有爱心的人,何其有幸。

花 朝 节

3月14日,农历二月十二,花朝节——百花的生日,一个专为女子而生的节日。

"东妹妹好!最近怎么没见你姐姐来跳舞呀?"一进训练

大厅，我胞姐的闺密，5队的张晓敏姐姐朝我走过来，笑问道。

"呵呵，敏姐姐好！我姐最近家里有事，请假了。"

"哦！你们认识啊？"站在敏姐姐身边，梨涡浅笑的姜官梅姐姐好奇地问道。

"哈哈！我十来岁就认识敏姐姐咧！"

"请队员们按规定的队形站好！"耳旁传来高老师清晰、洪亮的声音。

"好久不见，东妹妹今天就和我们队一起训练吧。"姜官梅姐姐热情邀请道。

也巧，今天我们舞蹈复习课的内容，正是去年由5队代表舞蹈团，参加"问安杨梅节开幕式"表演的节目《山水情歌》。吉祥姐、晓敏姐、尹保琼姐姐、文芹姐、素芬姐等，当时上台表演的众美女都在。能与她们一起习舞，快哉！

重温经典，心中不禁感慨：一世浮生一刹那，一城山水一年华！回望歌舞升平处，美女们眸中映出最美的人间山水。

仲 春

迟日江山丽，
春风花草香。
泥融飞燕子，
沙暖睡鸳鸯。

好一幅明丽和谐的春色图！

第五辑 舞韵翩翩

今天的舞蹈课主打亲情主题,复习动作轻快唯美的一支舞蹈《牵着妈妈的手》。

一向注重培养学员艺术欣赏水平的曾老师,站在台上再次强调:"这支舞蹈动作难度并不大,强调的是内心情感的表达,一定要带着感情去跳。只有带上感情,舞蹈才有灵魂。"

> 牵着妈妈的手,
> 又想起了小时候。
> 每天缠在她的身边,
> 蹦蹦跳跳乐悠悠。
> ……

家母远去三十年,是我心中永远不敢触碰的痛。我瞅了一眼站在2队队列的胞姐文,她心里一定也很难过吧。

想起母亲自然会想起老家的风土人情,软软的沙质土壤,特别适合种植蔬菜和瓜果。小时候吃过午饭去上学,从自家小菜园里摘根绿油油的黄瓜,抑或是一个红彤彤的西红柿。洗干净了,上学的路上边走边吃。黄瓜和西红柿是那时的孩子们最美味的零食,没有污染,纯天然。就像儿时小伙伴之间的友情——纯真,没有丝毫杂质。

除了胞姐文,还有几位来自老家的姐妹也在2队。竹韵姐姐、翠萍姐、桃子妹妹、林子姐、昌芹姐、汪京姐、娅琼姐、鲁俊姐、云姐姐、董萍姐等。

熟悉的名字,亲切的笑容,给了我太多的包容与谅解。犹如春雨，润物细无声。

本 命 年

4月13日，阴。

早上出门去体育馆参加舞蹈训练时，春日的阳光没有如期而至。

从体育馆广场的花间小径经过，只见几只蝴蝶在花草间翩翩起舞，不由得想起诗圣的"留连戏蝶时时舞，自在娇莺恰恰啼"，瞬间心情润泽起来。

今天的训练大厅有点特别，舞蹈队列的前方放着一大束鲜花，明定大姐、志玲姐、启静姐等人的脸上挂着灿烂的笑容。一曲《桃花朵朵开》舞毕，明定大姐走到队列前面，捧起鲜花，喜气洋洋地说："今天是许志玲妹妹六十岁生日，我祝福她生日快乐，永远年轻漂亮！"大厅里响起热烈的掌声。

同为寅虎本命年的竹韵姐姐提议说："舞蹈团的虎姐妹们，我们一起留个影如何？"

虎姐姐们个个眉开眼笑，你一言我一语，互相谦让着，留下了颇有纪念意义的照片——2022年训练场上虎姐姐们本命年纪念。场上不时传来舞蹈团姐妹们最真诚的祝福！

六十年峥嵘岁月，一甲子岁月如歌！祝福美丽的虎姐姐们本命年快乐，青春永驻！

老 同 学

4月15日，雨。

清晨，春雨如丝。我撑着伞，不紧不慢地从七星广场经过，朝体育馆训练大厅走去。

  爱你孤身走暗巷，
  爱你不跪的模样，
  爱你对峙过绝望，
  不肯哭一场。
  爱你破烂的衣裳，
  却敢堵命运的枪，
  ……
  谁说站在光里的才算英雄。
  ……

广场服装店的音响里传来2022年最励志歌曲《孤勇者》。每每听到陈奕迅演绎的这首最新力作时，眼里就会泛起泪水。

因为歌曲背后站着一位抗癌十年，从未向命运低头的最坚强的词作者——唐恬。在抗癌的路上，她何尝不是一位孤勇者呢？

一直比较赞同高团长人性化的教学理念：每个人身体状况不一样，量力而行，你就是最亮的星。

刚进训练大厅南门门厅，只见班长龙文正在整理学员们放在门厅的雨伞，东倒西歪的。龙班长将它们一一摆放整齐。好一个明媚的女子！她总是默默地为队员们服务。

"东，我在这儿呢！"远远地，老同学文莉朝我挥手。

呵，真不好意思，老同学文莉是第一次参加舞蹈团的训练，我本该先到接待她才对，不承想她比我来得早。担心老同学初来乍到，不熟悉环境，我让文莉站在我旁边训练。

一支柔美的形体舞《水姻缘》，尽显老同学高贵优雅的气质，不愧是学生时代的文艺委员，底子真好。她还是从前那样，没有一丝改变，时间只不过是考验，归来仍是翩翩少年！

谷　雨

谷雨是春天的最后一个节气，意味着春天就要过去，夏天就要来临。

南方的雨季总是那么淅沥缠绵。

今天正好练习新舞《水韵江南》，由熊老师和谢老师领舞。走一个圆场的动作，向右转一圈，不经意间瞥见前后左右的晓萍姐、覃丽、红梅、家玉姐、英子姐、鲜俊姐、雅明姐和克玉姐，或许是常常一起舞蹈的缘故吧，连彼此的习惯动作都那么熟悉。

台上老师一个小跳，融入了芭蕾舞蹈的体式。我模仿着想跳起来，无奈右腿有疾，一阵钻心的痛……

右侧的孙世芳大姐站着没跳，我知道她的腿也受过伤。嗯，量力而行，适合自己的就是标准的。

中场，与原6队（已并入3队）的几位队员在一旁的条椅休息。甘丽萍姐姐、李祖珍姐姐、芦玉梅姐姐、罗小凤妹妹，虽加入3队不久，但人非常随和，很快就融入新的小组。

和文文静静的昌芹姐（退休前为实验小学数学教师）坐在

一起。偶尔聊几句,她的声音轻轻柔柔的,超级治愈。

春雨贵如油。舞蹈课结束,从训练大厅出来,下起了丝丝小雨,眼前浮现出难忘的一幕。去年,也是这个季节,也是结束训练从大厅出来,忽然下起了雨。忘带雨伞的我,站在门口不停张望。一把花伞撑过来,飘来淡淡清香,一位优雅的女子站在了我面前。啊?是兰姐!我转忧为喜,与她共撑一把雨伞,愉快地行走在春雨中。

身为"为官一任,造福一方"的贤能干部的家属,兰姐没有一丝一毫的架子,相反却是那样地亲和与真诚。细聊之下,得知兰姐不仅是一位优秀的贤内助,还是一位有作为、有担当的女干部,同时具备较高的文学素养。

一次偶然读到她的作品,笔墨波澜的背后,是思想与智慧的火花,也是感恩之心与悲悯之情的自然流露。

从小跟随父亲在某政府机关院子长大的我,因拥有严格的家教与良好的个人修养,深得兰姐厚爱。生活中遇到困惑,常常向她请教,感恩她教给我太多的人生智慧,令我受益匪浅。

原来缘分不单单是一帘春雨的情愫,更是志趣相投的惺惺相惜。

时间如白驹过隙。因工作忙碌,很久没见到兰姐了,甚念。也同样想念舞蹈团其他几位在不同的城市照看孙辈的姐姐。

因一件舞蹈道具(红纱巾)结缘的云裳姐姐;认识不久,就赴花城照看孙子的安安姐;巧手丽人黛眉妆的尹保琼姐姐,祝福您和孩子们,让我们同心守"沪";去年金秋,喜得麟孙的丽玲姐；精心呵护祖国未来的来大姐和熊晓玲姐姐；还有翠姐姐，我最愧对的舞蹈老师。

翠姐姐大名沈良翠，是"俏韵美"舞蹈团的一名领舞老师，一个集真善美于一身的女子。退休前，她也是一位拥有专业技术职称的优秀职业女性。

记得去年，翠姐姐带我们跳蒙古舞蹈《高高原上草》。考虑到我眼疾厉害，细心的翠姐姐在教我们新舞的前一天，特意把视频发给我，并叮嘱我把视频投屏到大彩电上看得清楚一些，做好预习。教新舞蹈当天，中场休息，翠姐姐把我喊到一边，将课堂上没掌握的动作，又手把手教了我一遍，并告知要领。想来蛮惭愧的，一者因为我，没什么舞蹈基础；再者因为身体原因，体力不济，舞蹈学得不尽如人意，辜负了翠姐姐的良苦用心。偶尔聊起，多有愧疚之感，善解人意的翠姐姐却总是安慰我："没关系，别放心里。姐妹们在一起训练，开心快乐就好！"

> 青稞酿的酒，
> 烈烈的味道；
> 像你的阳光，
> 温暖的照耀。
> ……

多年以后，翠姐姐手把手教我的舞蹈动作，或许会忘了，但她的爱心与耐心，我会永远记得！

常常觉得在舞蹈团，不仅仅学习了舞蹈，同时还结识了一批优秀的女性。在似水流年中共同感知生活的温度与力量，又何尝不是一种心灵的共舞呢？

回家的路上，见柳絮翻飞，自然景物告诉我，时至暮春了。

"无可奈何花落去，似曾相识燕归来。"晏殊的爱花惜花之情让我既感动又有点伤感。又想起明代学者洪应明的一副对联：宠辱不惊，闲看庭前花开花谢；去留无意，漫随天外云卷云舒。瞬间感觉自己被开解了。

花开花落是自然规律，保持一颗平常心更难能可贵！

三月，致舞者

三月，女人季。女人季中，舞蹈的女子尤为动人。

在"俏韵美"舞蹈团，便活跃着这样一群动人的女子。只有融入她们中间，你才会感受到她们的热情与善良、执着与向上。

3月15日，新年开课的第三周，由沈、曾两位老师共同教学员新舞蹈——《高高原上草》。新舞是一支颇有难度的蒙古族舞蹈。第一天，我学得云里雾里，无论是音乐节奏感还是肢体语言的韵味全无，总之三个字"没感觉"。第二天，尽管曾老师一再强调蒙古族舞蹈的特点：欲上先下，欲前先后。而我依然找不到感觉，有点小沮丧。

晚饭后，不经意间翻看了一下微信。惊喜地发现，有一条两天前由沈老师发来的新视频，《高高原上草》分解动作讲析，顿时内心涌起一股暖流，多么细心的老师啊。她知道我患较重的眼疾，唯恐我在课堂上看不清楚，在教新舞蹈之前便将原创视频发给我，好让我预习。只因眼疾，一直未看微信，错过了沈老师的好意。沈老师，好一个人美心善的舞者！

曾老师退休前是专业舞蹈团的舞蹈教练，练的是童子功，有较深的舞蹈功底。面对业余舞蹈团的学员,她没有丝毫的不耐烦,脾气相当好。她一招一式不厌其烦地教,从肢体的站姿到一个眼神、一颦一笑,生怕学员错过任何一个细节。课堂休息间隙,学员们也特别愿意与她沟通,请教不懂的舞蹈动作。

无论是健身操、现代舞,还是古典舞、扇子舞等都很擅长的高老师,总是默默地站在最后一排,耐心地为后排的学员示范并纠正舞蹈动作。

当然可亲可敬的熊、余、李、董、魏、郑、谢等几位老师,也都是舞蹈基础好,乐教、善教的领舞者。

喜爱舞蹈的女子,大都热情、善良、直率。姐妹们了解我眼疾的情况后,对我格外关照。特别是萍、俊、云、琼等几位姐姐,每次总是尽可能地让我站得离讲台近一些。不经意的一个"让"字,自然流露出的却是姐妹们骨子里的善良。

喜爱舞蹈的女子,是天生的乐天派,活得通透、洒脱。站在我旁边的颜大姐,尽管有点年纪,脸上也留下了或深或浅的岁月的痕迹。但大姐每次来上舞蹈课,都收拾得整整齐齐,一头波浪卷发,一丝不乱。她个头不高,总是面带微笑。课间休息时,她会安静地坐在一旁,喝口水,再用洁白的毛巾擦擦脸上的汗。我观察大姐很久,她从不迟到,也很少缺课;见了我,也总是热情地打招呼。我想,颜大姐这个岁数的女子,生活中的烦心事肯定少不了。但在与大姐的相处中,你从她的身上不仅丝毫感受不到她对生活的抱怨和不安,反而时时能感受到她发自内心的快乐与从容。这,大概就是长期喜爱舞蹈的女子所拥有的独特气质吧!

喜爱舞蹈的女子，爱美也爱分享美。舞蹈团的摄影师来姐、梅姐等，常常将舞蹈课上抓拍到的一个传神的眼神、一段优美的舞姿分享到舞蹈群。单调的日子，有了这些美照片、美视频的点缀也变得色彩斑斓。

喜爱舞蹈的女子，团结、和善中透着一股执着向上的力量。虽然舞蹈队成员的舞蹈基础不同，年龄不等，但姐妹们从不评说某人的舞技，这是一个舞者的基本素质。每学一支有难度的新舞，姐妹们从不轻言放弃，总是相信团队的力量，相信最终大家都能学会。团队良好的舞蹈氛围，熏陶着每一位舞者；而舞者良好的个人素养也促使团队更好更和谐。

诗人哲学家尼采说：每一个不曾起舞的日子，都是对生命的辜负！三月醉春风，姐姐妹妹舞起来！

荞麦花开幸福来

5月27日,由百余人组成的"俏韵美"舞蹈团,参加庆祝建党百年华诞暨快闪公开课活动,引爆七星广场。

此次活动内容丰富,节目精彩纷呈,高潮迭起。既有集体健身操表演;也有颇具民族特色的土家族传统运动项目——打连厢;更有"俏韵美"舞蹈团六个分队精心打造的高质量、高品位舞蹈倾情上演。

尽管六个分队的表演都堪称上乘,但最难忘的,还是我自始至终都参与其中的扇子舞《荞麦花》。这是最后一个节目,由3队十二名姐妹组成。

正如4队队员启静姐所言,《荞麦花》是舞蹈队才学的新舞,短时间内动作记下来都不容易,况且还加入了扇子的元素,表演起来难度不小咧!

舞蹈团教扇子舞《荞麦花》的时候,有的队员,包括我本人,因有事请假错过了教学内容。从报名参加到正式演出,也就几天的时间。回想当时报名时,大家心里多少有点犹豫。但在队长丽玲姐的鼓励下,最终选择接受挑战。

说是公开课,实则有点沙场秋点兵的味道。六个分队都铆足劲，紧锣密鼓地操练起来。

特别是我们3队，连舞蹈动作都不熟，更是展开高强度的训练。

早上七点半集中训练，队员覃丽眨着眼睛，略显疲惫地说："昨晚躺床上还在记动作。我老公说：'你手老动个啥呀？'其实我在试着比画舞蹈动作，是出左手还是右手？"

无独有偶。一次睡到半夜，我忽然翻身下床，拿起粉红色扇子训练起团扇的动作来。白天训练时感觉团扇掌握得不太好，很容易将扇子抛出去。反复好几遍，终于悟到团扇一点小技巧，才安然入睡。正所谓日有所思，夜有所梦吧！

短时间、高强度重复训练，队员很容易产生倦怠或放弃心理。队长丽玲姐敏锐地观察到队员们的心理波动，总是多鼓励、多包容。队员之间也是惺惺相惜，互相体谅，齐心协力，一起挺过最艰难的几天。

训练期间，负责音响设备的雅明姐，也是尽力争取用最好的音响，让队员们在训练时更加投入，以取得事半功倍的效果。

虽是初夏时节，气温偶尔也会飙升至三十多摄氏度，队员们的训练服早被汗水湿透。训练大棚里，身材略显丰满的丽玲姐，满脸汗珠却顾不得擦拭一下，一遍遍帮队员抠动作。

最感动的是队员之间互相纠错、互相学习、互相鼓励的良好氛围。由于习舞时间长短不匀、舞蹈基础高低不一，基础稍好点的队员婉转指出某位队员某个动作的不足之处，被纠错的队员也欣然接受，姐妹间没有丝毫的芥蒂与不快。如真诚善良的唐红姐，虽是资深舞者，却乐意帮助舞龄稍浅的姐妹，并毫无保留地教给她们一些实用小技巧。只因队员们有一个共同的心愿：要将最曼妙的舞姿献给党的百年华诞。

良好的团队氛围，还体现在其他的细节上。如无论是服装搭配，还是发型的装饰，3队的姐妹们都有商有量。特别是美女晓萍姐，主动承担了购买演出服装的任务。

为了将扇子舞《荞麦花》打造成精品，队长丽玲姐和雅明姐特别邀请舞蹈总教练曾老师和高老师，担任我们的艺术指导。在原版扇子舞的基础上，增加了六个变队形的动作：三角形、一字形、纵队式、纵队穿插式、雁行式、梅花式等。虽然表演难度增加了，但整支舞蹈更显灵动与欢快。

排练期间，天气如孩子脸，时而艳阳高照，时而大雨滂沱。难忘家住七星台的克玉姐，每天早晨坐公交车准时到广场参加训练。正式演出前一天一大早，下起了暴雨。克玉姐赶过来时，裤脚上水珠直滴。当她如往常一样，和善地与我热情打招呼："东妹早啊！"我忽觉眼眶有点湿润，情不自禁地给她一个深深的拥抱。姐妹俩不约而同地举了拳头。是的，我们一起加油！

在参加6月10日"四岗杨梅园开园"仪式前两天，我们得到气质如兰的、优雅的翠姐姐的指导。她先从大的方面入手，把不整齐的动作挑出来，再分解到人，一对一指导，效果立竿见影。指导过程中，她考虑到队员训练的辛苦，总是轻言细语，润物细无声，给人印象深刻。

正因为有了姐妹们的共同努力，才有了十二朵坚强、勇敢、聪慧、美丽的"荞麦花",在七星广场和杨梅园开园仪式上的纵情绽放!如果说,这次公开课让每位队员的舞蹈水平都不同程度得到提高是意料之中的事,那么通过此次活动收获真情与感动则是意料之外的惊喜。

久居闹市,羡慕香山居士"独出门前望野田,月明荞麦花如雪"的闲情雅趣,也分外喜欢荞麦花清新、朴实的花语:一分耕耘,一分收获。寓意着希望与幸福!在这个特别的日子里,也将这美好的祝福送给建党百年华诞。

秋日舞语

秋从《诗经》中走来，宛如一位仙子，轻声吟诵：蒹葭苍苍，白露为霜。所谓伊人，在水一方。经七星广场，邂逅一群翩翩起舞的美貌女子……

姐姐妹妹喜相逢

经历了夏的热烈，9月6日，"俏韵美"舞蹈团的姐妹们在秋的入口处再次相聚。

开课尚早，训练大棚内，姐妹们三五成群，开心聊着一夏的趣事。

我不慌不忙地步入训练场，迎面碰见伦琴大姐、来大姐和桃子妹妹，一一热情打招呼。按习惯，我找了一张空条椅，将包放妥。条椅前，余老师和几位姐妹聊着江边夏泳，正为泳技的进步欣喜。远远望见红莲姐、付凤菊姐姐和姜官梅姐姐面带微笑朝我招手，我快步走过去，愉悦地交谈起来。

高老师手持麦克风，清了清嗓子："请队员们按规定的舞蹈队形站好！"站定前后一瞧，是英子姐姐和鲜俊姐姐，不由得会心一笑：两位美丽又和气的姐姐，让人好生喜欢。

克玉姐家住得远,姗姗来迟,匆匆忙忙跑进3队的队列。我俩相视莞尔一笑,算是打过招呼啦。

呵呵。第一天上课都像好奇的孩子。前后左右打量的不止我一个,左手位2队的梅姐姐、云荣姐姐、我的胞姐文、翠萍姐、亚琼姐都看见我啦!一一确认过眼神,都是快乐的好姐妹!最后都抿着嘴开心地笑了。

新学期第一课学的是古典形体舞《水姻缘》,曾老师一节节地教,由熊老师示范。

我知道你不轻易流泪,
也不轻易让我伤悲,
我知道我该为你做的事,
让你的梦更美……

佩服舞蹈团教练团队老师们的艺术鉴赏力:古典形体舞《水姻缘》的音乐如清风般美妙,舞蹈似流水般轻柔,使舞者内心深处的压力得以彻底释放。

三人行与四只猴

课间休息,姐妹们再次相聚的愉悦之情,在训练场上继续发酵,空气中仿佛弥漫着甜甜的味道。

为了纪念秋季开学舞蹈课首秀,我把第一天站在一起的我、英子姐姐和鲜俊姐姐称为"快乐三人行",并提议三个人合个影,留个纪念。选了一处光线较好的训练场的南边,以网外绿植为背景,面朝北边。英子姐姐的训练服上衣着一圈大红色领子,鲜艳夺目,所以英子姐姐站中间,我和鲜俊姐姐站两边,由可可姐姐帮忙摄影,定格快乐瞬间。

我看见一旁的条椅上,坐着老朋友杨金梅,便笑着说:"梅子,我俩认识这么长时间,还没在一起照过相呢!今天开学第一天留个影哟!"

"好呀!好呀!"梅子欢喜地站起来,我问她哪年出生的?

"六八年,属猴的!"

"哦!好巧,两只猴!"

条椅上的另外两人,金艳和董传芬几乎同时站起来,打趣道:"加我们一个,我们也是属猴的!"

"嘿嘿!也太巧了吧,四只猴!"回过神来,四人开怀大笑。

鲜俊姐让我们四人摆个姿势,简单自然就好,随后举起手机,留下了"四只猴的巧遇"照。

在"俏韵美"舞蹈团这支和谐、快乐的团队里,常常有这种开心、欢乐的瞬间被定格。

舞蹈团里歌声亮

9月13日,"俏韵美"舞蹈团迎来了一位大明星,他就是我们枝江籍著名军旅歌唱家金波先生。

金波先生穿着一件红底碎花的衬衣,脸色红润,一脸灿烂地站在队员们中间,谈笑风生,没有一点明星架子。音乐响起，金波先生与团员们一起跳起了欢快的民族舞。

虽然是首次与明星现场互动，舞蹈团的团员们一点也不拘束。高老师表演起了她的拿手好戏——即兴小品表演。夸张、搞笑中透着机灵的动作，让人捧腹。

舞蹈团金嗓子曾凡玉老师与金波先生对唱了一曲土家族民歌《龙船调》，一问一答，尽显默契。

十七岁就离开七星台老家的金波先生，用七星台方言聊起"泡甜蒜子"，方言俚语仍然是那么地道。乡音、乡情、乡韵将此次互动活动推向高潮。

秋天是丰收的季节，"舞一篓秋，许一世安"。愿每个喜爱舞蹈的人，在这个收获的季节里，舞出最美的自己！

菊花·瑜伽·女性

自幼喜欢菊花，想起来还有段儿时趣事。

童年时，我家附近有个卫生所。所里有个小花园，专门种植制作中药的花草，我与小伙伴们常常到花园里去玩耍。

有一年秋天，我们几个小孩子又来到小花园。只见满园的菊花静静地绽放，淡淡的幽香沁人心脾。我甚是喜欢，便向看护花园的老爷爷要了一株菊花带回家。可回家后发现家里没有花钵，便跑进厨房，取出泡菜坛子上的盖子，学着大人的样子，装上土，再将菊花栽进去。

母亲回家发现了，以为她会发脾气，可慈爱宽容的母亲并没有责怪我，只说了句："哎！咧伢儿们怎么这么淘气哦！"

一日，与我家先生谈起这段儿时趣事，先生笑着说："你比《浮生六记》中的沈复胆子大多了。沈复喜欢菊花，因为家里没有园圃，不能亲自种植，只得将菊花插在瓶子里观赏。"我听后禁不住笑答道："呵呵，我可没有沈才子的文雅清高与超凡脱俗哦。我只是觉得菊花只有种在土里，放在室外，迎着秋风，暗香浮动，才显得有灵气与活力！"

长大后，读了些书，可依然喜欢菊花。无论是"不是花中偏爱菊，此花开尽更无花"的高雅傲然，还是"宁可枝头抱香死，何曾吹落北风中"的高尚气节，都是我所向往的。

先喜欢菊花，再喜欢瑜伽，我觉得瑜伽与菊花有许多相似的地方。

初识瑜伽，是在美好的春天。记得是一个春雨绵绵的周末，与几位友人在"贵枝花园"聚餐。席间与朋友聊到近况，当时女儿已考入重点高中，考试频繁，竞争激烈。作为一名一直比较关注孩子成长的母亲，在这节骨眼上，自然显得有点焦虑，而家长的不安情绪很容易传递给孩子。有位做瑜伽教练的朋友似乎看出了我的忧虑，轻轻地说："练瑜伽吧，它可以帮助你调整心态。"

就像我与菊花有缘一样，第一次接触瑜伽就喜欢上了这项古老的运动。随着舒缓的音乐，慢慢舒展自己的身心，配合呼吸，听从身体的感受，细细品味瑜伽的每一个动作，没有任何压力。在练习瑜伽的过程中，身体的每个关节，每条韧带都得到最大限度的伸展，心灵也得以彻底地释放。仿佛置身于一种祥和、平静、至美的境界中，像极了秋天的菊花，恬淡而不失优雅。

无论是菊花还是瑜伽，都象征着平和的心态和顽强的毅力。先说菊花吧，在万紫千红的春天，她并不与百花争艳，而是默默地努力生长。当萧瑟的秋风吹来，繁花落尽，她却从容地开放，给凉意渐浓的暮秋，增添一抹温暖的亮色。

练习瑜伽亦如此。我身边有些瑜友，练习一段时间后感到乏味枯燥，因目标难以达成而放弃。当然，她们主要是为了磅秤上的数字。曾经，自己也因为工作和生活中的琐事疲于奔波，便一度放弃了瑜伽训练。

今年秋天，我再次走进"高芬健身俱乐部"瑜伽班，坐在宽敞的瑜伽训练室内一张软软的粉色瑜伽垫上，耳旁传来瑜伽教练亲切柔美的声音："请大家用舒适的盘腿坐姿坐好，双手放在大腿上，半莲花坐，闭上眼睛，自然呼吸……"教室里一片寂静，仿佛听得见心灵解冻的声音……似曾相识的感觉，有多久没有在这种安静的环境中锻炼身体了？又有多久没有倾听身体的感受了？

一小时的瑜伽训练课结束了。当我走出瑜伽教室的时候，"高芬健身俱乐部"的高总站在门口，朝我笑着点了点头，问我习不习惯老师的授课方式。我说："蛮好啊！无论是以前优雅的乐老师、开朗的李老师，还是现在亲和的杨老师、干练的黄老师，都不错！每个动作的衔接都充分考虑到了学员身体的舒适度，比如从站姿、坐姿、卧姿，到最后的瑜伽冥想休息术，一小时的教学如行云流水般洒脱，教练们都很优秀！"

重新走进瑜伽训练室，经过一段时间的训练，发现自己的内心也悄悄有了一些变化：比如以前做一个瑜伽动作的时候，非要做到位，有时不顾自己身体的承受能力。经过岁月的沉淀，慢慢领悟到自己身体的承受能力就是标准。每个人身体的柔韧性不一样，即使同一个人，不同的身体部位的柔韧性也不一样。比如，有人左肩比右肩柔韧，右腿比左腿僵硬。不强求，听从身体的感受，心态便平和了许多。

正如不同的人喜欢不同的运动方式，如有人喜欢各种球类运动,有人喜欢游泳,有人喜欢武术,有人喜欢舞蹈,有人喜欢跆拳道等。不同的运动方式,能够起到不同的锻炼身心的作用。而瑜伽这种古老的运动方式,正是通过修身而最终达到修心的目的,即通过瑜伽动作的练习而达到内心深处的宁静与平和。

俗话说:一阵秋雨一阵凉。秋雨过后,与我家先生信步来到离家不远处的杨家垱公园散步。绕过一个小土坡,坡上一株株色彩艳丽的菊花不经意间跃入眼帘,突然想起意大利影片《云那边》中女主角的一段话,"我们劳碌奔波中,以致失去了灵魂,应该停下来等一等……"

是啊!菊花是秋天的使者,而瑜伽是上苍赐给女性的一份厚礼。造物主在赋予女性脆弱、不安、急躁等特点的同时,又将瑜伽这一神奇的礼物作为补偿,使她们变得坚忍、从容、淡定而自信。

菊花和瑜伽可以陪伴女人一生,让她们在这个过于喧嚣的世界里身心有所归属。

一个人的瑜伽课

正月十六接到高芬健身俱乐部瑜伽馆开课的短信,一下班便欣然前往。因上班地点与瑜伽馆相距较远,我迟到了。

轻轻地推开教室门,或许是老学员们都还沉浸在过年的气氛中,教室里只有李艳老师和一个新学员。在舒缓的背景音乐中,她俩正在练习。我在教室的一角换好瑜伽服,悄悄地铺好瑜伽垫,稍作调整,便开始跟着教练做。

"韦史努式、拜日一式、侧角简式、风吹树式、顶峰式、骆驼式、弓式、蝗虫式……"紧紧跟着教练一个动作接一个动作地练,偶尔一回头,不知啥时候那个新学员也离开了教室。偌大的教室里只剩下我和李艳老师。

"现在我们来做瑜伽课最后的部分——瑜伽冥想休息术。"李老师在台上认真地说道。我最喜欢瑜伽冥想课了,"清香一炷凡尘远,禅意三分佛界高"。但眼看着只有我一个学员了,心里还是有些过意不去,便轻声问道:"李老师,最后一部分还上吗?"

"为什么不上?即使只有一个人,我也要把这节课上好、上完整。"李老师微笑着说。"让我们躺在垫子上,轻轻地闭上双眼，放松我们的身体，让眼睛放松、嘴唇放松、牙齿放松……脚趾放松。我们仿佛置身于一个空灵的世界，没有喧嚣，只有呼吸……"

"现在我们做最后的放松——鱼戏式放松……"随着瑜伽课最后一个体式的结束，这堂我一个人的瑜伽课也结束了。

"让我们怀着愉悦的心情结束今天的瑜伽课，谢谢！"李老师说完，朝台下礼貌地鞠了一个躬。

我从瑜伽垫上站起来，情不自禁地为李老师鼓掌，并动情地说："李老师，你好敬业啊！真令人敬佩，这也是我2012年收到的第一份感动！"

在舞蹈中感悟生命的诗意

一年好景君须记,最是橙黄橘绿时。

秋天是成熟的季节,收获的季节。正是在这个金秋,七星广场的体育馆内,迎来了一群美丽端庄、知性优雅的女子,她们是"俏韵美"舞蹈团的姐妹们。是的,"俏韵美"舞蹈团搬新家啦!

由于身体原因,虽然我参加舞蹈团训练的时间并不多,但还是常常被舞蹈团的一些亮点所感动。

专业精进的教练队伍

步入正轨后的"俏韵美"舞蹈团,很快恢复了正常的训练。于是我们见到了尊敬的曾老师——"俏韵美"舞蹈团的舞蹈总教练。曾老师退休前是市歌舞团的舞蹈教练,练的是童子功。

曾老师不仅仅教我们舞蹈动作,她常常会不知不觉地将舞蹈的文化内涵渗透到平时的训练中。如她教我们扇子舞,开场白是:扇子,古时又称"散子",即"开枝散叶"的意思。扇子是很吉祥的舞蹈道具,希望每位队员把扇子舞跳好。接下来她会将每个动作分解，讲述每个舞蹈动作的要领以及其所表达的情感。上曾老师的训练课，不仅是锻炼身体，也是一次传统文化的浸润。

覃丽玲姐姐是我见过的最接地气的舞者，她在台上带我们跳肩颈操，很受欢迎。她的身材不是纤细的那种，而是很丰满的，但她肩颈灵活，做每个动作都很到位。舞出自信与健康，才是最重要的。

当然，优雅的沈老师、端庄的熊老师、文静的余老师，以及新来的谢老师；旗袍走秀中的佼佼者，郑姐、张姐等都是有实力的舞者。

高情远致的优秀队员

正如"俏韵美"舞蹈团的掌门人高团长常说的："无论是舞蹈小白还是舞林高手，不要评论舞技，而是要比舞品。既不要自卑，也不要骄傲。要互相学习、互相鼓励、共同进步！"

舞蹈团的队员们是来自全市各行各业的退休女性，她们中有医务工作者、教师、银行职员、企业职工、机关干部，也有全职妈妈……无论是精英女性还是普通女性，也无论是有职业还是无职业，总之是一群严格自律、追求生活品位、内外兼修的优秀女子。

乐于助人的明定大姐，极具亲和力的明姐，气质如兰的兰姐，温婉淡雅的俊姐姐，笑容灿烂的吉祥姐姐，肤白貌美的晓玲姐，婉约含蓄的琼姐姐，长发飘飘的厚琼美女，清秀窈窕的昌梅姐，高雅脱俗的萍姐，幽默风趣的龙班长，真实率性的胞

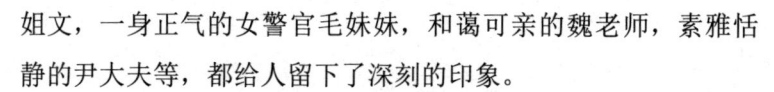

姐文，一身正气的女警官毛妹妹，和蔼可亲的魏老师，素雅恬静的尹大夫等，都给人留下了深刻的印象。

因为工作原因暂时不能归队的妘姐姐、来姐姐、冰霜姐姐、玉姐、英姐、慧姐等，虽然不能参加训练，但也常常在舞蹈群里向姐妹们隔屏问好。

在氛围和谐的舞蹈团里，这群秀外慧中的优秀女性，将绚丽后归于平淡的退休生活演绎得丰富多彩。

我参与团队训练的机会不多，认识的队友也不多，和我情况一样的姐妹不少。有一次课间休息，一位不知姓名的姐妹深有感触地说："团队人很多，认识的没几个。反正在街上碰到穿一样舞蹈服装的，就是舞友，双方相视一笑！"是啊，相视一笑，便彼此温暖了在平凡日子里、羁于日常琐事而疲惫不堪的心，足矣！

瞧！路程较远的左姐姐从城北的计划村来了，城东的胞姐文也从滕家河村赶来了……距离隔不断她们对生活的热爱、对舞蹈的执着、对生命宽度的拓展。

秋风送爽迁新址，有凤来仪舞翩跹。爱上金秋，阳光正好，岁月还长！秋不语，意正浓，让我们在舞蹈中去感悟生命的诗意与美好！

红纱舞丰年

春种一粒粟，秋收万颗籽。

二十四节气中的秋分刚过，9月23日，枝江市农民丰收节暨首届三峡"泥仓子"农耕文化旅游节开幕式便如期而至。

早上七点整，"俏韵美"舞蹈团的姐妹们在市大礼堂门口集合，分别乘坐两辆大巴车，怀着愉悦的心情去赶赴这场丰收的盛宴。

约四十分钟后，大巴车到达目的地——仙女镇文化广场，广场上早已聚满了前来庆丰收的群众。

瞧！"俏韵美"舞蹈团的姐妹们入场啦！她们个个面带微笑、步履轻盈，来到指定地点，整齐有序地将随身物品放置好。随后，统一着红白相间的条纹T恤，手执红纱巾，在高总和舞蹈总教练曾老师的带领下，来到会场一角。一场别开生面的户外舞蹈课开始啦！

首先是常规训练——拉伸操《百花香》，虽是一吸一呼间的几个简单拉伸动作，长期坚持，也能慢慢塑造出挺拔的身姿。

"坐在月光下，对饮一杯茶。偷来浮生片刻闲暇，用茶香解乏。把寂寞打发，我们在宁静中学会放下……"舒缓悠扬的《中国茶》，队员们将纱巾操的柔与雅舞到了极致，无论是摆动还是绕环，无不体现出平时扎实的基本功。一条条舞动的红纱巾也舞出了队员们对美好生活的热爱与向往！现场引来不少人驻足观看并发出阵阵掌声。

绿茶涤尘襟，红纱舞丰年。队员们用一支支优美的舞蹈诠释了"俏韵美"舞蹈团的优良团风：走到哪里，舞到哪里，把快乐带到哪里！

在开幕式上，当市领导宣读优秀农民代表、劳动模范、种养大户、优秀企业代表等的名单时，队员们与参会人员一起给予这些先进工作者热烈的掌声！每个队员的心随着时代脉搏一起跳动。

开幕式结束，"俏韵美"舞蹈团的姐妹们余兴未尽，纷纷拿出智能手机拍照留念。翠姐姐、琼姐姐、梅姐姐、金姐、鲜姐、谢姐等"摆拍大咖"，更是如鱼得水。有团照、有以小队为单位的合照，也有三五好姐妹的自拍照。高总、曾老师、谢老师忙得不亦乐乎，一会儿指导拍集体照如何摆姿势；一会儿又耐心讲解如何做表情，才能表达出丰收的喜悦。当然，最忙的要数那些美女摄影师们。一张张照片中，姐妹们美成了一朵花，美成了一幅画。

我所在的2队人不多，但队长梅姐姐非常负责，无论是拍团照还是小队合影，她都招呼大家积极参与。我一向比较安静，不是热闹场中人。但热情的梅姐姐、林子姐、金姐、晓玲姐、谢姐等，还是给我留下了许多美好的瞬间，有摆拍的也有抓拍的,每张照片都弥足珍贵。

难得碰到正处于国家非遗项目申报中的"泥仓子"活动,不抓几把泥巴互相嬉戏追打,岂不可惜?舞蹈团的几个姐妹,身材娇小的红山果、文静的月满西楼、活跃的幸运龙等顾不得平时的讲究,抓几把泥巴,与大自然来个亲密接触。自然又是一场摄影秀,姐妹们恨不得将每一个欢乐的瞬间都定格成永恒。

十一点半,按照团队的行程安排,到附近的"九龙饭庄"吃午餐。我与2队的林子姐、李姐、晓玲姐、俊姐姐、胞姐文、琼姐、平姐等一起,一路上边聊天边赏景。见路两旁整齐的树木,以及树木掩映下的一户户农家,很是羡慕。

暧暧远人村,依依墟里烟。
狗吠深巷中,鸡鸣桑树颠。
户庭无尘杂,虚室有余闲。
久在樊笼里,复得返自然。

五柳先生笔下最理想的田园生活,应该就是这个样子吧。

每天在市区上下班高峰,看见公路上排成长队的车辆,常常会想:其实人的生活所需本可以很少,一个走走就可以到尽头的村庄、一些新鲜的瓜果和蔬菜、三五好友和亲朋相伴,就像此时的自己,也许就足够了。因为幸福不是来源于外在,而是取决于内心。

进得"九龙饭庄",老板娘热情地给我们倒茶让座。在一间宽敞的院子里稍稍休息，院子里也飘来了阵阵菜香。正宗的土鸡火锅、老板娘自家鱼塘的鱼、新鲜的绿色蔬菜……没有大饭店浓浓的调料味道，只有来自乡村田野淡淡的自然食材的清香。大家以分队为单位分桌坐，我自然是和2队的姐妹们同桌就餐。

吃着可口的饭菜，聊着一路上的趣事，姐妹们你一言我一语甚是开心，其中高老师、幸运龙和红山果最为活跃。原来，姐妹们不仅是热情奔放的舞者，生活中也是段子高手！

回城的大巴车上，队员们随便就座。与来时的欢声笑语不同，姐妹们都有点累了，微微有了些睡意，此时车内异常安静。我与总教练曾老师成了邻座，平日里舞蹈课上忙于训练，与曾老师的交流并不多。我静静地听着曾老师的讲述，原来舞蹈课上风趣幽默的她也是一个有故事的人。柔弱女子的背后有一颗坚强、积极向上的心，也有阅尽千帆之后的豁达与通透。正如她教我们的扇子舞《国色天香》中的歌词："都在说你曼妙的故事，都在读你婉约的心事，静如梨花落，淡若清风过，烟雨桥上，三生石畔伫立……"内心深处，很是钦佩这位亦师亦友的女子。我也想起了舞蹈团其他几位因为种种原因，暂时离团的姐姐，云裳姐、来大姐、兰姐、冰霜姐、元英姐等，姐姐们可好？还有因为外出旅游而错过此次丰收节开幕式的明姐、玲姐、红姐、吉祥姐等，以及因琐事缠身而缺席的，来自我的第二故乡的"七星姐妹"们。我们下次再约。

在这大地流金的季节里，着一袭黑衣披一缕红纱尽情舞蹈，定格住那些快乐的瞬间；在"泥仓子"现场，抓几把泥巴，把烦恼抛到九霄云外；在"九龙饭庄"品一品天然绿色食材的味道；用心倾听一段姐妹们的心路历程，你是否像"俏韵美"舞蹈团的姐妹们一样，把平凡的日子演绎得流光溢彩呢？

丰收季，难忘那缕如霞般灿烂的红纱！

晚　秋

"晚秋"是我新认识的一个武汉姐姐的网名。

今年春夏之交时节，我不小心致使右腿半月板受伤。医生检查后说："慢慢调养哦，急不得。"

女儿放心不下，把我接到她那儿小住。女儿上班忙得很，只有周末有点空，陪我聊聊天、散散步。我一个人人生地不熟的，甚是难熬。

早上吃罢香喷喷的热干面，慢悠悠地到附近公园散步。公园里跳舞的人真多，大大小小的跳舞队伍有一二十支。

在一排郁郁葱葱的玉兰树下，有一支二十来人的舞蹈队正在跳舞。她们跳的是新疆舞，领舞的是一个留着披肩长发，穿着黑色上衣、红色裙子和白色鞋子的姐姐。领舞的姐姐一回头，我仔细一看，呵呵，她长得还蛮像新疆维吾尔族人哦！

浓密的玉兰树下很凉快，我便在树下的木条椅上坐下来欣赏。天天去，就和领舞的姐姐熟悉了。

"姐姐贵姓？"我问道。

"我姓邱，邱少云的邱！"领舞的姐姐微笑着答道。

我要加领舞姐姐的微信，她说她的网名叫"晚秋"。

晚秋姐姐让我跟她们一起跳舞，我指了指右腿说："我右腿有点小伤，过一阵子才行。"我虽然跳不了舞，可每天会准时到公园的木条椅上坐着看她们跳。中途姐姐们跳累了，坐在木条椅上休息，我便与姐姐们聊天。

晚秋姐姐问我是哪儿的人？我说我是宜昌枝江的。

"百年枝江的酒听说过吗？我就是那个枝江的！"

"哦！百年枝江的酒挺有名的，常常看见枝江酒业的广告。但枝江没去过，宜昌去过，山清水秀的一座城市。"

我说："姐姐们都是武汉本地人？"

"是的！我们都是土生土长的武汉人，都是伢朋友！"

"姐姐们住在哪儿呢？"

"我们都住在这公园附近。"

"哦，我也是！"

喝了一段时间的骨头汤，右腿渐渐感觉得劲了些。我要加入晚秋姐姐的舞蹈队，问多少钱？

晚秋姐姐笑着说："都是好玩的，自娱自乐。一个月十块钱，出个电费而已！"我便给晚秋姐姐的微信转了十块钱。

第二天是中秋节，一大早晚秋姐姐就给群里的姐妹们发红包。我抢了三块多钱的红包，手气最佳的抢了八块多钱。心想：这个邱老师人真不错！不仅人美舞好，为人也大方。

下午女儿下班回来，手里拎着一盒月饼。我跟女儿说："今天中秋节，群主邱老师发红包，我抢了三块多钱的红包。这个群的氛围蛮好，明天到公园跳舞，我给姐妹们带几块月饼去！"

秋高气爽地添喜，饼甜舞欢人增福。

小小舞蹈队，以20世纪50年代出生的姐姐们为主。她们聚在一起，最关心的莫过于又长这么多白头发，怎么办哦？

有一天，晚秋姐姐提着个包包到公园里。远远地，她就晃着手里的包包，兴奋地大声喊道："看我带了什么来？"

姐妹们一同凑过来，盯着晚秋姐姐手里的包包，好奇地问："什么好东西呀？包得这么严实。"

"哈哈！我今天带了一种新型染发剂过来。我前几天试了下，效果还行。今天我给几个白头发多点的姐妹一人带一点，回家试一下。如果效果好，我就把链接发群里。"

第二天是周六，学校放假。姐姐们早上不用匆匆忙忙像打仗似的送小孙子们上学了。头天晚上，姐姐们在微信群里约好了，周六穿上舞蹈队统一购买的黑色上衣、蓝色带亮片的裙子到公园里跳舞。

那天我因为买菜去得晚了点。见晚秋姐姐她们一个个打扮得漂漂亮亮的，早早到了公园。想起姐姐们昨天还是两鬓染霜，今天全是秀发飘飘，便打趣道："哈哈！都说一夜白了头，姐姐们却是一夜之间秀发如黛，仿佛一夜回到青葱岁月！"

爱美的晚秋姐姐走到我面前，甩了甩那一头浓密乌黑的披肩长发，信心满满地问："染的效果怎么样？美不美？"

我赶忙踮着右脚，抬起左脚（形体舞的一个基本动作），双手挑起晚秋姐姐的一缕秀发，用黄梅戏的唱腔笑答道："佳人芳龄几何？仙乡何处？婚配否？"

晚秋姐姐"扑哧"一声笑了，随后抬起右手，轻轻拍了拍我的额头，笑着说："你个机灵鬼，看你长得文文静静，说话斯斯文文的，玩起来也蛮疯的哦！"我吐了吐舌头，快闪！

江城周围湖泊较多，每当盛夏，大街小巷穿梭着蹬着三轮，大声吆喝叫卖莲蓬的小商贩。

一方水土养一方人。晚秋姐姐作为土生土长的武汉人，超爱吃莲蓬。每次跳完舞，从公园回家的路上，她就会买几只新鲜的莲蓬回家剥着吃。当然，精明的武汉女子也极会挑选莲蓬。

晚秋姐姐每次都会热心地教我如何挑选莲蓬：首先看个头，并不是越大个越好，个大的比较老，个头小点的莲蓬果实较嫩；其次看颜色，鲜绿色的莲蓬中的莲子又鲜又甜；最后是手感，用手轻轻按一按，硬点的自然新鲜度就高些。

在武汉调养的日子里，我比较关注晚秋姐姐的微信。晚秋姐姐很少发朋友圈，但只要是给她点赞的人，她都会一一回复"谢谢和鲜花"的表情。在她朋友圈发的图片中，无论是和闺密到汉口江滩游玩，还是和中学同学聚会，晚秋姐姐都是笑得最开心的那一个。

离开武汉回到枝江有一段时间了，晚秋姐姐教大家新学的军运会主题曲的舞蹈，姐妹们都学会了吗？天气越来越冷，祝美丽江城爱美的姐姐们冬暖！

第五辑　舞韵翩翩

大雪中的舞者

今天是 2020 年 12 月 7 日，周一，二十四节气中的第二十一个节气——大雪。

照例，我从体育馆北门进的练舞大厅，姐妹们已在曾老师和云姐姐的带领下，复习上周所学的扇子舞《看山看水看中国》。

九点整，准备课马上要开始了。音响师雅明姐开启音响，熟悉的音乐响起来，活泼的熊老师带着队员们跳起了《你莫走》《点歌的人》《对面的小姐姐》等。

新排的舞《最美中国》则由沉稳内敛的余老师领舞。盘发的萍姐、长发飘飘的琼姐、利落短发的丽丽姐、扎马尾辫的袁姐，分别在我的前后左右乐感十足地舞动着。我这人一向慢热，动作总是慢人半拍。在四位舞技娴熟的姐姐们的带动下，也渐渐跟上了节奏。队员们多着统一的大红练功服，只有少数体弱怕冷的姐妹外套一件薄薄的针织开衫，但动作整齐划一，丝毫没有受影响。音乐节奏越来越快，练舞大厅的气氛也热烈起来，与门外萧瑟的冬日景致形成强烈对比。

九点半，准备课结束，队员们稍作休息。丽玲姐等几个队员站在练舞厅一隅，还在切磋刚才几个复杂舞蹈动作的要领。

2 队队长梅姐姐有点小感冒，仍旧不忘与队员们寒暄几句。前两天请假没来的胞姐文，笑眯眯地与熟悉的姐妹们打着招呼。亲热的"七星姐妹"聚在一起拉家常，今年做了多少根香肠啦，甜的多少根咸的多少根啦……边聊边压腿。我与匡姐、李姐、林子姐等，组团到开水房接热水喝，润润喉。

过了五六分钟的样子，第二节课开始。继续学习上周没学完的扇子舞《看山看水看中国》，先由曾老师上台喊口令，云姐姐和魏老师示范。曾老师非常有耐心，一个动作一个动作地抠，云姐姐和魏老师不厌其烦地示范。由于这支扇子舞有很多旋转的动作，不一会儿，有的队员就觉得头晕。曾老师采取灵活教学的措施，立马挑选了几个不需要旋转的动作教。其间，再穿插几个小幅度旋转的舞蹈动作。分解动作全部讲解示范完毕后，音响师雅明姐再次开启音响。在云姐姐和魏老师的领舞下，姐妹们踏着音乐的节奏，慢慢合起拍来，一遍、两遍、三遍……山水中国永世，轻歌曼舞经年。

十点半，舞蹈课准时结束。从练舞大厅出来，老同学打来电话问我："今天练舞了没有？"我说："练了啊！"她说："这么冷的天还练啊！今日大雪，约了几个同学一起涮火锅哦！"我欢喜地答道："好啊！聚一聚，庆祝隆冬的到来！"

一路上，看见穿着厚重棉袄的路人行走在寒冷的风中，不禁打了个寒战，心想：冬天到了，春天还会远吗？

俏姐妹的古镇缘

是谁打翻了尘封的记忆?
泛起一池波澜,
站在时光的渡口,
拾起一块块被岁月打磨的碎片,
俏姐妹再续古镇缘!

——题记

在"俏韵美"舞蹈团,我有幸结识了几位来自江口古镇的姐姐。我们一起愉快地学习、练习舞蹈,成为惺惺相惜的俏姐妹。

我不在江口长大,但我也是古镇人。

母亲生我时已是高龄产妇,父亲当时正好在江口镇政府工作。所以,母亲没在老家附近的卫生所待产,而是在江口医院生下我。这是我与江口古镇的第一次结缘。

母亲是江口近郊的谭姓人氏,姐妹二人。儿时记忆中,姨妈家的表姐们常常到江口老街逛街。

一次下大雨,表姐用油布样厚重的雨衣将我遮住,偷偷带进江口电影院，看越剧《红楼梦》。表姐哭得稀里哗啦，而我还是一个四五岁的孩子，根本看不懂。只听见演员咿咿呀呀唱个不停，不一会儿我便稀里糊涂睡着了。那是我第一次走进江口电影院。

少年时，姐姐招工进了古镇某纺织厂。第一个月发工资，姐姐高兴地请我看电影，记得是香港武侠片《白发魔女传》。故事中的爱恨情仇一点没记住，倒是鲍起静扮演的练霓裳，那一头夸张的白发让我印象深刻。

从江口电影院出来，经过江口书店时，姐姐给我买了本古诗词。姐姐上深夜班，让我在她单身宿舍的床上睡一夜，第二天早上八点下了夜班，再骑车送我回家。

躺在窄窄硬硬的铁质单人床上，时不时有姐姐的同事下中班回到宿舍。她们是那样的青春靓丽，只是显得很是疲惫。见我躺在上铺的单人床上，用好奇的眼光打量着她们，一个姐姐轻声地问："是不是打搅你睡觉啦，阿文的小妹妹？"

"没有！没有！"我连忙摆摆手，小声回答道。

我身子一拱，正准备钻进被子里。只见另外一个非常秀气的姐姐轻手轻脚地走过来，小心地帮我把被角掖好。

那一夜，我没有合眼。那是我打记事起，在古镇上度过的唯一的夜晚。躺在姐姐单身宿舍的单人床上，想象着姐姐工作的厂房里轰隆隆的机器声，看着姐姐和她的同事们年轻瘦弱的身体，我心里一阵难过，也对这群纺织厂的姐姐产生了一种莫名的好感。

时光总是在不经意间悄悄滑过。没多久，姐姐便离开了她工作的古镇。打那以后,我便很少想起古镇。

直到有一天,堂哥娶了堂嫂。堂嫂是地地道道的江口古镇人。不但做得一手清淡可口的饭菜,而且堂嫂性情也极淡雅温婉。

聊兴浓时,堂嫂会聊起古镇三佛寺的斋饭、腊八节的佛粥、新年寺庙的祈福……渐渐地,我对古镇灿烂丰富的宗教文化有了一些了解。

偶尔,堂嫂会聊起古镇上的闺密,英子、雅明、丽玲、鲜俊等。她会告诉我,儿时小姐妹扎同色头绳,挎着小竹篮到对面的江州一同寻猪草。春天,江州岛上绿树新枝,一畦畦绿油油的麦苗上蝶儿翻飞。她们边打猪草边赏美景。打满一篮子猪草,一群女孩子还不忘逮几只漂亮的蝴蝶回古到镇上。

不知是巧合还是冥冥中的缘分,堂嫂古镇上的闺密,现在与我成了"俏韵美"舞蹈团的舞蹈姐妹呢!既然是堂嫂的闺密,对我自然是关照有加。

古镇朋友间的纯真友情,实为古镇淳朴民风的最佳注解。

3月24日是英子姐姐的生日,翻看英子姐姐的微信朋友圈,她深情地写道:我们都要面向太阳,骄傲地活着,祝自己生日快乐!不知不觉,生命的年轮又增加了一圈。

堂嫂的留言:英子,祝你生日快乐,天天开心!

雅明姐的留言:祝你生日快乐!

"女汉子"丽玲姐的留言:祝英子生日快乐!不能陪你出去耍,好遗憾哦!

哈哈!平时看上去风风火火、果敢利落的"女汉子",原来也有柔情似水的一面哟。

俊姐姐留言：祝英子生日快乐！

英子姐姐回复：回头大家一起出去玩，期待那一天快快到来。

五个穿着小花衣，扎同色头绳，挎着竹篮，打猪草的小姐妹，如今年近六旬。因为各自的生活，小姐妹的生日不能如往年一样一起撒欢的遗憾，隔屏都能感受到。一定是古镇善良、厚道的民风，才滋养出这样深厚珍贵的友谊！

细细翻看英子姐姐的朋友圈，有小姐妹春日青龙山踏青、夏日天龙湾同游、秋赏银杏、冬泡温泉，一起撒欢的快乐瞬间。

木心说：我见过春日夏风秋叶冬雪，也踏遍南水北山东麓西岭，可这四季春秋苍山洑水，都不及你冲我展眉一笑。我想，闺密间的情感也大抵如此吧。

舞蹈团的芬姐姐和我们尊敬的高老师，也是出生于素有"小汉口"美称的千年古镇江口。她们自小在商铺密集、各种作坊遍布大街小巷的古镇长大，见证了古镇的繁荣。她们头脑灵活，开办各种才艺培训班多年，也是本土健身行业的常青树，办班风格颇具古镇人敦厚实诚的风格。

一方水土养一方人。舞蹈团的翠姐姐、兰姐、云裳姐、来大姐、孙大姐、云姐、丽丽姐、红姐、艳姐等，都是土生土长的江口人。她们无一例外都是热情、善良、开朗、快乐的姐姐！

曾无数次行走在古镇的大街小巷，弄不清也没必要弄清哪儿是前正街、正街、后街以及白家巷、费家巷、李家巷、水巷子等。我只依稀记得古镇江边的住户，那晒得热热闹闹的被子，那随风飘动的床单以及花花绿绿的衣服。大概在我心中，只要是与古镇沾边的，比如像我仅仅只是出生于江口，那也一定是古镇的有缘人。

时光可以带走古镇的繁华，却带不走千年古镇沉淀下来的淳朴的民风民俗。

正如多年前，我记忆中唯一一次夜宿古镇，是刚当上纺织女工的姐姐带着我逛古镇夜景时。姐姐兴奋地告诉我："古镇上好多美丽善良的女子都是纺织女工呢！"多年后，再次在"俏韵美"舞蹈团邂逅当年的纺织姐姐们。尽管沧海桑田，但姐姐们的热情与善良却没有丝毫改变。

是谁打翻了尘封的记忆，
泛起一池波澜。
站在时光的渡口，
拾起一块块被岁月打磨的碎片，
俏姐妹再续古镇缘！

快乐的领舞者

在枝江，有一支快乐的舞蹈团——"俏韵美"舞蹈团，团长大名叫高芬。是的，就是枝江人熟知的"高芬俱乐部"的高芬，我叫她芬姐。

我和芬姐的缘分，可以追溯到1998年，那是芬姐在康达商场（老车站西侧）三楼做有氧健身操教练的时候。当时我有一个要好的朋友是运动达人，镇上哪条街哪个巷开了舞厅，跳什么舞，她门儿清。每天晚上，朋友会约我们几个要好的姐妹，到康达商场三楼跳舞。记得那时一进三楼大厅，有个吧台样的柜台，柜台前有个木栅栏样的门，出示月卡、季卡或年卡方可入内。

> 沙啦啦抬起你的头，
> 沙啦啦挥挥你的手，
> 沙啦啦年轻你的心，
> 沙啦啦啦幸福的快车……

"平安歌手"孙悦早年间火遍大街小巷的《幸福快车》，

是我们那时常跳的曲子。

年轻时的芬姐教韵律操，可谓动感十足。"当我年少的时候，我总爱守在收音机旁等待着我最心爱的歌曲，从收音机里轻轻流淌……"亲切自然、略带伤感的怀旧金曲《昨日重现》，常常作为运动后的放松曲目。

教练精心安排的教学内容，深得学员们的喜欢。特别是得知芬姐和我的姐姐一样，原是同一家企业的员工时，更觉亲切。

我因为心脏不太好，韵律操练的时间不长，改为练习瑜伽。那时芬姐已不再带课，转为俱乐部的管理者。

我曾有一张瑜伽年卡，卡面是芬姐的女儿做的一个非常标准的难度极高的瑜伽体式——鸽子式。可见芬姐的女儿也极具良好的运动天赋。瑜伽年卡原本一直放在书柜里，但几次搬家后遗憾地弄丢了。否则，这也是一个很好的岁月的纪念。

偶尔在某个失眠的夜晚，独坐书桌前，想想生命中遇到的人和事。有的人相遇过，没什么缘分就淡了、散了；而有的人特有缘分，即使多年不见，再次相遇，仍倍感亲切。

我和芬姐大约属于后者。我总是奔波在工作、学习和生活之中，曾经，连自己喜欢的瑜伽也渐渐疏远了。直到有一天退休了，胞姐文邀我一起参加"俏韵美"舞蹈团，并且非常高兴地告诉我，团长是她们以前同一个厂的工友。我听后会心地笑了。

那是一个秋高气爽的日子，我和芬姐再次在"高芬俱乐部"的舞蹈大厅里相遇，我们微笑着，没有说话，只是深深地拥抱……

经历岁月的磨砺，芬姐变得温润平和了许多，不变的是那颗追求快乐的心。

团队活动，她会即兴表演一段小品，惟妙惟肖的动作引得队员们笑得前仰后合。在队员们心中，她是不老的快乐女神。

偶尔关注芬姐的朋友圈，发现她是位孝顺的女儿。她带着年迈的母亲外出游玩，陪老母亲过生日。她又是位慈爱的外婆，陪着小孙女做作业，带着她做运动，甚至自己的微信昵称也是小孙女的乳名。

生活处处是修行。每次上舞蹈课之前，她都会特别叮嘱："每个人的身体素质不同，队员们的年龄大小也不同。如果哪位队员在跳舞过程中觉得身体不适，就必须停下来。教室边上有椅子，可以休息一会儿。"每次听到这番话，我就特别感动。

"我运动，我健康，我快乐"，是"俏韵美"舞蹈团的宗旨。芬姐常常说我们团就是以快乐运动为主，而不是为了拿个什么奖。我一直很赞同芬姐的这种观念，不屑于那种为了赢些什么而舞的态度。

记得6月10日问安"杨梅园开园"仪式上，舞蹈团也参加了表演。其中一位姐姐在表演过程中，意外将扇子甩出去。下场后，那位姐姐很自责，向芬姐表达了自己的歉意。芬姐不断安慰她："没事没事，我们舞蹈团的宗旨就是'我参与、我快乐'。"

"咱们学习舞蹈是为了锻炼身体，又不是为了拿名次。"芬姐的安慰是发自内心的，我深有体会。扇子舞《荞麦花》的表演我也参与了,虽然没有大的失误,但感觉没有放开,比平时台下训练时的效果略差了些。我因此颇感自责,给芬姐发条信息:"首次登台,有点小紧张,不足之处,望姐姐海涵!"芬姐很快回复:"感谢你与大家的努力,都是最棒的,非常不错!"并发了一个大大的"赞"的表情。这次的表演虽然结束了,但从排练到表演的过程中,发生了很多令人难忘的事情,但最让我难忘的,还是芬姐为人处世的豁达与通透。

正能量满满的芬姐,有一种强大的凝聚力。她多次强调"俏韵美"舞蹈团的团规:无论何时、何地、何人都不允许评价别人的舞跳得怎么样,绝对不允许。因为我们是一支快乐和谐的团队。

是啊!"俏韵美"舞蹈团是一支快乐和谐的团队,而芬姐就是那位快乐的领舞者。

伽人初见

暴雨过后，清爽宜人的周五清晨，与王燕姐如约来到沱江楼二楼，参加市老年大学瑜伽班的学习。

热情善良的燕姐显得极为高兴，立马将我介绍给瑜伽教练胡老师。胡老师是一位端庄优雅的大姐，面带微笑、慈眉善目的样子。我顿时心生好感。站在自己锻炼的位置上，一回眸，大姐也正用温和的眼神端详着我。

"小妹妹刚来，就挨着我练吧！"胡老师朝我招招手，和善地说。

"嗯，那蛮好！"聪慧的燕姐忙招呼我坐在紧挨教练的瑜伽垫上。

刚开始是简单的拉伸动作，因为以前练过，有些基础，基本上能适应。其中有套动作是小腿拉伸，取两块瑜伽砖，一块垫在双膝下，另一块垫于脚趾底下。因为前两天参加问安杨梅园开园演出时右脚受了点小伤，有点疼，我便将瑜伽砖垫于双脚背部。这样，小腿拉伸难度降低了不少。然后，我学着姐妹们的样子，仰头，双目微闭，静静地感受双小腿的拉伸。

胡老师做完示范动作，轻轻站起来，环视学员们的练习情况。一眼瞥见身旁的我,轻轻拍了拍我的右肩,风趣地说:"这样练很舒服吧。"

"哈哈!"周围的几个姐妹,看着我的错误练姿,忍不住笑了起来。

紧挨着我正后方的燕姐,唯恐我尴尬,忙小声提醒我:"东妹妹,东妹妹!瑜伽砖要垫在脚趾底下,不是脚背呢!"

我扭头朝后面的燕姐报以感激的一笑,然后忍着疼痛,将瑜伽砖挪至双脚脚趾部位,一粒粒细细的汗珠顺着脸颊滑落……

半场休息五分钟后,开始第二节课的内容——学员们复习老年大学"庆祝建党百年华诞"文艺会演上的节目。我因为是第一次来,没有学过,被胡老师安排到一旁休息。

站在教室西侧,透过玻璃窗,正好可以望见对面的丹阳公园。只见静静的湖面上,两三条游船在湖心缓缓前行。窗外的树枝上,几只燕子飞向天空,划出一道美丽的弧线。好一幅恬静的水墨画!

> 迟日江山丽,
> 春风花草香。
> 泥融飞燕子,
> 沙暖睡鸳鸯。

雨后清晨,仿佛刚被唤醒的春天。多么美好啊!在与自然的片刻凝望中,自己的心灵也变得鲜活起来。

转回头,看着教室里姐妹们随着舒缓的音乐,尽情舒展身体。这样的时光与我们平时劳碌的生活相较,又何尝不是一种惬意呢?

习瑜伽，悟人生

十多年前，我练习过瑜伽。曾经，因为工作和生活的琐事，我一度放弃了瑜伽训练。走进位于枝江市老年大学沱江楼二楼的瑜伽班，纯属偶然。

至今我依然清楚记得，与瑜伽班胡琼老师第一次见面时的情景。

"你是省化的，是外地人吧？"胡老师微笑着问我。

"省化外地人多，但我是本地人，土生土长的城关人。"我简单回答道。

细聊之后方知，胡老师是江口古镇人，而我的父亲早年间曾在江口某机关工作。当我说出父亲大人的名字时，胡老师先是惊讶，接着激动地说："你是王伯伯家的小女儿？我们的父辈是朋友，我们两家是世交啊！"

原来，两位父亲几十年前就是要好的朋友，只是那时我年纪尚小，不记事。我心中不禁感慨万分，尽管时光飞逝，有缘分的人总会在人生的某个渡口相遇。

当胡老师从友人处得知我患眼疾仍坚持写作时，眼睛里流露出惺惺相惜的神情。原来我们都是学中文专业的，她在佩服和感动的同时也不忘本职工作："在我们瑜伽班，感人的人和事很多，相处久了，你一定能感受到，也会爱上这个团队。到时，如果妹妹身体允许，还请将你的见闻记录下来，作为我们共同的经历与记忆。我相信文字的力量！"从她朴实无华的言语中，我真切感受到她对瑜伽班这个团队深深的爱以及骨子里的善良。

人文化的教学理念

9月13日，是枝江市老年大学瑜伽班2021年秋季开学的日子。走进教室，细心的胡老师与班干部一起为同学们精心准备了香蕉、冬枣等水果。开学仪式简单而又不失温馨。

会上，胡老师简明扼要地介绍了瑜伽班目前的情况及教学进度，高度评价了学员们取得的进步，并感谢学员们对学校工作的支持。

忽然，胡老师话锋一转，若有所思地对同学们说："瑜伽是源自印度的一项古老的运动，是集修身、修心、修行于一体的健身术。练习瑜伽需要沉下心来，安安静静地练习。即使是做户外练习，也应该在人少、比较僻静的地方练习才好。我们练习瑜伽的目的，不是为了显示自己掌握了多少瑜伽体式与瑜伽技巧，而是要在身体变得柔韧的同时，让自己的内心也变得柔软并充满爱……"教室里顿时响起热烈的掌声。

胡老师在秋季开学仪式上对同学们的深情寄语，从一个侧面诠释了她一贯秉承的教学理念：练习瑜伽不仅仅是为看得见的身体体型与外貌的改善，更要注重修炼一颗平和与感恩的心。

是啊！正如台湾著名作家林清玄所言：三流的化妆是脸上的化妆，二流的化妆是精神的化妆，一流的化妆是生命的化妆。只有生命的化妆，才是刻进骨子里的美。

温暖的姐妹

初来乍到，开学仪式上，我有幸与美丽热情、善解人意的老学员刘福洪坐在一起。她非常热心地告诉我茶水间和洗手间分别在什么地方。一下子拉近了彼此间的距离，消除了我对新环境的陌生感。

清晨，我匆匆忙忙往教室赶。"不急，上课还早呢。小心脚下的楼梯！"循声望去，在通往教室的楼梯拐角处，一位白白净净、和蔼可亲的姐姐，正浅笑着轻声提醒我。

瑜伽课结束，我走向那位提醒我小心脚下楼梯的姐姐，问她贵姓。

大姐友善地看了我一眼，莞尔一笑，有点不好意思地说："我姓苏，叫苏爱芳！"

"呵呵。姐姐好面善，我叫王卫东，谢谢关照！"我友好地伸出右手。

"妹妹客气了，很高兴认识你！今后我就叫你东妹妹吧。"

"好啊！苏姐姐。"随后，我们开心地笑了。发自内心地真诚一笑，灿烂了彼此的瑜伽时光。

在瑜伽班，这些温暖的画面，不经意间就会上演。像端庄大方的金凤大姐、热情和善的刘昌梅姐姐、恬静的秋菊姐、开朗的王燕姐、豁达的丰秀芳姐姐和董维琼姐姐、乐观风趣的董爱玉大姐、乐于奉献的胡祖华姐姐、文文静静的文芹、坦坦荡荡的覃丽等，都曾是画面的主角。虽然参加训练的时间不长，很多优秀的姐妹还来不及认识。但是随着时间的推移，相信我会认识更多充满正能量的好姐妹。

和谐的团队

新学期伊始，新来的学员要定制统一的瑜伽服。在定制瑜伽服的过程中，身材娇小干练的樊哲莉班长给我留下了深刻的印象。

样衣先到了，大中小码都有。要定制服装，得先找樊班长试样衣，试完样衣后，再逐一登记。新学员多，定制服装的过程有点烦琐，须仔细有耐心又有奉献精神的人才做得好。

开学前几天，气温有点高。因为是第一次定制瑜伽服，新学员们对服装尺码有点把握不好度。樊班长认真地教大家如何确定码数，并一一登记。天气炎热，她都顾不得擦拭一下从额头滚落的汗珠。

刚开始，我选的 XL 码。回家一想，可能有点小，而我也喜欢穿宽松点的。我便打电话给樊班长，让她帮忙改成 XXL 的。电话那头，立刻传来樊班长爽快的声音："好的，没问题！"没有丝毫不耐烦。

抽空进群一看，无独有偶，像我一样改码数的有好几位。定制瑜伽服的接龙名单，樊班长是发了改，改了发……有几位稍稍纠结点的学员，又将码号改了回去。樊班长不仅没有丝毫的怨言与不悦，反而告诉大家："觉得不合适就改，没关系的。"顿时，我对兵头将尾的樊哲莉班长的钦佩之情油然而生。

11月8日，第二次学习新瑜伽舞蹈《红枣树》。胡老师接着上节课的教学内容，将舞蹈《红枣树》的第二部分教完。下半节课，她将整支舞蹈的第一部分和第二部分串联起来，带着我们反复练习。连续三遍训练后，有些学员体力有点跟不上。一贯采取分层教学法的胡老师，立即做出调整：六十岁以上的学员一旁休息，六十岁以下的学员继续训练。这样既照顾了大龄学员的身体状况，又保证了教学进度。调整过程中，教与学双方配合默契，听不到学员交头接耳讲话的声音，课堂教学井然有序。

在不断实践中，将瑜伽班打造成一支和谐优秀的团队。这是胡琼老师和学员们共同的心愿。

有人说：热爱可抵岁月漫长。热爱瑜伽，练习瑜伽，在使身体变得柔韧的同时，也让心灵变得柔软，从而令时光温柔，余生温暖。

后 记

家父是一名乡镇干部。20世纪80年代初,我便离开老家,跟随父亲到七星台镇上求学。

那时的乡镇干部,常常要下乡蹲点,周日也不回来。一个十一二岁的小女孩,常常独自面对陌生的小镇。饿了,就拿着父亲放在桌上的饭票,到机关食堂打饭吃。

周日,安静的机关院子里,除了两个值班的工作人员便无其他人了。我做完老师布置的家庭作业,独坐书桌前。一眼瞥见父亲的书柜里有几本大部头的书,随手抽出两本一看,是《毛泽东选集》和《资本论》。一个小孩子自然是看不懂的,当时只觉深奥,又有些好奇。

"写日记吧。等过一段时间后,再翻一翻自己以前的日记,也很有趣呢!"父亲看出了我的心事,笑着说。

于是,我断断续续写起了日记;参加工作后,又断断续续写起了"豆腐块"。

我有幸在某大型央企工作了三十二年。我们这里最积极宣传央企文化、展现职工精神风貌的《湖北化肥报》,非常愿意倾听来自企业一线职工的心声。于是,在《湖北化肥报》这片

后 记

温馨的精神家园里，便陆陆续续出现了我辛苦制作出的"豆腐块"，短的几百字，长的散文数千字；后来，也时有文字见诸其他报刊及网络平台。文学爱好，使我结识了许多优秀的文友。大家互相学习，互相鼓励，共同进步。

行走在字里行间多年，对写作的爱好日益加深。近段时间，我投入主要精力收集、整理了自己三十年来发表在报刊及网络上的文章。惋惜的是，丢失了几篇发表过的，且自己尚还满意的散文。感觉像辛苦劳作之后，麦子却散落在地里没有归仓一样。现将精心挑选的八十四篇散文整理成集呈于各位良师益友。本文集共分五辑：第一辑"岁月知味"，第二辑"至爱亲情"，第三辑"心香一瓣"，第四辑"履痕处处"，第五辑"舞韵翩翩"。编撰完成的那一刻，心中升起了一丝欣慰，仿佛一位辛勤耕耘的农人，看着田地里满垄金黄的庄稼。

整理成集的过程是辛苦的，常常忙至深夜两三点。但这个过程又是幸福的，因为能再一次回望自己的心路历程。书中有与工友们结下的深厚友情；有养育孩子过程中的艰辛与快乐；有一家三口纵情山水的欢声笑语；有人生路上与父母兄妹间的挚爱亲情和悲欢离合；也有一个普通人的所见、所闻、所思、所想。

我收藏了许多报纸、杂志，印象最深的是一张1995年版载有本人散文的《湖北化肥报》。二十九年啦，报纸都发黄起毛了，而我仍将它保存在粉色文件夹里，完好无损。每次看到它的那一刻，仿佛见到了二十九年前的自己。我不由得泪流满面，这大概就是文字的魅力吧！

本人想借这篇后记,感谢《湖北化肥报》《枝江作家》《玛瑙河》《丹阳文学》《枝江文史》《关庙山文学》等报纸杂志,"宜昌作家""三峡力量""枝江作协"微刊及"枝江作家网""枝江热线"等网络平台的编辑老师们,谢谢你们的鼓励与抬爱,你们辛苦了!

在这里,还要特别感谢永久大哥、晓梅妹妹、海哥、蒋杏老师、若水老师,你们的真诚帮助我会铭记于心;感谢本书编辑老师的辛勤付出;感谢我的家人多年来的支持;感谢所有关心、帮助过我的师友们。

几十年过去了,那个让我爱上写日记的人早已离我而去,而那个在秋日的午后第一次提笔写日记的小女孩,也步入知天命之年。虽世事沧桑,但我仍倍感欣慰:陪伴自己的除了家人、亲朋至交以及深深浅浅的人生阅历之外,还有这一行行温暖的方块字。

喜欢泰戈尔的诗句:天空没有留下鸟的痕迹,但我已飞过。

王卫东
2024年仲夏于湖北枝江